我们这些
流浪的中国人

梁实秋／著

时代出版传媒股份有限公司
北京时代华文书局

图书在版编目（CIP）数据

我们这些流浪的中国人 / 梁实秋著 . -- 北京 : 北京时代华文书局 , 2015.8
ISBN 978-7-5699-0348-5

Ⅰ . ①我… Ⅱ . ①梁… Ⅲ . ①散文集－中国－现代 Ⅳ . ① I266

中国版本图书馆 CIP 数据核字 (2015) 第 156977 号

我们这些流浪的中国人

著　　者 | 梁实秋

出 版 人 | 杨红卫
选题策划 | 陈丽杰
责任编辑 | 陈丽杰　张子川
装帧设计 | 程　慧　段文辉
责任印制 | 刘　银　范玉洁

出版发行 | 时代出版传媒股份有限公司 http://www.press-mart.com
北京时代华文书局 http://www.bjsdsj.com.cn
北京市东城区安定门外大街 136 号皇城国际大厦 A 座 8 楼
邮编：100011　电话：010 - 64267955　64267677
印　　刷 | 北京京都六环印刷厂　（010）89591957
（如发现印装质量问题，请与印刷厂联系调换）
开　　本 | 710mm×1000mm　1/16
印　　张 | 19.5
字　　数 | 300 千字
版　　次 | 2015 年 11 月第 1 版　2015 年 11 月第 1 次印刷
书　　号 | ISBN 978-7-5699-0348-5
定　　价 | 38. 00 元

有了流浪的心念，那么对于这个世界，不多取也不多予。清风明月，时在襟怀，常得遭逢，不必一次全收也。

人一生中难道不需要离开自己日夕相处的家园、城市、亲友或国家而到遥远的异国一段岁月吗?

代序

不管流浪到多远，都永远是中国人

——梁实秋之女梁文茜

我讲的虽然是梁家的一些家庭琐事，但也反映一个时代的过程。很多人就说你们家的这些悲欢离合，风风雨雨，反映的就是中国五十年的时代变迁，有很多知识分子都大同小异，有类似的遭遇。

梁家家事

梁实秋故居在北京东城内务部街20号，现在门牌是39号、40号、41号。我曾祖父是满族，在清朝是四品官儿，八旗，生下来就有皇粮。四品官儿也不算小，收入比较多，此外还在北京和南方经商，他就买了内务部街这套房子。这处故居起码有二百年以上的历史。

我曾祖父叫梁之山，他不能生育，后来就抱了一个孩子，我爷爷实际上是一个汉族，好像是从沙河那儿一个农民家里抱来的，刚出生就抱我们家了，我爷爷的亲生父亲、母亲不是满族，是汉人。

我爷爷和我奶奶一共生了13个孩子，除一个夭折外，其他都长大了，6个男的，6个女的，我父亲排行第二，那时候叫梁治华。我大爷去世早，死于肺病，他儿子也死了。在清朝的时候都讲究妇女殉节，如果丈夫和儿子都死了，女子就要殉节。我大妈殉节以后，后来慈禧太后知道了认为这是贞节烈女，所以就赐了一个牌坊“贞烈可封”，大石头牌坊，树立在双榆树。当时那个地方有个双榆树村，给了13亩地立了一个祠堂，表彰这些在丈夫七天没有出殡时自杀，跟丈夫一起出殡的贞节烈女。后来那个地方拆迁了，变成双榆树商场。

我母亲的娘家在安徽会馆附近。他们是一个大家庭，有小叔子、姑姑、婆婆都在一起住，后来我妈妈为什么也没上大学，因为经济比较困难，她父亲死了，我外婆是一个小脚妇女，连文化都没有，也不能挣钱。所以后来我妈妈很早就上香山慈幼院那儿工作了，日后学习画画。她跟我姑姑是同学，这样介绍就和我父亲认识了。以后他们在四宜轩约好，我爸爸上美国留学，我妈妈等他三年。我爸爸本来应该念四年回来，可是三年就回来了，因为说好了三年，不回来怕我妈妈跟别人结婚。那时候妇女只要家庭一给说好了，包办了，你愿意也得愿意，不愿意也得愿意。所以他三年以后就回来了，回来以后就跟我妈结婚。

我妈妈做饭，他在小屋里写莎士比亚，我妈妈就给他做点小吃送去。他喜欢吃虾，有点糖味的烤虾，我妈妈给他做好一小盘，给他送屋去，他也不出来，在屋里拿手捏着就吃了。我妈妈也不是学做饭的，但是她自己可以钻研，所以她做饭我们大家都爱吃。我们吃打卤面，我妈做得特别好。我妈包的饺子，我也觉得特别好吃。我父亲经常外面吃饭，有时候回来告诉我妈今天做了什么好吃，我妈就模仿给他做。反正他的衣食住行离不开我妈。关于他跟我妈的历史，有一本书叫《槐园梦忆》，他写得很动情，就是一辈子跟我妈在一起生活的琐事。我妈去世了以后，他简直觉得痛不欲生了。现在我妈埋在美国了，为什么叫《槐园梦忆》，我妈埋的美国墓地叫“槐园”，我妹妹把我父亲的那些纸笔也和我妈埋在一块儿。

一生翻译莎士比亚

我父亲一生所从事的，如果说最多的话就是教育。他从二十几岁就当大学教授，一直到65岁退休，没干过别的事儿，别的都是副业，写作都是副业，正经的职业就是教书，他说“我是个教书匠”。他的学生真的是桃李满天下，到处都是他的学生。因为他教了一辈子书，他写的那些教科书的讲稿现在都在台湾，大学的、中学的、小学的都有。

如果说他业余的就是写作了。他一生比较大的事业就是翻译莎士比亚。莎士比亚怎么开始翻译的呢？因为他在学校教西洋文学，当然莎士比亚在西洋文学里是有代表性的，他讲课就讲这些东西。当时胡适当校长，胡适就委托梁实秋、闻一多等四个人翻译莎士比亚，可是后来，因为这个部头太大了，莎士比亚有40个剧本还有《十四行诗》，如果说都翻译了，这个工作量不用毕生的精力都是翻译不完的，而且莎士比亚的文字有很多都是一些古英语，很难翻，不是有很深英语造诣的就很难理

解，不能把它的原意翻出来。另外还要中文文字上的秀美，要有这个修养，没有这个也弄不了，所以那三个人就干别的去了，不干这个事儿了，结果把这个任务就都放在梁实秋一个人身上了。梁实秋接了这个以后，他就决定这一辈子一定要把这个事情完成。所以，从那时候开始，他就翻译莎士比亚，一直翻译了好几十年。到他70岁的时候，在台湾开了一个盛大的庆祝会，庆祝完成了全部的莎士比亚。但是这个中间是历经了很多风风雨雨了。20岁开始翻，翻到70岁，一年翻一本的话，不能间断，而且要找很多参考资料。我记得他那个牛津大字典都特别厚，都是从英国买来的，英国书店跟他长期都有联系，有什么新书和参考书都给他送；他一看目录要什么书，英国剑桥大学、牛津大学都给他送书，这样他就整天在书房里。除了教书翻莎士比亚以外，那时候他还编一些杂志什么的，整天就蹲在书房里。他为什么感激我妈妈，他家事不管的，都是我妈妈管，他成天就在那里面，就是书呆子。家务事、带孩子都是我妈妈管。他说，没有我妈妈的话，翻译莎士比亚全集都完不成。他有痔疮，痔疮有时候流血他也不知道，他就一直写，后来我妈发现他椅子上有一大摊血。当他专心致志写作的时候，一切疼痛、其他的事情全忘了。后来我妈妈又给做了一个大棉垫，他以后就坐在上面工作。

另外他编了一套字典——《远东英汉大辞典》，属于工具书，收录了八万多条字汇，当时中国字典只有三万多条字汇，这个他是用了三年的时间，发动了两百多人，全世界各图书馆都跑遍了，收集资料，编了一套英汉词典，然后分类出版，有医学的、科学的、历史的、文化的，等等，有三十多个版本。当初联合国用的英文词典就是梁实秋主编的这本词典，我原来也不知道。为了去美国探亲，我到美国领事馆签证。办事员问我："你是梁实秋的女儿？梁实秋是我老师。"我说："怎么会是你的老师呢？"他就从他抽屉里拿出一个黄本的英汉词典，他说："我天天都在看他的词典，所以他是我的老师。我给你办移民到美国去吧。"我说：

“不行，我在中国当律师，我这儿有工作，我去探亲一个礼拜就要回来的。”他说：“那好。”赶快就给我办了手续。另外，他还翻译了十多种其他英语文学名著，比如现在热销的《随想录》就是其中之一。

除了翻译之外，住在重庆北碚的雅舍期间，他写作了大量随笔散文，后来结集为《雅舍小品》《雅舍散文》等，出了三十多个版本，被译成多国文字，风靡全世界。

当然他也有一些嗜好了，那会儿在北京他喜欢放风筝。好像老北京人都爱放风筝，我父亲放风筝可是挺讲究的，现在的风筝可能不那么普及了。那时候我们家放风筝，各种大沙燕，有瘦长的叫瘦沙燕，一般的叫普通沙燕，黑色的叫黑锅底，还有龙顶鱼，那个眼睛能翻的，还有孙悟空。我们风筝上面都带着那个小鼓，还有上面带琴，一拉风一兜，琴就响，放上去以后就跟有乐器的声音似的。我们使用的线都不是普通的棉线，那个线不结实，放远了就会断了，使用的都是老弦，就跟拉胡琴的弦一样，特别的结实。有一个放风筝的线车，拿手一拨就转。那个轴都是硬木的轴。放远了以后，要是风平浪静的时候，把它拴在我们前院的柱子上一夜，第二天早上还在上头。可是这里面有时候也会有麻烦，因为好多人家都放，天上风筝多了，会打架的，有时候线缠在一起了，一看线缠在一起赶快往回倒，你不往回倒，人家把风筝拉人家去。我父亲喜欢玩儿这些东西。

平常他是逛书摊，上琉璃厂、荣宝斋、海王村这些地方逛书摊，人家那儿老板都认得他。每到逢年过节的时候，逛厂甸。在北京过年好像习惯都去逛厂甸，就是一种庙会的性质，在新华街上搭上棚。很多摊贩都集中到那儿去，吃的东西、用的东西，甚至金银珠宝翡翠，现在都差很多了，那会儿卖羊头肉、奶酪、炸糕，反正都是北京的这些东西。我小时候特别喜欢上厂甸，又吃又喝，又买玩意儿。他带着我们去，那会儿厂甸，喝豆汁，吃灌肠、驴打滚、艾窝窝，大糖葫芦特别长，有好几尺长。他喜欢玩

流浪最大的好处是，丢开那些他平日认为最重要的东西。

纯粹的流浪是，即使有能花的钱，也不花。流浪要用尽你能用尽的所有姿势。

儿什么呢？爱抖空竹。有的是两头都有圆的，中间像个葫芦似的。还有一种是单头的，这边有圆的，那边没有，这样的不好抖。大空竹、小空竹，家里有很多。他认为那个是一种运动，一到厂甸就买空竹。

老友

闻一多和我父亲曾同在青岛大学教书，他们两人关系非常好。在青岛的时候我还小，但是我记得闻一多差不多每个礼拜都上我们家（今青岛市鱼山路33号），他常抱着我玩。后来闻一多到昆明了，我父亲在重庆，两个人就不在一起了。但是那个时代，文人只有一支笔，他没有枪，别人要迫害他的时候，他只能用笔来反抗。那时候我父亲就说闻一多受抗战的影响很激进的。当时就有很多特务都跟踪他们，我爸爸也是被跟踪的对象，有一个小黑汽车老跟着他，他特别害怕。因为我爸爸说话嘴上没有遮拦，看什么不对不管三七二十一就说，得罪很多人。他就对闻说："闻一多，你自己留个心眼，你不要在公共场合这样，会受到迫害。"可是当时闻一多热血沸腾，所以最终遭到人家的迫害。后来我父亲知道以后特别伤心，因为他们俩是很好的朋友。他喜欢下围棋，当时摆的有围棋盘，有围棋子。他一拍桌子，说："一多怎么会遇到这样的事情呢。"那棋子都滚到地上去了。因为北碚的房子是木板地，很粗糙的木板地，有很多缝，他一拍那个棋子顺缝都掉下去了，抠不出来了。后来到台湾去，闻一多给他的信一直带在身边。还有闻一多当时受害的报纸，都黄了，跟手纸似的，他一直带在箱子里。

他和冰心感情也很好。因为他们都到美国留学，是在船上认识的，聊天时冰心问他："你是学什么的。"他问冰心："你学什么。"她说："我学文学的。"他说："我学文学批评的。"他和吴文藻（冰心的丈夫）都是清华的同学。在美国我父亲和冰心他们都一块儿演戏，有很多活动。后来他到台湾去以后，不知道谁传说，说冰心死了，他非常伤心，写了一篇《忆冰心》的文章在台湾报纸上发表了。后来得知冰心没有死，他觉得很不好意思，就表示很道歉，说“我听说你死了，没有死我就这样写你，很不应该”。冰心说：“不对，我非常高兴，因为一个人很难知道他死了以后，别人是怎么样纪念他。”她说：“我现在知道，我死了实秋会写文章纪念我，我很高兴。”

在北碚的时候，梁实秋和老舍都在编译馆，老舍就住在我们家东边。现在都开辟成立梁实秋纪念馆和老舍纪念馆。我爸爸担任翻译英文的编辑委员会的主任，老舍晚上经常上我们家去，闲着没事儿有时候打麻将、聊天。后来开文艺晚会的时候，他们俩说相声，两人都一口北京话。说相声有一个习惯，一人拿一把扇子，作为一个道具，有时候说到哪儿，敲一下，引得大家都笑。我爸说：“咱俩拿这个扇子可以当道具，你不要敲我脑袋，你不要打我。”老舍说：“我不打你。”但是说到兴高采烈的时候，老舍可能忘了就敲他，一敲他，他就躲，我爸爸戴一个大眼镜，正好扇子就把眼镜给打下来。我爸爸穿着长袍马褂说相声，赶紧拿衣裳一兜，就把眼镜兜住了，眼镜没有掉地上，省得摔碎。但是底下就哄堂大笑，人家以为就是导演给他们做的滑稽的动作呢，实际上不是，实际上临时发生了这么一件事儿，所以很多记者都拿这个作为一个趣闻。

后来台湾推荐诺贝尔奖获得者，人家推荐梁实秋，梁实秋说我不行，说这是中国代表就给一个名额，说台湾这么一个小地方代表不了中国，人家说那你推荐一个，谁行呢？他说我看就老舍行。可是那时候老舍已经死了，他还不知道呢。后来一问，老舍死了，人家说你推荐别人吧。他想了半天，那推荐不出来了。所以后来就没有了。据说把这个名额给了日本。老舍死了以后，我上美国探亲，老舍的夫人胡絜青给我写了“健康是福”四个大字。胡絜青是书法家也是画家，我给父亲拿过去，父亲心里特别感触。

我父亲年轻的时候，与徐志摩、青岛大学的校长、《新月》杂志社的再好的地方，你仍须离开，其方法，只是走。然只要继续走，随时随处总会有更好更好的地方。

当你什么工作皆不想做，或人生每一桩事皆有极大的不情愿，在这时刻，你毋宁去流浪。

那些人都是很熟悉的。后来我父亲到台湾去了，跟这些人联系少了。像季羡林就和我父亲关系特别好。那时候季羡林在犹豫学什么好呢，学东方语文学系是少数，全中国人没有几个人学。我父亲说你就学这个吧，学这个好，越少数越好，全中国就你一个人会。季羡林就在东方语文学系学少数语种，后来他当然推广了，他学了很多国的文字，所以季羡林对我父亲是很尊重的。在学术上我父亲也非常器重（季羡林），那时候他还年轻，觉得他将来特别有出息。

中国人

我是学法律的，不太懂得文学，所以有时候人家采访我的时候，我就不怎么谈文学的事情，因为不懂，胡说八道让人笑话，但是耳濡目染也知道一些，我父亲对于文学，他不希望有什么束缚，他说我想到什么就可以写什么，不希望别人给他定一个条条框框，中国的文学上有很多流派，过去八股文就是条条框框，就得起承转合，作诗平平仄仄，就得押韵，写散文的可以超脱一些。这样就跟有些流派认识不一致，那也是可能的，但是这些事情不要去指责什么，将来从历史上自有定论，因为每一种科学也好、艺术也好、文学也好都有流派，你说张大千的画好还是徐悲鸿的画好，那就不好比。文学上也有各种流派，当然也受各种政治思想的影响，那是不可避免的。因为生在这个时代里，不能脱离这个时代，当然那都是历史上的事情了。谈到鲁迅的事情，我知道鲁迅的后代在台湾跟我父亲关系很好的，经常上我们家吃饭去，照了相片给我。现在台湾和大陆和平相处亲如一家了，求同存异了，就别再揪住历史的问题，历史的问题就是历史。再过500年或者5000年以后，你再回过头来看现在的事情那就更客观了。

人不管流浪到多远，对于故乡的感情永远是割不断的。我父亲死的时候，穿着一身中式的长袍马褂，不要穿西装。他上美国去，人家让他

人不管流浪到多远，
对于故乡的感情永远是割不断的。

入美国籍，他说我不入美国籍，我是中国人，我以是中国人为自豪。他说如果说中国和美国要发生冲突的话，我必然要站在中国这边，因为我是中国人。

梁实秋虽然是搞文学的，但是爱国的思想贯穿在他思想里头。从我们家里来说，一直也都是教育子女都要爱国。那时候抗日战争，后院有一个井，我奶奶常年老设一个祭台，摆上水果，就是纪念抗日战争牺牲的这些阵亡将士，我们都去磕头。那时候行礼，不是鞠躬就是磕头。我父亲他对于中国，以自己是一个中国人而自豪。我父亲是老知识分子，所以对于说吃也好，北京一些玩儿的东西也好，过年的风俗习惯也好，都好些体现在他的文章里头，其实这么大岁数了，还想吃这口东西也不见得，一种感情上的寄托罢了。

目录

味是故乡浓——“中国吃”里的味与情

闲情雅兴——人生之美好，大抵如此

针砭时弊——爱之深时，便有恨之切处

国文国语——同一种文化，同一种根

国外生活——开眼看世界，月是故乡明

附　　录——那些年，那些流浪的人

所感事——念念不忘，必有回响

这一段路给我的印象很深，二十多年后我再经过这条街则已变为坦平大道面目全非，但是我还是怀念那久已不复存在的湫隘的陋巷。我是在这些陋巷中生长大的，这是我的故乡。

回忆抗战时期

一九三七年七月二十八日，日寇攻占北平。数日后北大同事张忠绂先生匆匆来告：“有熟人在侦缉队里，据称你我二人均在黑名单中。走为上策。”遂约定翌日早班火车上见面，并通知了叶公超先生同行。公超提议在火车上不可交谈，佯为不识。在车上我和忠绂坐在一起，公超则远远地坐在一隅，真个的若不相识。在车上不期而遇的还有樊逵羽先生、胡适之太太和另外几位北大同事。火车早晨开行，平常三小时左右可到天津，这一天兵车拥挤，傍晚天黑才到天津老站。大家都又饿又累。杂在人群中步行到最近的帝国饭店，暂时安歇一夜，第二天大家各奔前程。我们是第一批从北平逃出来的学界中人。

我从帝国饭店搬到皇宫饭店，随后搬到友人罗努生、王右家的寓所。努生有一幅详细的大地图，他用大头针和纸片制作好多面小旗，白的代表日寇，红的代表我军，我们每天晚上一面听无线电广播，一面按照当时战况将红旗白旗插在地图上面。令人丧气的是津浦线上白旗咄咄逼人，红旗步步后退。我们紧张极了，干着急。

每天下午努生和我到意租界益世报馆，努生是《益世报》总编辑，每天要去照料，事实上报馆的一切都由总经理生宝堂先生负责。平津陷落以后报馆只是暂时维持出版，随时有被查禁之虞，因为我们过去一向主张抗日。到报馆去要经过一座桥，桥上有日寇哨检查行人，但不扣查私人汽车。有一天上午生宝堂先生坐车过桥去上班，被日兵拦截，押往日军司令部，司机逃回报馆报告，报馆当即以电话通知努生勿再冒险过桥，报馆业务暂时停顿。生宝堂夫人是法籍，由法人出面营救亦无下文。从此生宝堂先生即不知下落。不知下落便是被害的意思。抗战期间多少爱国志士惨遭敌手而默默无闻未得表彰，在我的朋友中生宝堂先生是第一个被害的。

情势日急，努生、右家和我当即决定，右家留津暂待，努生和我立即绕道青岛到济南遄赴南京向政府报到，我们愿意共赴国难。离开北平的时候我是写下遗嘱才走的，因为我不知道我此后命运如何。我将尽我一份力量为国家做一点事。

到了南京我很失望，因为经过几次轰炸，各方面的情形很乱。有人告诉我们到中研院的一个招待所去，可以会到我们想见的人。努生和我去到那里，屋里挤满了人，忽警报之声大作，大家面面相觑，要躲也无处躲，我记得傅孟真先生独自搬了一把椅子放在楼梯底下，面色凝重地坐在那里。在南京周旋了两天，教育部发给我二百元另岳阳丸头等船票一张，教我急速离开南京，在长沙待命。于是我和努生分手，到长沙待命去了。

说起岳阳丸，原是日本的商船之一，航行于长江一带。汉奸黄秋岳（行政院参事）走漏消息，日本船舰逃出了江阴要塞，岳阳丸是极少数没有逃出的商轮之一，被我扣留。下关难民拥挤万状，好不容易我挤上了船，船上居然还有熟人，杨金甫、俞珊、叶公超、张彭春等，而且船上居然每日开出三餐“大菜”。国难日殷，再看着船上满坑满谷的难民，如何能够下咽。

三天后，舟泊岳阳城下。想起杜工部的诗句：“留滞才难尽，艰危气益增。图南未可料，变化有鲲鹏。”乱世羁旅，千古同嗟。抵长沙后，公超与我下榻青年会。我偷闲到湘潭访友，信宿而返。时樊逵羽先生也到了长沙，在韭菜园赁屋为北大办事处，我与公超遂迁入其中。长沙待命日久，无事可做，北大同人亦渐多南下。我与樊先生先后相继北上，盖受同人之托前去接眷。我不幸搭乘顺天轮，到威海卫附近船上发现霍乱，遂在大沽口外被禁二十一天之后方得上岸。

一

一九三八年七月，国民参政会在汉口成立。我被推选为参政员，于是搭船到香港飞到汉口。从此我加入参政会连续四届，直到胜利后参政会结束为止。参政会是战时全国团结一致对外的象征，并无实权。其成员包括各方面的人，毛泽东、周恩来、林祖涵、董必武、邓颖超、秦邦宪、陈绍禹等人也在内。我在参政会里只做了一件比较有意义的事，那便是一九四〇年一月我奉派参加华北慰劳视察团，由重庆出发，而成都，而风翔，而西安，而洛阳，而郑州，而襄樊，而宜昌，遵水路返重庆，历时两个月，访问了七个集团军司令部。时值寒冬，交通不便，柴油破车随时抛锚。我们临时决定，团员六人分为两组，一组留在洛阳，一组渡黄河深入中条山。我自告奋勇渡河，上山下山骑马四天，亲身体验了最前线将士抗战之艰苦。

我对抗战没有贡献，抗战反倒增长了我的经验和见识。我看到了敌人的残酷，士兵的辛劳，同时也看到了平民尤其是华北乡下的平民的贫困与愚暗。至于将来抗战结束之后会发生什么样的局面，没有人不抱隐忧的。

二

我在汉口的时候，张道藩先生（时任教育部次长）对我说，政府不久就要迁到重庆，参政会除了开会没有多少事做，他要我参加教育部的“中小学教科用书编辑委员会”。委员会分四组：总务、中小学教科书、青年读物、民众读物，以中小学教科书为最繁重。道藩先生要我担任教科书组主任，其任务是编印一套教科书，包括国文、史、地、公民四科，供应战时后方急需。因为前后方交通梗塞，后方急需适合抗战情势的教科用书，非立即赶编不可。我以缺乏经验未敢应命，道藩亦颇体谅，他说已聘李清悚先生为副主任，李先生为南京中学校长，不但有行政经验，而且学识丰富，可资臂助。我以既到后方，理宜积极参加与抗战有关之工作，故亦未固辞。委员会设在重庆两路口附近山坡上，方在开办，李先生独任艰巨，我仅每周上班一天，后因疏散到北碚，我亦随同前去，就每天上班工作了。事实上，工作全赖清悚先生一人擘画，我在学习。中小学教科书的编辑很需要技巧，不是任何学者都可以率尔操觚的。因为编教科书，一方面需要学识，一方面也要通教育心理，在编排取舍之间才能合用。越是低级的教科书，越难编写。

教科书组前后罗致的人才，国文国语方面有朱锦江、徐文珊、崔纫秋，公民方面有夏贯中、徐悫、汪经宪，史地方面有蒋子奇、汪绍修、聂家裕、徐世璜、桑继芬等数十位。有专门绘图的人员配合工作。全套好几十本书分批克期完稿付印校对，然后供应后方各地学校使用，工作人员紧张无比，幸而大致说来未辱使命。首功应属李清悚先生。时间匆促，间或偶有小疵，我记得某君在参政会小组会议中大放厥词，认为这套教科书误人子弟，举一个宋朝皇帝的名字有误为例。我当即挺身辩护，事后查明原稿不错，仅是手民之误，校对疏忽而已。抗战期间我有机会参加了这一项工作，私心窃慰，因为这是特为抗战时期需要而做的。在抗战之前数年，国防会议曾拨款由王世杰先生负责主编一套中学教科书，国文由杨振声、沈从文二先生主编，历史由吴晗先生主编，公民由陈之迈先生主编，仅完成一部分，交教育部酌量采用。国文历史部分稿件，我曾与清悚先生共同看过，佥以为非常高明，但不适于抗战时期，决定建议不予采用，而重新编写，对于此事甚感遗憾。清悚对手吴晗先生之历史尤为倾服，因为其中甚多创见，可供教师参考。陈之迈先生之公民则未曾拜读。

委员会后来与设在白沙之国立编译馆合并，我因事忙辞去教科书组主任。这时候抗战已渐近胜利。有一天王云五先生约我到重庆白象街商务印书馆晤谈，我应邀往。云五先生的办公室只是小屋一间，四壁萧然，一桌二椅两张帆布床。一张是他自己睡觉用的，另一张是他的儿子王学哲先生的。抗战时期办公处所差不多都是这样简陋，而云五先生尤其是书生本色，我甚为钦佩。他邀我为商务印书馆主编一套中小学教科书。他说他看了我主编的教科书，认为我有了必要的经验。据他揣想，胜利之后一定有新的局面展开，中小学教科书大概可以开放民营，所以他要事先准备一套稿件，随时付印应市。他很爽快，言明报酬若干，两年完成。我们没有任何手续，一言为定。我于是又开始约集友人编纂再一套教科书。这一套书与抗战无关，较少限制，进行十分顺利，如期完成。不料抗战胜利之后，大局陡变，教科书仍由政府办理。我主编的一大箱书稿只好束之高阁了。

抗战八年，我主编了两套中小学教科书，其中辛苦一言难尽。兹举一例。小学国语之国定本，是由崔纫秋女士执笔的，她比我年长，曾任山东模范国小教师数十年。国语第一册第一课是“来，来，来上学”。有人批评，这几个字笔画太多，不便初学。这批评也有理，我们只好虚心检讨。等我为商务印书馆主编教科书的时候，我就邀请一位批评我相当严厉的朋友来执笔，这位朋友是著名的文学家，没想到一个月后把预支稿酬退回，据说第一册第一课实在编不出来。于是我又请李长之先生编写，几经磋商，第一册第一课定为“去，去，去上学”，是否稍有进步，我也不知道。正说明编教科书实在不易，不亲自尝试不知其难。

三

国立编译馆迁到北碚与教科用书编委会合并，由教育部部长自兼馆长，原馆长陈可忠先生改为副馆长。合并后的组织是：总务组、人文组、自然祖、社会组、教科书组、教育组，另设大学用书编委会、翻译委员会，全部人员及眷属约三百人。我任社会组主任兼翻译委员会主任。这两部分的职务也不轻。

社会组主管的是编写民众读物及剧本的编作。所谓民众读物就是通俗的小册子，包括鼓词、歌谣、相声、小说之类，以宣扬中国文化及鼓励爱国打击日寇为主旨。在这方面，我们完成了二百多种，大量印发各地民众教育机构。不知道这算不算“抗战文艺”，大概宣传价值大于文艺价值，现在事过境迁，没有人再肯过问这种作品了。主持民众读物计划的是王向辰先生，笔名老向，河北保定人，在定县平教会做过事，深知民间疾苦，笔下也好。在一起编写民众读物的有萧柏青、席征庸、王愚、解方等几位先生。在戏剧方面，除了阎金锷写了一本《中国戏剧史》之外，我们的主要工作是修订评剧剧本，把不合理的情节及字句大加修订，而不害于原剧的趣味与结构，这工作看似容易，实则牵涉很多，大费手脚。参加此项工作的有姜作栋、林柏年、陈长年、匡直、吴伯威、张景苍等几位。共完成了七十余种，由正中出版者计四十四种，名为《修订评剧选》。我们也注意到场面，所以有“锣鼓经”之制作，请了专家师傅于大家下班之后敲敲打打起来，一面用较进步的方法做成纪录。大家学习的兴致很高，事后也有了实验的机会。

编译馆为了劳军演了两次戏，一是话剧陈绵译的法国名剧《天网》，演出于露天的北碚民众会场，由国立剧专毕业的张石流先生导演，演员包括王向辰、萧柏青、沈蔚德、龚业雅和我。演出效果自觉不佳，可是观众踊跃。又一次是评剧，我们有现成的场面，只外约了一位打鼓佬。行头难得，在后方只有王泊生先生山东实验剧院有完整的衣箱，时王先生不在北碚，我出面向王夫人吴瑞燕女士商借，这衣箱是从不外借的，吴瑞燕女士竟一口答应，无条件地借给我们了。演戏两出，一是《九更天》，陈长年主演，他是剧校出身，功夫扎实。一是《刺虎》，由姜作栋演一只虎，他的脸谱得自钱金福亲授，气势非凡，特烦国立礼乐馆的张充和女士演费贞娥，唱做俱佳，两位表演大为成功。两剧之间由老舍和我表演了两段相声，也引起观众的欣赏。这些活动勉强算是与抗战有关。

翻译委员会虽然人手有限，也做了一点事。一项繁重的工作是英译《资治通鉴》。和人文组主任郑鹤声先生往复商酌，想译一部中国历史，不知译哪一部好，最后决定译这编年体的《资治通鉴》。由杨宪益、戴乃迭夫妇二人负责翻译，杨先生是牛津留学生，戴女士是著名汉学家之女，二人合作，相得益彰。戴不需上班，在家工作。这在编译馆是唯一例外的安排。《资治通鉴》难译的地方很多，例如历代官职的名称就不易做恰当的翻译。工作缓缓进行，到抗战胜利时完成三分之一弱，以后是否继续，就不得而知了。此外如李味农先生译毛姆孙的《罗马史》，孙培良先生译亚里士多德的《诗学》，王思曾先生译萨克莱的《纽康氏家传》，都是有分量的工作，虽与抗战无关，却是古典名著。

讲到抗战时期的生活，除了贪官奸商之外，没有不贫苦的，尤以薪水阶级的公教人员为然。有人感慨地说："一个人在抗战时期不能发财，便一辈子不能发财了。"在物质缺乏通货膨胀之际，发财易如反掌。有人囤积螺丝钉，有人囤积颜料，都发了财。跑国际路线带些洋货也发了财。就是公教人员没有办法，中等阶级所受打击最大。

各公共机构都奉命设立消费合作社。编译馆同人公推我为理事会主席，龚业雅为经理，舒傅俪、朱心泉、何万全为办事员。我们五个人通力合作，抱定涓滴归公的宗旨为三百左右社员谋取福利。我们的业务繁杂，主要工作之一是办理政府颁发的配给物资。米最重要，每口每月二斗。米由船运到北碚江边，要我们自己去领取运到馆址分发，其间颇有耗损。运到之后，一袋袋的米堆在场上成一小丘，由请来的一位师傅高高地蹲坐在丘巅之上，以他的特殊技巧为大家分米。尽管他的技术再高，分配下来总还差一点，后来者就要向隅。为避免这现象，我决定每人于应领之分取出一小碗，以备不足。有时因为分配完毕之后又多出一些，我便把剩余部分卖掉，以所得之钱分给大家。如此大家都没有异议。每次看到大家领米，有持洗脸盆的，有拿铁桶的，有用枕头套的，分别负米而去，景象非常热闹。为五斗米折腰，不得不尔。米多稗及碎石，也未便深责了。

油也是配给的。人只有在缺油的时候才知道油的重要。我小时候，听说乡下人吃“钱儿油”，以木签穿钱孔，伸入油钵中提取油，以为是笑话。现在才知道油是不容耗费的物资。领油的人自备容器，大小形状各异，挹注之间偶有出入势所难免，以致引起纷争，我们绝对容忍只求息事宁人。油不仅供食用，点灯也要用它。灯草油灯是我小时最普通的照明用具，如今乃又见之。两根灯草，一灯如豆，只有在读书写作或打麻将的时候才肯加上几根灯草。

重庆有物资局，供应平价物品，局长先是何浩若先生，后为熊祖同先生，都是我的同学。最重要的物品之一是布匹。公教人员入川，没有多少行装，几年下来最先磨破的是西装裤。臀部打的补丁到处可见。后方最普通的衣料是芝麻呢，乃粗糙的黑白点的布料。我们从物资局大量购入布匹，以及牙刷毛巾肥皂之类的日用品，运到之日我书写物品价单，门前若市。对我们中国人，糖不是必需品，何况四川也产糖，只是运输不便。我们派专人到内江大量采购，搭小船运来，大为人所艳羡。

合作社不以牟利为目的，可是年终还有红利可分。平素收支分明，但是月底盘货清账，有时常有亏空，账目难以平衡。算盘打到深夜，无法结账，我乃在账簿上大书“本月亏空若干元”，作为了结。这是不合法的，但是合作事业管理局派员前来查账，竟以此为“不做假账”之明证，特予褒扬，列为办理最优。我们办合作社，都没有任何报酬，唯一安慰是得到了社员的绝对信任。

“前方吃紧，后方紧吃”，事诚有之。但这是以某些特殊阶级为限，一般公教人员和老百姓在物资缺乏物价高涨的压力之下，糊口不易，遑言紧吃？后方的生活清苦是普遍的事实。

四

遇到敌机空袭采取避难措施，一般人称之为“跑警报”。

北碚不是重要的地方，但是经过好几次空袭。第一次空袭出于意外，机枪扫射伤了正在体育场上忙碌的郝更生先生。那时我正在新村的一小楼上瞭望，数着敌机编队共有几架，猛听得嗞嗞的几声划空而下，紧接着就是嘭嘭的几声响，原来是几颗燃烧弹落下了，没有造成什么损失，我在楼前还拾得几块炸弹残片。又有一次轰炸北碚对岸黄桷树的复旦大学，当时何浩若先生正和复旦文学院长孙寒冰先生在室内下象棋，一声爆炸，何浩若钻到桌下，孙寒冰往屋外跑，才出门就被一块飞起的巨石砸死！经过几次轰炸，大家渐有经验，同时防空洞的挖掘也到处进行。编译馆有两个防空洞，可容数百人。紧急警报一响，大家陆续入洞，有人带着小竹凳，有人携着水瓶，有人提着饭盒，有些人手里还少不得一把芭蕉叶。有人入洞前先要果腹，也有人入洞前必须如厕。如果敌机分批来袭，形成疲劳轰炸，情况便很严重。初，记不得是哪一年，大概是一九三九年或一九四〇年吧，五月三日重庆在轰炸中死伤了一些人，翌日我乘船去探望住在戴家巷二号的一位好友。到达重庆之后，我先在临江门夫子庙一带巡视，看见街上有一列盖着草席的死尸，每人两只光脚都露在外面。在戴家巷二号坐了不久，警报又呜呜响，我们没有躲避，在客厅里坐以待弹。果然一声巨响屋角塌了下来，尘埃弥漫，我们不约而同地钻在一张大硬木桌底下。随后看见火光四起，乃相偕逃出门外，只见街上人潮汹涌，宪兵大声吼叫："到江边去，到江边去！"我们不由自主地随着人潮前进，天已黑了下来，只有火光照耀，下陡坡看不见台阶，只好大家手牵着手摸索下坡，汗如雨下，狼狈至极。摸索到了海棠溪沙洲之上，时已午夜，山城高耸一片火海。竹筑的房屋烧得噼噼啪啪响，有如爆竹。希腊《荷马史诗》描写脱爱城破时的景象不知是不是这个样子。看着火势渐杀，才相率爬坡回去。戴家巷二号无恙，我在临江门中国旅行社招待所保留的一间房子则已门窗洞开全被消防水浸。这便是有名的五四大轰炸。

经此一炸，大家才认真空防。我既已疏散到北碚，没事便不再到重庆。重庆有一个大隧道，可容一两千人避难。有一次敌机肆虐，日夜不停，警宪为维持秩序在洞口大门上锁。里面人多，时间一久，氧气渐不敷用，起先是油灯一个个地熄灭，随后有人不支，最后大家鼓噪，群起外涌，自相践踏，出路壅塞，活活窒息而死者千人左右。警报解除后，有人在某部大楼上俯瞰，见有大车数十辆装运光溜溜的尸体像死鱼一样。这一惨案责任好像未加深究，市长记大过一次。

本来我在致力于莎士比亚的翻译，一年译两出，入川后没有任何参考书籍可得，仅完成《亨利四世·下篇》一种。从广告上看到《亨利四世·上篇》之新集注本出版，我千方百计地恳求有机会出国的至亲好友给我购买一册，他们各自带回不少洋货分赠给我，但是不及买书一事。抗战时期想要一本书，其难如此！在偶然的情形之下，我译了《咆哮山庄》小说一册，又译了伊利奥特的一个中篇《吉尔菲先生的情史》。此外便是给刘英士先生主编的《星期评论》写了一些短文，以后辑成《雅舍小品》。抗战八年之中我究竟做了些什么事。就记忆所及，略如本文所述。惭愧惭愧。

北平年景

过年须要在家乡里才有味道。羁旅凄凉，到了年下只有长吁短叹的份儿，还能有半点欢乐的心情？而所谓家，至少要有老小二代，若是上无双亲，下无儿女，剩下伉俪一对，大眼瞪小眼，相敬如宾，还能制造什么过年的气氛，北平远在天边，徒萦梦想，童时过年风景，尚可回忆一二。

祭灶过后，年关在迩。家家忙着把锡香炉、锡蜡签、锡果盘、锡茶托，从蛛网尘封的箱子里取出来，作一年一度的大擦洗。宫灯、纱灯、牛角灯，一齐出笼。年货也是要及早备办的，这包括厨房里用的干货，拜神祭祖用的苹果干果，等等，屋里供养的牡丹水仙，孩子们吃的粗细杂拌儿。蜜供是早就在白云观订制好了的，到时候用纸糊的大筐篓一碗一碗装着送上门来。家中大小，出出进进，如中风魔。主妇当然更有额外负担，要给大家制备新衣新鞋新袜大衫，尽管是布鞋布袜布大衫，总要上下一新。

祭祖先是过年的高潮之一。祖先的影像悬挂在厅堂之上，都是七老八十的，有的撇嘴微笑，有的金刚怒目，在香烟缭绕之中，享用蒸烟，这时节孝子贤孙磕头如捣蒜，其实亦不知所为何来，慎终追远的意思不能说没有，不过大家忙的是上供、拈香、点烛、磕头，紧接着是撤供，围桌吃年夜饭，来不及慎终追远。

吃是过年的主要节目。年菜是标准化了的，家家一律。人口旺的人家要进全猪，连下水带猪头，分别处理下咽。一锅炖肉，加上蘑菇是一碗，加上粉丝又是一碗，加上山药又是一碗，大盆的芥末墩儿、鱼冻儿、肉皮辣酱，成缸的大腌白菜、芥菜疙瘩——管够。初一不动刀，初五以前不开市，年菜非囤积集不可，结果是年菜等于剩菜，吃倒了胃口而后已。

“好吃不过饺子，舒服不过倒着”，这是乡下人说的话，北平人称饺子为“煮饽饽”，城里人也把煮饽饽当作好东西，除了除夕消夜不可少的一顿之外，从初一至少到初三，顿顿煮饽饽，直把人吃得头昏脑涨。这种疲劳填充的方法颇有道理，可以使你长期地不敢再对煮饽饽妄动食指，直等到你淡忘之后明年再说。除夕消夜的那一顿，还有考究，其中一只要放一块银币，谁吃到那一只主交好运。家里有老祖母的，年年是她老人家幸运地一口咬到，谁都知道其中做了手脚，谁都心里有数。

孩子们须要循规蹈矩，否则便成了野孩子，惟有到了过年时节可以沐恩解禁，任意地做孩子状。除夕之夜，院里撒满了芝麻秸儿，孩子们践踏得咯吱咯吱响是为“踩岁”。闹得精疲力竭，睡前给大人请安，是为“辞岁”。大人摸出点什么作为赏赉，是为“压岁”。

新正是一年复始，不准说丧气话，见面要道一声“新禧”。房梁上有“对我生财”的横批，柱子上有“一入新春万事如意”的直条，天棚上有“紫气东来”的斗方，大门上有“国恩家庆人寿年丰”的对联。墙上本来不大干净的，还可贴上几张年画，什么“招财进宝”、“肥猪拱门”，都可以收补壁之效。自己心中想要获得的，写出来画出来贴在墙上，俯仰之间仿佛如意算盘业已实现了！

好好的人家没有赌博的。打麻将应该到八大胡同去，在那里有上好的骨牌，硬木的牌桌，还有佳丽环列。但是过年则几乎家家开赌，推牌九、状元红，呼幺喝六，老少咸宜。赌禁的开放可以延长到元宵，这是唯一的家庭娱乐。孩子们玩花炮是没有腻的。九隆斋的大花盒，七层的九层的，花样翻新，直把孩子看得瞪眼咋舌。冲天炮、二踢脚、太平花、飞天七响、炮打襄阳，还有我们自以为值得骄傲的可与火箭媲美的“旗火”，从除夕到天亮彻夜不绝。

街上除了油盐店门上留个小窟窿外，商店都上板，里面常是锣鼓齐鸣，狂擂乱敲，无板无眼，据说是伙计们在那里发泄积攒一年的怨气。大姑娘小媳妇擦脂抹粉地全出动了，三河县的老妈儿都在头上插一朵颤巍巍的红绒花。凡是有大姑娘小媳妇出动的地方就有更多的毛头小伙子乱钻乱挤。于是厂甸挤得水泄不通，海王村里除了几个露天茶座坐着几个直流鼻涕的小孩之外没有什么可看，但是入门处能挤死人！火神庙里的古玩玉器摊，土地祠里的书摊画棚，看热闹的多，买东西的少。赶着天晴雪霁，满街泥泞，凉风一吹，又滴水成冰，人们在冰雪中打滚，甘之如饴。“喝豆汁儿，就咸菜儿，琉璃喇叭大沙雁儿”，对于大家还是有足够的诱惑。此外如财神庙、白云观、雍和宫，都是人挤人、人看人的局面，去一趟把鼻子耳朵冻得通红。

新年狂欢拖到十五。但是我记得有一年提前结束了几天，那便是一九一二年，阴历的正月十二日，在普天同庆声中，中华民国第一任大总统袁世凯先生嗾使北军第三镇曹锟驻禄米仓部队哗变掠劫平津商民两天，这开国后第一个惊人的年景使我到如今不能忘怀。

记得当时年纪小

我十岁的时候进高小，北京朝阳门内南小街新鲜胡同京师公立第三小学校。越是小时候的事情，越是记得清楚。前几年一位无名氏先生寄我一张第三小学的大门口的照片，完全是七十多年前的样子，一点也没变。我看了之后，不知是欢喜还是惆怅，总之是别有一番滋味在心头。我猜想到这位无名氏先生是谁，因为他是我的第三小学的同学，虽然先后差了好几十年。我曾写过一篇小文《我在小学》，收在《秋室杂忆》里，提到教我唱歌的时老师。现在再谈谈我小时候唱歌的情形。

我的启蒙的第一首歌是《春之花》。调子我还记得，还能哼得上来，歌词却记不得了。头两句好像是："春光明媚好花开，如诗如画如锦绣。"唱歌是每周一小时，总在下午，摇铃前两名工友抬进教室一架小小的风琴。当时觉得风琴是很奇妙的东西，老师用两脚踏着两块板子，鼓动风箱，两手按键盘，其声呜呜然，成为各种调子。《春之花》的调子很简单，记得只有六句，重叠反复，其实只有三句，但是很好听。老师扯着沙哑的嗓音，先唱一遍，然后他唱一句，全班跟着唱一句，然后再全首唱一遍，全班跟着全首唱一遍。唱过三五遍，摇铃下课了，校工忙着把风琴抬出去。这风琴是一宝，各班共用，学生们不准碰一下的。

唱歌这一堂课最轻松，课前不要准备，扯着喉咙吼就行。老师也不点名，也不打分数考试。唱歌和手工一课都是我们最欢迎的，而且老师都很和蔼。

有一首歌，调子我也记得，歌词记得几句，是这样开始的：

亚人应种亚洲田，
黄种应享黄海权，
青年，青年，
切莫同种自相残，
坐教欧美着先鞭！
不怕死，不爱钱，
丈夫决不受人怜。

这首歌声调比《春之花》雄壮，唱起来蛮有劲的，但是不大懂词的意义。是谁“同种相残”？这歌是日本人作的，还是中国人作的，用意何在？怎么又冒出“不怕死，不爱钱”的话？何谓“不受人怜”？老师不讲解，学生也不问，我一直糊涂至今。但是这首歌我忘不了。

还有所谓军歌，也是学生们喜欢学着唱的。当时有些军队驻扎在城里，东城根儿禄米仓就是一个兵营，一队队的兵常出来在大街小巷里快步慢步地走，一面走还一面唱。我是一放学就回家，不在街上打滚，所以很少遇到队伍唱歌，可是间接地也听熟了军歌的几个片段，如：

三国战将勇，
首推赵子龙，
长坂坡前逞英雄。
还有张翼德，

他奶奶的硬是凶，
哇啦哇啦吼两声，
吓退了百万兵。

歌词很粗浅，合于一般大兵的口味，也投小学生的喜爱，我常听同学们唱军歌，自己也不禁地有时哼两句。

我十四岁进清华中等科，一年级还有音乐，好像是一种课外活动。教师是一位美国人，Miss Seeley，丰姿绰约，是清华园里出色的人物。她教我们唱歌，首先是唱校歌，校歌是英文，也有中译，但是从来没有人用中文唱校歌。我不喜欢用英文唱校歌，所以至今我记不得怎样唱了。可是我小时嗓音好，调门高，经过测验就被选入幼年歌唱团，有一次还到城里青年会做过公开演唱会。同班的应尚能有音乐天才，唱低音，那天在青年会他涂黑了脸饰一黑人，载歌载舞，口里唱着——

It’s nice to get up
Early in the morning,
But，it’s nicer
to lie in bed.

满堂喝彩，掌声如雷，那盛况至今如在目前。我不久倒嗓喑哑不成声，遂对唱歌失去兴趣。有些同学喜欢星期日参加一些美国教师家里的查经班，于是Onward Christian Soldiers，Marching as to War……之类的歌声洋洋乎盈耳。“一百零一首名歌”在清华园里也不时地荡漾起来。这皆非我之所好。我乃渐渐地成为兰姆所谓“没有耳朵的人”。

抗战时期，我已近中年，中年人还唱什么歌？寓处附近有小学，小学生的歌声不时地传送过来。像“起来，不愿做奴隶的人们”那首进行曲，听的回数太多了，没人教也会唱。还有一首歌我常听小学生们唱，我的印象很深：

张老三，我问你：
你的家乡在哪里？
我的家，在山西，
过河还有二十里.
张老三，我问你：
种田还是做生意？

这样的一问一答，张老三终于供出他是布商，而且囤积了不少布匹，赢得不少暴利，于是这首歌的最后几句是：

一大批，一大批，
囤积在家里。
你是坏东西，
你真该枪毙！

这首歌大概对于囤积居奇的奸商以及一般人士发生不小的影响。

抗战时期也有与抗战无关的歌大为流行。例如，《教我如何不想她》虽说是模仿旧曲《四季相思》的意思，格调却是新的，抑扬顿挫，风靡一时。使我最难忘的是《记得当时年纪小》一首小歌，作者黄自是清华同学。我学唱这首歌是在一个温暖的季秋时节，在重庆南岸海棠山坡上，经朋友指点，反复唱了好几遍，事隔数十年，仍然萦绕在耳边。

上文发表后，引起几位读者兴趣，或来书指正，或予补充。

平群先生和刘济华先生分别告诉我《黄族应享黄海权》那首歌的全

本是这样写的：

黄种应享黄海权，
亚人应种亚洲田.
青年，青年，
切莫同种自相残，
生教欧美着先鞭！
不怕死，不爱钱，
丈夫决不受人怜。
纵洪水滔天，
只手挽狂澜，
方不负石磐铁砚，
后哲先贤！

我还是不大懂，教儿童唱这样的歌是什么意思。有一位来信说此歌是“九一八”以后日本人作的，我想恐怕不对，此歌流行甚早，“九一八”是二十多年后的事。不过我也疑心到此歌作者用心不善。

小民女士来信补充了《三国战将勇》那首军歌的好几句，但是全文她也记不得了。

我最大的错误是关于《张老三》那首歌。杨沄先生来信说，《张老三》是抗战名曲《河边对口唱》，全文如下：

[对唱] 张老三，我问你，你的家乡在哪里？
我的家，在山西，过河还有三百里。
我问你，在家里，种田还是做生意？
拿锄头，耕田地，种的高粱和玉米。

为什么，到此地，河边流浪受孤凄？
痛心事，莫提起，家破人亡无消息。
张老三，莫伤悲，我的命运不如你。
为什么，王老七，你的家乡在何地？
在东北，做生意，家乡八年无消息。
这该说，我和你，都是有家不能回。
［合唱］仇和恨，在心里，奔腾如同黄河水！
黄河边，定主意，咱们一同打回去！
为国家，当兵去，太行山上打游击！
从今后，我和你，一同打回老家去！

据杨先生说这歌曲是《黄河大合唱》中的一段，乃光未然（张光年）作词，冼星海作曲，于民国二十八年在延安完成，此曲在台湾为禁歌。显然的不是我文中所谓打击囤积的奸商的歌，我之所以有此错误，乃因这不是我童年唱过的歌，而是后来听孩子们常唱的，其歌唱的调子又好像和那打击奸商的歌有些相近，所以我就把两个歌联在一起了。

我的女儿文蔷来信告诉我，打击奸商的歌她是唱过的，其歌词大概是这样的——

你，你，你，你这个坏东西，
市面上日常用品不够用，
你一大批，一大批，囤积在家里！
只为你，发财肥自己，
别人的痛苦你全不理，
你这坏东西，你这坏东西，
真是该枪毙！

嗨！你这坏东西！

嗨！你真该枪毙！

一九八六年十二月十八日补记

七六年四月四日《中华日报·副刊》王令娴女士一篇文章也提到《你这个坏东西》这首歌，记得更完全，如下：

你，你，你，

你这个坏东西！

市面上日常用品不够用哟，

你一大批，一大批，

囤积在家里。

只管你发财，肥了自己，

别人的痛苦，你是全不理。

坏东西，坏东西，

囤积居奇，捣乱金融，破坏抗战。

都是你！

你的罪名和汉奸一样的。

别人在抗战里，

出钱又出力唷！

只有你，整天地在钱上打主意。

想一想，你自己，

是要钱做什么呢！

到头来你一个钱也带不进棺材里。

你这个坏东西！

童年生活

我的童年生活，只模糊地记得一些事。

北平有一童谣：

> 小小子儿，
> 坐门墩儿，
> 哭哭啼啼地想媳妇儿。
> 娶了媳妇儿干什么呀？
> 点灯，说话儿；
> 吹灯，做伴儿；
> 早晨起来梳小辫儿。

梳小辫儿是一天中第一件大事。我是在民国元年才把小辫儿剪了去的。那时候我的辫子已有一尺多长，睡一夜觉，辫子往往就松散了，辫子不梳好是不准出屋门的。所以早起急于梳辫子，而母亲忙，匆匆地给我梳，揪得头皮疼。我非常厌恶这根猪尾巴。父亲读《扬州十日记》《大义觉迷录》之类的书，常把满军入关之后“留头不留发，留发不留头”的事讲给我们听，我们对于辫子益发没有好感。革命后把辫子一刀两断，十分快意。那时候北平的新式理发馆只有东总布胡同西口路北一处，座椅两张。我第一次到那里剪发，连揪带剪，相当痛，而且头发渣顺着脖子掉下去。

民国以前，我的家是纯粹旧式的。孩子不是一家之主，是受气包儿。家规很严。门房、下房，根本不许孩子涉足其间。爷爷奶奶住的上房，无事也不准进去，父亲的书房也是禁地，佛堂更不用说。所以孩子们活动的空间有限。室内游戏以在炕上攀登被窝垛为主，再不就是用窗帘布挂在几张桌前做成小屋状，钻进去坐着，彼此做客互访为乐。玩具是有的，不外乎“打糖锣儿的”担子上买来的泥巴制的小蜡签儿之类，从隆福寺买来的小“空竹”算是上品了。

我记得儿时的服装，最简单不过。夏天似乎永远是一身竹布裤褂，白布是禁忌。冬天自然是大棉袄小棉袄，穿得滚圆臃肿。鞋子袜子都是自家做的，自古以来不就是以“青鞋布袜”作为高人雅士的标识吗？我们在童年时就有了那样的打扮。进了清华之后，才斗胆自主写信到天津邮购了一双白帆布鞋，才买了洋袜子穿。暑假把一双手工做的布袜子原样带回家，被母亲发现，才停止了布袜的供应。布鞋、毛窝，一直在脚上穿着，皮鞋是很久以后的事了。

小孩子哪有不馋的？早晨烧饼油条或是三角馒头，然后一顿面一顿饭，三餐无缺，要想吃零食不大容易。门口零食小贩是不许照顾的，有时候偷着吃“果子干”、“玻璃粉”或是买串糖葫芦，被发现便不免要挨骂。所以我出去到大鹁鸽市进陶氏学堂的时候，看见卖浆米藕的小贩，驻足而观，几乎馋死，豁出两天不吃烧饼油条积了两个铜板才得买了一小碟吃。我的一个弟弟想吃肉，有一天情不自已地问出一句使母亲心酸的话：“妈，小炸丸子卖多少钱一碟？”

革命以后，情况不同了。我的家庭也起了革命。我们可以穿白布衫裤，可以随时在院子里拍皮球、放风筝、要金箍棒，可以逛隆福寺吃“驴打滚儿”、“艾窝窝”。父亲也带我们挤厂甸。念字号儿，描红模子，读商务出版的“人手足刀尺，一人二手，开门见山，山高月小，水落石出……”，这一套启蒙教育，都是在炕桌上，在母亲的笤帚疙瘩的威吓下，顺利进行的。我们没受过体罚。我比较顽皮淘气，可是也没挨过打。我爱发问，我读过“一老人，入市中，买鱼两尾，步行回家”之后，曾经发问：“为什么买鱼两尾就不许他回家？”

父亲给我们订了一份商务的《儿童画报》，卷末有一栏绘一空白轮廓，要小读者运用想象力在其中填画一件彩色的实物。寄了去如果中选则有奖。我得了好几次奖，大概我是属于“小时了了”那一类型。上房后炕的炕案上有一箱装订成册的《吴友如画宝》，虽然说明文字未必能看得懂，画中大意往往能体会到一大部分，帮助我了解社会人生不浅。性的知识，我便是在八九岁时从吴友如的几期画报中领悟到的。

这就是我童年生活的大概。

我在小学

我在六七岁的时候开始描红模子，念字号儿。所谓“红模子”就是红色的单张字帖，小孩子用毛笔蘸墨把红字涂黑即可。帖上的字不外是“上大人孔乙己化三千……”“一去二三里烟村四五家……”以及“王子去求仙丹成上九天……”之类。描红模子很容易描成墨猪，要练得一笔下去就横平竖直才算得功夫。所谓“字号儿”就是小方纸片，我父亲在每张纸片上写一个字，每天要我认几个字，逐日复习。后来书局印售成盒“看图识字”，一面是字，一面是画，就更有趣了，我们弟兄姊妹一大群，围坐在一张炕上的矮桌周边写字认字，有说有笑。有一次我一拱腿，把炕桌翻到地上去。母亲经常坐在炕沿上，一面做活计，一面看着我们，身边少不了一把炕笤帚，那笤帚若是倒握着在小小的脑袋上敲一记是很痛的。在那时体罚是最简捷了当的教学法。

不久，我们住的内政部街西口内路北开了一个学堂，离我家只有四五个门。校门横楣有砖刻的五个福字，故称之为五福门。后院有一棵合欢树，俗称马缨花，落花满地，孩子们抢着拾起来玩，每天早晨谁先到校谁就可以捡到最好的花，我有早起的习惯，所以我总是拾得最多。有一天我一觉醒来，窗棂上有一格已经有了阳光，急得直哭，母亲匆忙给我梳小辫，打发我上学，不大工夫我就回转了，学堂尚未开门。在这学堂我学得了什么已不记得，只记得开学那一天，学生们都穿戴一色的缨帽呢靴站在院里，只见穿戴整齐的翎顶袍褂的提调学监们摇摇摆摆地走到前面，对着至圣先师孔子的牌位领导全体行三跪九叩礼。

在这个学堂里浑浑噩噩地过了一阵。不知怎么，这学校关门大吉。于是家里请了一位教师，贾文斌先生，字宪章，密云县人，口音有一点怯，是一名拔贡。我的二姐、大哥和我三个人在西院书房受教于这位老师。所用课本已经是新编的国文教科书，从“人、手、足、刀、尺”起，到“一人二手，开门见山”，以至于“司马光幼时……”。《三字经》《百家姓》《千字文》这一段就没有经历过。贾老师的教学法是传统的“念背打”三部曲，但是第三部“打”从未实行过。不过有一次我们惹得他生了大气，那是我背书时背不出来，二姐偷偷举起书本给我看，老师本来是背对着我们的，陡然回头撞见，气得满面通红，但是没有动用桌上放着的精工雕刻的一把戒尺。还有一次也是二姐惹出来的，书房有一座大钟，每天下午钟鸣四下就放学，我们时常暗自把时针向前拨快十来分钟。老师渐渐觉得座钟不大可靠，便利用太阳光照在窗纸上的阴影用朱笔画一道线，阴影没移到线上是不放学的。日久季节变换阴影的位置也跟着移动，朱笔线也就一条条地加多。二姐想到了一个方法，趁老师不在屋里替他加上一条线，果然我们提早放学了，试行几次之后又被老师发现，我们都受了一顿训斥。

辛亥革命前二年，我和大哥进了大鹁鸽市的陶氏学堂。陶是陶端方，在当时是满清政府里的一位比较有知识的人，对于金石颇有研究，而且收藏甚富，历任要职，声势煊赫，还知道开办洋学堂，很难为他了。学堂之设主要的是为教育他的家族子弟，因为他家人口众多，不过也附带着招收外面的学生，收费甚昂，故有贵族学堂之称。父亲要我们受新式教育，所以不惜学费负担投入当时公认最好的学校，事实上却大失所望。所谓新式的洋学堂，只是徒有其表。我在这学堂读了一年可以说什么也没有学到，除非是让我认识了一些丑恶腐败的现象。

陶氏学堂是私立贵族学堂，陶氏子弟自成特殊阶级原无足异。但是有些现象却是令人难以置信的。陶氏子弟上课时随身携带老妈子，听讲之间可以唤老妈子外出买来一壶酸梅汤送到桌下慢慢饮用。听先生讲书，随时可以写个纸条，搓成一个纸团，丢到老师讲台上去，代替口头发问，老师不以为忤。陶氏子弟个个恣肆骄纵，横冲直撞，记得其中有一位名陶栻者，尤其飞扬跋扈。他们在课堂内外，成群地呼啸出入，动辄动手打人，大家为之侧目。

国文老师是一位南方人，已不记得他的姓名，教我们读诗经。他根据他的祖传秘方，教我们读，教我们背诵，就是不讲解，当然即使讲解也不是儿童所能领略。他领头扯着嗓子喊“击鼓其镗”，我们全班跟着喊“击鼓其镗”，然后我们一句句地循声朗诵“踊跃用兵，土国城漕，我独南行”。他老先生喉咙哑了，便唤一位班长之类的学生代他吼叫。一首诗朗诵过几十遍，深深地记入在我们的脑子里，迄今有些首诗我能记得清清楚楚。脑子里记若干首诗当然是好事，但是付了多大的代价！一部分童时宝贵的光阴是这样耗去的！

有趣的是体操一课。所谓体操，就是兵操。夏季制服是白帆布制的，草帽，白线袜，黑皂鞋。裤腿旁边各有一条红带，衣服上有黄铜纽扣。辫子则需盘起来扣在草帽底下。我的父母瞒着祖父母给我们做了制服，因为祖父母的见解是属于更老一代的，他们无法理解在家里没有丧事的时候孩子们可以穿白衣白裤。因此我们受到严重的警告，穿好操衣之后要罩上一件竹布大褂，白色裤脚管要高高地卷起来，才可以从屋里走到院里，下学回家时依然要偷偷摸摸溜到屋里赶快换装。在民元以前我平时没有穿过白布衣裤。

武昌起义，鼙鼓之声动地而来，随后端方遇害，陶氏学堂当然立即瓦解，陶氏子弟之在课堂内喝酸梅汤的那几位以后也不知下落如何了。这时节，祖父母相继逝世，父亲做了一件大事，全家剪小辫子。在剪辫子那一天，父亲对我们讲了一大套话，平素看的《大义觉迷录》《扬州十日记》供给他不少愤慨的资料，我们对于这污脏麻烦的辫子本来就十分厌恶，巴不得把它齐根剪去，但是在发动并州快剪之际，我们的二舅爹爹还忍不住泫然流涕。民国成立，薄海腾欢，第一任正式大总统项城袁世凯先生不愿到南京去就职，嗾使第三镇曹锟驻禄米仓部队于阴历正月十二日夜晚兵变，大烧大抢，平津人民遭殃者不计其数。我亦躬逢其盛。兵变过后很久，家里情形逐渐稳定，我才有机会进入公立第三小学。

公立第三小学在东城根新鲜胡同，是当时办得比较良好的学校，离我家又近，所以父亲决定要我和大哥投入该校。校长赫杏村先生，旗人，精明强干，声若洪钟。我和大哥都编入高小一年级，主任教师是周士棻先生，号香如，山西人，年纪不大，约三十几岁，但是蓄了小胡子，道貌岸然。周先生是我真正的启蒙业师。他教我们国文、历史、地理、习字。他的教学方法非常认真负责。在史地方面于课本之外另编补充教材，每次上课之前密密匝匝地写满了两块大黑板，要我们抄写，月终呈缴核阅。例如历史一科，鸿门之宴、垓下之围、淝水之战、安史之乱、黄袍加身、明末三案，诸如此类的史料都有比较详细的补充。材料很平常，可是他肯费心讲授，而且不占用上课时间去写黑板。对于习字一项，他特别注意。他用黑板槽里积存的粉笔屑，和水作泥，用笔蘸着写字在黑板上作为示范，灰泥干了之后显得特别的黑白分明，而且粗细停匀，笔意毕现，周老师的字属于柳公权一派，瘦劲方正。他要我们写得横平竖直，规规矩矩。同时他也没有忽略行草的书法，我们每人都备有一本草书千字文拓本，与楷书对照。我从此学得初步的草书写法，其中一部分终身未曾忘。大字之外还要写“白折子”，折子里面夹上一张乌丝格，作为练习小楷之用。他知道我们小学毕业之后能升学的不多，所以在此三年之内基础必须打好，而习字是基本技能之一。

周老师也还负起训育的责任，那时候训育叫作修身。我记得他特别注意生活上的小节，例如纽扣是否扣好，头发是否梳齐，以及说话的腔调，走路的姿势，无一不加指点。他要求于我们的很多，谁的笔记本子折角卷角就要受申斥。我的课业本子永远不敢不保持整洁。老师本人即是一个榜样。他布衣布履，纤尘不染，走起路来目不斜视，迈大步昂首前进，几乎两步一丈。讲起话来和颜悦色，但是永无戏言。在我们心目中他几乎是一个完人。我父亲很敬重周老师的为人，在我们毕业之后特别请他到家里为我的弟弟妹妹补课多年，后来还请他租用我们的邻院作为我们的邻居。我的弟弟妹妹都受业于周老师，至少我们写的字都像是周老师的笔法。

小学有英文一课，事实上我未进小学之前就已开始从父亲学习英文了。我父亲是同文馆第一期学生，所以懂些英文，庚子年乱起辍学的。小学的英文老师是王德先生，字仰臣。我们用的课本是《华英初阶》，教授的方法是由拼音开始，ba、be、bi、bo、bu，然后就是死背字句，记得第三课就有一句 Is he of us? “彼乃我辈中人否？”这一句我背得滚瓜烂熟。老师一提 Is he of us? 我马上就回答出“彼乃我辈中人否？”老师大为惊异，其实我在家里早已学过了。这样教学的方法使初学英文的人费时很多，但未养成初步的语言习惯，实在是精力的浪费。后来老师换了一位程洵先生，是一位日本留学生，有时穿着半身西装，英语发音也比较流利正确一些。我因为预先学过一些英文，所以在班上特感轻松，老师也特别嘉勉。临毕业时程老师送我一本原版的马考莱《英国史》，这本书当时还不能看懂，后来却也变成对我有用的一本参考书。

体操老师锡福先生，字辅臣，旗人。他有一副苍老而沙哑的喉咙，喊起立正、稍息、枪上肩、枪放下的时候很是威风。排起队来我是末尾，排头的一位有我两个高。老师特别喜欢我们这一班，因为我们平常把枪擦得亮，服装整齐一些，而且开正步的时候特别用力踏地作响，给老师作面子。学校在新鲜胡同东口路南，操场在西口路北，我们排队到操场去的时候精神抖擞，有时遇到操场上还有别班同学上操未散，我们便更着力操演，逼得其他各班只有木然呆立瞠目赞叹的份儿。半小时操后，时常是踢足球，操场不画线，竖起竹竿便是球门，一半人臂缠红布，笛声一响便踢起球来，高头大马横冲直撞，像我这样的只能退避三舍以免受伤。结果是鸣笛收队皆大欢喜。

我的算术，像"鸡兔同笼"一类的题目我认为是专门用来折磨孩子的，因为当时想鸡兔是不会同笼的，即使同笼亦无须又数头又数脚，一眼看上去就会知道是几只鸡几只兔。现在我当然明白，是我自己笨，怨不得谁。手工课也不容易应付，不是抟泥，就是削竹，最可怕的是编纸，用修脚刀把彩色纸划出线条，然后再用别种彩色纸条编织上去，真需要鬼斧神工，在这方面常常由我的大姐帮忙，教手工的老师患严重口吃，结结巴巴的惹人笑。教理化的李秉衡老师，保定府人，曾经表演氢二氧一变成水，水没有变出来，玻璃瓶炸得粉碎，但是有一次却变成功了。有一次表演冷缩热胀，一只烧得滚烫的钢珠，被一位多事的同学伸手抓了起来，烫得满手掌溜浆大泡。教唱歌的是一位时老师，他没有歌喉，但是会按风琴，他教我们唱的《春之花》我至今不能忘。

有一次远足是三年中一件大事。事先筹划了很久，决定目的地为东直门外的自来水厂。这一天特别起了个大早，晨曦未上就赶到了学校，大家啜柳叶汤果腹，柳叶汤就是细长菱形薄面片加菜煮成的一种平民食品，但这是学校里难得一遇的旷典，免费供应，大家都很高兴，有人连罄数碗。不知是谁出的主意，向步军统领衙门借了六位喇叭手，改着我们学校的制服，排在我们队伍前面开道，六只亮晶晶的喇叭上挂着红绸彩，滴滴答答地吹起来，招摇过市，好不威风！由新鲜胡同走到东直门外，约有四五里之遥，往返将近十里。自来水厂没有什么可看的，虽然那庞大的水池水塔以前都没有见过。这是我第一次徒步走出北京城墙，有久困出柙之感。午间归来，两腿清酸。下次作文的题目是《远足记》，文章交卷此一盛举才算是功德圆满。

我们一班二十几人，如今音容笑貌尚存脑海者不及半数，姓名未忘者更是寥寥可数了。年龄最大身体最高的是一位名叫连祥的同学，约在二十开外，浓眉大眼，膀大腰圆，吹喇叭踢足球都是好手，脑袋后面留着一根三寸多长的小辫，用红绳扎紧，挺然翘然地立在后脑勺子上，像是一根小红萝卜。听说他以后当步兵去了。一位功课好而态度又最安详的是常禧，后来冠姓栾，他是我们的班长，周老师很器重他，后来听周老师说他在江西某处任商务印书馆分馆经理。还有岳廉识君，后来进了交通部。我们同学绝大部分都是贫寒子弟，毕业之后各自东西，以我所知道的有人投军，有人担筐卖杏，能升学的极少。我们在校的时候都相处得很好，有两种风气使我感到困惑。一个是喜欢打斗，动辄挥拳使绊，闹得桌翻椅倒。有一位同学长相不讨人喜欢，满脸疙瘩噜苏，绰号“小炸丸子”，他经常是几个好闹事的同学们欺弄的对象，有多少次被抬到讲台桌上，手脚被人按住，有人扯下他的裤子，大家轮流在他的裤裆里吐一口痰！还有一位同学名叫马玉岐，因为宗教的关系饮食习惯与别人不同，几个不讲理的同学便使用武力强迫他吃下他们不吃的东西，经常要酿出事端。在这样尚武的环境之中我小心翼翼，有时还不能免于受人欺凌。自卫的能力之养成，无论是斗智还是斗力，都需要实际体验，我相信我们的小学是很好的训练场所。另一件使我困惑的事是大家之口出秽言的习惯。有些人各自秉承家教，不只是“三字经”常挂在嘴边，高谈阔论起来其内容往往涉及“素女经”，而且有几位特别大胆的还不惜把他在家中所见所闻的实例不厌其详地描写出来。讲的人眉飞色舞，听的人津津有味。学校好几百人共用一个厕所，其环境之脏可想，但是有些同学们如厕之后其嘴巴比那环境还脏。所以我视如厕为畏途。性教育在一群孩子们中间自由传播，这种情形当时在公立小学尤甚，我是深深拜受其赐了。

我在第三小学读了三年，每天早晨和我哥哥步行到校，无间风雪。天气不好的时候要穿家中自制的带钉的油鞋，手中举着雨伞，途中经常要遇到一只恶犬，多少要受到骚扰，最好的时候是适值它在安睡，我们就悄悄地溜过去了，那时我不明白为什么有人要养狗并且纵容它与人为难。内政部门口站岗和巡捕半醒半睡地拄着上刺刀的步枪靠在墙垛上，时常对我们颔首微笑，我们觉得受宠若惊，久之也搭讪着说两句话。出内政部街东口往北转，进入南小街子，无分晴雨永远有泥泞车辙，其深常在尺许。街边有羊肉床子，时常遇到宰羊，我们就驻足而视，看着绵羊一声不响在引颈就戮。羊肉包子的味道热腾腾地四溢。卖螺丝转儿油炸鬼的，卖甜浆粥的，卖烤白薯的，卖糖耳朵的，一路上左右皆是。再向东一转就进入新鲜胡同了，一眼可以望得见城墙根，常常看见有人提笼架鸟从那边溜达着走过来。**这一段路给我的印象很深，二十多年后我再经过这条街则已变为坦平大道面目全非，但是我还是怀念那久已不复存在的湫隘的陋巷。我是在这些陋巷中生长大的，这是我的故乡。**

民国四年我毕业的时候，主管教育的京师学务局（局长为德彦）令饬举行会考，把所有各小学应届毕业的学生三数百人聚集在我们第三小学，考国文习字图画数科，名之曰观摩会，事关学校荣誉，大家都兴奋。国文试题记得是“诸生试各言尔志”，事有凑巧这个题目我们以前作过，而且以前作的时候，好多同学都是说将来要“效命疆场，马革裹尸”。我其实并无意步武马援，但是我也摭拾了这两句豪语。事后听主考的人说：第三小学的一班学生有一半要“马革裹尸”，是佳话还是笑谈也就很难分辨了。我在打草稿的时候，一时兴起，使出了周老师所传授的草书千字文的笔法，写得虽然说不上龙飞蛇舞，却也自觉得应手得心，正赶上局长大人亲自监考经过我的桌旁，看见我写得好大个的草书，留下了特别的印象。图画考的是自由画，我们一班最近画过一张松鹤图，记忆犹新，大家不约而同都依样葫芦，斜着一根松枝，上面立着一只振翅欲飞的仙鹤，章法不错。我本来喜欢图画，父亲给我的《芥子园画谱》也发生了作用，我所画的松鹤图总算是尽力为之了。榜发之后，我和哥哥以及栾常禧君都高居榜首，荣誉属于第三小学。我得到的奖品最多，是一张褒奖状，一部成亲王的巾箱帖，一个墨盒，一副笔架以及笔墨之类。

“小时了了，大未必佳”，如今想想这话颇有道理。

我的暑假是怎样过的

儿时英文作文教师喜欢出的作文题目之一，便是“我的暑假是怎样过的”。记得当时抓耳挠腮，搜索枯肠，窘困万状，但仍不能不凑出几百字塞责交卷。小孩子的暑假还有什么新鲜的过法？总不外吃喝玩乐。要撰文记述，自不免觉得枯涩乏味。现在我年近五十，仍操粉笔生涯，躬逢抗战胜利，又遇戡乱建国，今年暑假是怎样过去的，颇觉得有一点迷迷糊糊。眼看着就要开学，于是自动地给自己出下这样一个题目，择记几件小事，都平凡琐屑无比，并不惊人，总算给我的暑假做一结束。

暑假伊始，我本来是立有大志的，其规模虽然比不上什么三年计划五年计划之类，却也条举目张，要克期计功。现在加以清算，我的暑假作业怕是不能及格了。

推其原因，当然照例是“环境不良，心绪恶劣”八个字。其实环境也不算太不良，虽然每天清晨飞机一群擦着房檐过去，有时郊外隐闻炮声，还有时要在街头打死几个学生颁布戒严令，但是究竟从来没有炮弹碎片落在自己头上，这环境也可以算得是很安谧了。心绪确是近于恶劣，但也是自找，既无疾病缠绵，亦无断炊情事，如果稍微相信一点唯物论，大可以思想前进，绝无苦闷。可惜的是，自己隐隐然还有一颗心，外界的波澜不能不掀动内心的荡漾，极小的一件事也可以使人终日寡欢，所以工作成绩也就微小得不值一提了。

一放暑假，一群孩子背着铺盖卷回家，这是一厄！一家团聚，应该是一种享受天伦之乐的机会，但是凭空忽来壮丁就食，家庭收支立刻发现赤字，难以弥补。而赡养义务又是义不容辞的。这是颇费周章的一件事。可恨的是，孩子们既无杨朱的技能，又无颜回的操守，粗茶淡饭之后，一个个地唉声叹气，嚷着"嘴里要淡出鸟儿来"！在我这一方面，生活也大受干扰，好像是有一群流亡学生侵入住宅，吃起东西来像一队蝗虫，谈天说笑像是一塘青蛙，出出进进，熙熙攘攘，清早起来马桶永远有人占着座儿，衣服袜子书籍纸笔狼藉满屋好像是才遭洗劫，一张报纸揉得稀烂，彼此之间有时还要制造摩擦。饶这样，还不敢盼着暑假早日结束，暑假一终止，另一灾难到来，学杂膳宿，共二十七袋面！

还有一桩年年暑期里逃不脱的罪过。学校要招生。招生要监考，监考也不要紧，顶多是考生打翻墨水壶的时候你站远点，免得溅一腿，考生问"抄题不抄题"的时候使你恶心一下。考完要看卷子，看卷子也不要紧，捏着鼻子看，总有看完的一天，离奇的答案有时使人笑得肚子疼，离奇的试题有时使人不好意思笑出声来，都还有趣。最伤脑筋的是，招生之际总有几位亲友手提着两罐茶叶一筐水果登门拜访，扭扭捏捏地说孩子要考您那个大学您那个系，求您多多关照。好像那个学房铺是我开的似的！如果我开诚布公地对他说，我实在心有余而力不足，题目不是一个人出，卷子不是一个人看，其间还有弥封暗码，最后还要开会公决，要想舞一点弊是几乎不可能的，这套话算是白说，他死也不信。"大家都是中国人，打什么官腔？""你这是推托，干脆说不管好了，不够朋友！""帮人一步忙，就怕树叶儿打了脑袋？"再说就更不好听了，"谁没有儿女？谁也保不住不求人。这点小事都不肯为力，'房顶开门，六亲不认'！"如果我答应下来，榜发之时十九是名落孙山，没脸见人。这样的苦头我年年都要吃，一年一度，牢不可破，能推的推了，不能推的昧着良心答应下来，反正结果是得罪人。今年得高人指点，应付较为得宜。接受请托之际，还他一个模棱答案：“您老的事我还能不尽力！您真是太见外了。不过有一句话得说在前头。令郎的成绩若是差个一星半点的，十分八分的，兄弟有个小面子，这事算包在我身上了，准保能给取上，不过，若是差得太多，公事上可交代不下去，莫怪我力不从心。”对方听了觉得入情入理，一定满意。之后，对方还照例要来一封八行书，几回电话，一再叮咛，这都不慌。等到快发榜的前夕，可要把握时机，少不得要到学校里钻营一番，如果确知考取了，赶快在榜发之前至少十分钟打一电话给他老人家：“恭喜！令郎的成绩好，倒不是小弟的力量……”他一定认为是你的力量。他相信人情，面子。如果没有考取，不怕，也在发榜之前十分钟打一电话，虽然是噩耗，而能在发榜之前就得到消息，这人情是托到家了。事后再赶快抄一张他这位世兄的成绩表：“英文零分，数学两分，国文十五分……实在没有办法，抱歉之至！”这办法不得罪人。

还有更难应付的问题，一到暑假，正是“毕业即失业”的季候，年轻小伙子总觉得教书的先生许有点办法，于是前来登门拜谒，请求介绍职业。其实教书的先生正是因为在人事上毫无办法，所以才来教书，否则早就学优而仕了。所以每有学生一手持履历片，一手拿点什么小小的礼物之类，我一见便伤心不只从一处来，一面痛恨自己的不中用，一面惋惜来者之找错了人。

长夏无俚，难道没有一点赏心乐事？当然也有。晚饭后，瓜棚豆架（确切地说，今年我家瓜无棚豆无架，全是就地擦的），泡上一大壶酽茶，一家人分据几把破藤椅，乘凉闲话，直聊到星稀斗横风轻露重，然后贸贸然踱到屋里倒头便睡——这是一天里最快活的一段时间。白天就没有这样清闲，多少鸡毛蒜皮的琐碎事，多少语言无味面目可憎的人，把你的时间切得寸断，把你的心戳成马蜂窝！你休想安心，休想放心，休想专心，更休想开心！

有人主张暑假里到一个风景优美的地方去避暑，什么北戴河、青岛，都是好地方，至不济到郊外山上租几间屋子，也可暂避尘嚣。这种主张当然是非常正确，谁也不预备反驳。北戴河、青岛如今都不景气，而且离前线也太近，殊非养生之道，远不及莫干山、庐山。我今年避暑的所在，和几十年来的一样，是在红尘万丈火伞高张的城里，风景差一点，可是也并未中暑。

我的暑假就这样地过去了，好歹把孩子们打发上学了，明年的暑假能不能这样平安度过，谁知道？

清华八年

一

我自民国四年进清华学校读书，民国十二年毕业，整整八年的工夫在清华园里度过。人的一生没有几个八年，何况是正在宝贵的青春？四十多年前的事，现在回想已经有些模糊，如梦如烟，但是较为突出的印象则尚未磨灭。有人说，人在开始喜欢回忆的时候便是开始老的时候。我现在开始回忆了。

民国四年，我十四岁，在北京新鲜胡同京师公立第三小学毕业，我的父亲接受朋友的劝告要我投考清华学校。这是一个重大的决定，因为这个学校远在郊外，我是一个古老的家庭中长大的孩子，从来没有独自在街头闯荡过，这时候要捆起铺盖到一个陌生的地方去住，不是一件平常的事，而且在这个学校经过八年之后便要漂洋过海离乡背井到新大陆去负笈求学，更是难以设想的事。所以父亲这一决定下来，母亲急得直哭。

清华学校在那时候尚不大引人注意。学校的创立乃是由于民国纪元前四年美国老罗斯福总统决定退还庚子赔款半数指定用于教育用途，意思是好的，但是带着深刻的国耻的意味。所以这学校的学制特殊，事实上是留美预备学校，不由教育部管理，校长由外交部派。每年招考学生的名额，按照各省分担的庚子赔款的比例分配。我原籍浙江杭县，本应到杭州去应试，往返太费事，而且我家寄居北京很久，也可算是北京的人家，为了取得法定的根据起见，我父亲特赴京兆大兴县署办理入籍手续，得到准许备案，我才到天津（当时直隶省会）省长公署报名。我的籍贯从此确定为京兆大兴县，即北京。北京东城属大兴，西城属宛平。

那一年直隶省分配名额为五名，报名应试的大概是三十几个人，初试结果取十名，复试再遴选五名。复试由省长朱家宝亲自主持，此公夙来喜欢事必躬亲，不愿假手他人，居恒有一颗闲章，文曰“官要自作”。我获得初试入选的通知以后就到天津去谒见省长。十四岁的孩子几曾到过官署？大门口站班的衙役一声吆喝，吓我一大跳，只见门内左右站着几个穿宽袍大褂的衙役垂手肃立，我逡巡走进二门，又是一声吆喝，然后进入大厅。十个孩子都到齐，有人出来点名。静静地等了一刻钟，一位面团团的老者微笑着踱了出来，从容不迫地抽起水烟袋，逐个地盘问我们几句话，无非是姓甚、名谁、几岁、什么属相之类的谈话。然后我们围桌而坐，各有毛笔纸张放在面前，写一篇作文，题目是《孝弟为人之本》。这个题目我好像从前作过，于是不假思索援笔立就，总之是一些陈词滥调。

过后不久榜发，榜上有名的除我之外有吴卓、安绍芸、梅贻宝及一位未及入学即行病逝的应某。考取学校总是幸运的事，虽然那时候我自己以及一般人并不怎样珍视这样的一个机会。

就是这样我和清华结下了八年的缘分。

二

八月末，北京已是初秋天气，我带着铺盖到清华去报到，出家门时母亲直哭，我心里也很难过。我以后读英诗人Cowper的传记时之特别同情他，即是因为我自己深切体验到一个幼小的心灵在离开父母出外读书时的那种滋味——说是“第二次断奶”实在不为过。第一次断奶，固然苦痛，但那是在孩提时代，尚不懂事，没有人能回忆自己断奶时的懊恼，第二次断奶就不然了，从父母身边把自己扯开，在心里需要一点气力，而且少不了一阵辛酸。

清华园在北京西郊外的海淀的西北。出西直门走上一条漫长的马路，沿途有几处步兵统领衙门的“堆子”，清道夫一铲一铲地在道上撒黄土，一勺一勺地在道上泼清水，路的两旁是铺石的路专给套马的大敞车走的。最不能忘的是路边的官柳，是真正的垂杨柳，好几丈高的丫杈古木，在春天一片鹅黄，真是柳眼挑金。更动人的时节是在秋后，柳丝飘拂到人的脸上，一阵阵的蝉噪，夕阳古道，情景幽绝。我初上这条大道，离开温暖的家，走向一个新的环境，心里不知是什么滋味。

海淀是一小乡镇，过仁和酒店微闻酒香，那一家的茵陈酒莲花白是有名的，再过去不远有一个小石桥，左转趋颐和园，右转经圆明园遗址，再过去就是清华园了。清华园原是清室某亲贵的花园，大门上“清华园”三字是大学士那桐题的，门并不大，有两扇铁栅，门内左边有一棵状如华盖的老松，斜倚有态，门前小桥流水，桥头上经常系着几匹小毛驴。

园里谈不到什么景致，不过非常整洁，绿草如茵，校舍十分简朴但是一尘不染。原来的一点点中国式的园林点缀保存在“工字厅”、“古月堂”，尤其是工字厅后面的荷花池。徘徊池畔，有“风来荷气，人在木阴”之致。塘坳有亭翼然，旁有巨钟为报时之用。池畔松柏参天，厅后匾额上的“水木清华”四字确是当之无愧。又有长联一副：“槛外山光，历春夏秋冬，万千变幻，都非凡境；窗中云影，任东西南北，去来淡荡，洵是仙居。”（祁嶲藻书）我在这个地方不知道消磨了多少黄昏。

西园榛莽未除，一片芦蒿，但是登土山西望，圆明园的断垣残石历历可见，俯仰苍茫，别饶野趣。我记得有一次郁达夫特来访问，央我陪他到圆明园去凭吊遗迹，除了那一堆石头什么也看不见了，所谓“万园之园”的四十美景只好参考后人画图于想象中得之。

三

清华分高等科、中等科两部分。刚入校的便是中等科的一年级生。中等四年，高等四年，毕业后送到美国去，这两部分是隔离的，食宿教室均不在一起。

学生们是来自各省的，而且是很平均地代表着各省。因此各省的方言都可以听到，我不相信除了清华之外有任何一个学校其学生籍贯是如此的复杂。有些从广东、福建来的，方言特殊，起初与外人交谈不无困难，不过年轻人学语迅速，稍后亦可适应。由于方言不同，同乡的观念容易加强，虽无同乡会的组织，事实上一省的同乡自成一个集团。我是北京人，我说国语，大家都学着说国语，所以我没有方言，因此我也就没有同乡观念。如果我可以算得是北京土著，像我这样的土著，清华一共没有几个（原籍满族的陶世杰，原籍蒙族的杨宗瀚都可以算是真正的北京人）。北京也有北京的土语，但是从这时候起我就和各个不同省籍的同学交往，我只好抛弃了我的土语的成分，养成使用较为普通的国语的习惯。**我一向不参加同乡会之类的组织，同时我也没有浓厚的乡土观念，因为我在这样的环境有过八年的熏陶，凡是中国人都是我的同乡。**

一天夜里下大雪，黎明时同屋的一位广东同学大惊小怪地叫了起来：“下雪啦！下雪啦！”别的寝室的广东同学也出来奔走相告，一个个从箱里取出羊皮袍穿上，但是里面穿的是单布裤子！

有一位从厦门来的同学，因为言语不通没人可以交谈，孤独郁闷而精神失常，整天用英语喊叫“我要回家！我要回家！”。高等科有一位是他的同乡，但是不能时常来陪伴他。结果这位可怜的孩子被遣送回家了。

我是比较幸运的，每逢星期日我缴上一封家长的信便可获准出校返家，骑驴抄小径，经过大钟寺，到西直门，或是坐一小时的人力车遵大道进城。在家里吃一顿午饭，不大工夫夕阳西下又该回学校去了。回家的手续是在星期六晚办妥的，领一个写着姓名的黑木牌，第二天交到看守大门的一位张姓老头儿的手里，才得出门。平常是不准越大门一步的。但是高等科的同学们，和张老头打个招呼，也可以出门走走，买点什么鸭梨柿子烤白薯之类的东西。

新生是一群孩子，我这一班里以项君为最矮小，有一回他掉在一只大尿桶里几乎淹死。二三十年后我在天津遇到他，他已经任一个银行的经理，还是那么高，想起往事不禁发出会心的微笑。

新生的管理是很严格的。斋务主任陈筱田先生是个了不起的人物，天津人，说话干脆而尖刻，精神饱满，认真负责。学生都编有学号，我在中等科时是五八一，在高等科时是一四九，我毕业后十几年在南京车站偶然遇到他，他还能随口说出我的学号。每天早晨七点打起床钟，赴盥洗室，每人的手巾脸盆都写上号码，脏了要罚。七点二十分吃早饭，四碟咸菜如萝卜干八宝菜之类，每人三个馒头，稀饭不限。饭桌上，也有各人的学号，缺席就要记下处罚。脸可以不洗，早饭不能不去吃。陈先生常常躲在门后，拿着纸笔把迟到的一一记下，专写学号，一个也漏不掉。我从小就有早起的习惯，永远在打钟以前很久就起床，所以从不误吃早饭。

学生有久久不写平安家信以致家长向学校查询者，因此学校规定每两星期必须写家信一封，交斋务室登记寄出。我每星期回家一次，应免此一举，但格子规定仍须照办。我父亲说这是很好的练习小楷的机会，特为我在荣宝斋印制了宣纸的信笺，要我恭楷写信，年终汇订成册，留作纪念。

学生身上不许带钱，钱要存在学校银行里，平常的零用钱可以存少许在身上，但一角钱一分钱都要记账，而且是新式簿记，有明细账，有资产负债对照表，月底结算完竣要呈送斋务室备核盖印然后发还。在学校用钱的机会很少，伙食本来是免费的，我入校的那一年才开始收半费，每月伙食是六元半，我交三元，在我以后就是交全费的了，洗衣服每月二元，这都是在开学时交清了的。理发每次一角，手术不高明，设备也简陋，有一样好处——快，十分钟连揪带拔一定完工（我的朋友张心一来自甘肃，认为一角钱太贵，总是自剃光头，青白油亮，只是偶带刀痕）。所以花钱只是买零食。校内有一个地方卖日用品及食物，起初名为嘉华公司，后改称为售品所，卖豆浆、点心、冰激凌、花生、栗子之类。只有在寝室里可以吃东西，在路上走的时候吃东西是被禁止的。

洗澡的设备很简单，用的是铅铁桶，由工友担冷热水。孩子们很多不喜欢亲近水和肥皂，于是洗澡便需要签名，以备查核。规定一星期洗澡至少两次，这要求并不过分，可是还是有人只签名而不洗澡。照规定一星期不洗澡予以警告，若仍不洗澡则在星期五下午四时周会（名为伦理演讲）时公布姓名，若仍不洗澡则强制执行派员监视。以我所知，这规则尚不曾实行过。

看小说也在禁止之列，小说是所谓“闲书”，据说是为成年人消遣之用，不是诲淫就是诲盗，年轻人血气未定，看了要出乱子的。可是像《水浒传》《红楼梦》之类我早就在家里看过，也是偷着看的，看到妙处心里确是怦怦然。

我到清华之后，经朋友指点，海淀有一家小书店可以买到石印小字的各种小说。我顺便去了一看，琳琅满目，如入宝山，于是买了一部《绿牡丹》。有一天晚上躺在床上偷看，字小，纸光，灯暗，倦极抛卷而眠，翌晨起来就忘记从枕下拣起，斋务先生查寝室，伸手一摸就拿走了。当天就有条子送来，要我去回话，我还不知道是什么事。只见陈先生铁青着脸，把那本《绿牡丹》往我面前一丢，说：“这是嘛？”“嘛”

者天津话“什么”也。我的热血涌到脸上，无话可说，准备接受打击。也许是因为我是初犯，而且并无其他前科，也许是因为我诚惶诚恐俯首认罪，使得惩罚者消了不少怒意，我居然除了受几声叱责及查获禁书没收之外没有受到惩罚。依法，这种罪过是要处分的，应于星期六下午大家自由活动之际被罚禁闭，地点在“思过室”，这种处分是最轻微的处分，在思过室里静坐几小时，屋里壁上满挂着格言，所谓“闭门思过”。凡是受过此等处分的，就算是有了纪录，休想再能获得品行优良奖的大铜墨盒。我没进过思过室，可是也从来没有得过大铜墨盒，可能是受了“绿牡丹事件”的影响。我们对于得过墨盒的同学们既不嫉妒亦不羡慕，因为人人心里明白那个墨盒的代价是什么，并且事后证明墨盒的得主将来都变成了什么样的角色。

思过是要牌示的，若干次思过等于记一小过，三小过为一大过，三大过则恶贯满盈实行开除。记过开除之事在清华随时有之，有时候一向品学兼优的学生亦不能免于记过。比我高一班的潘光旦曾告诉我他就被记小过一次，事由是他在严寒冬夜不敢外出如厕，就在寝室门外便宜行事，事有凑巧，陈斋务主任正好深夜巡查，迎面相值当场查获，当时未交一语，翌日挂牌记过。光旦认为这是很有趣的一件事，从不讳言。中等科的厕所（绰号九间楼）在夜晚是没有人敢去的，面临操场，一片寂寥，加上狂风怒吼，孩子们是有一点怕。最严重的罪过是偷窃，一经破获，立刻开除，有时候拿了人家的一本字典或是拿了人家一匹夏布，都要受最严重的处分，趁上课时扃闭寝室通路，翻箱倒箧实行突检，大概没有窃案不被破获的，虽然用重典，总还有人要蹈法网。有些学生被当作“线民”使用，负责打小报告，这种间谍制度后来大受外国教员指责，不久就废弃了，做线民的大概都是得过墨盒的。

清华对于年幼的学生还有过一阵的另一训导制度，三五个年幼的学生配给一个导师，导师由高等科的大学生担任之，每星期聚会一次，在生活上予以指导。指导我的是一位沈隽淇先生，大概比我大七八岁，道貌岸然，不苟言笑。这制度用意颇佳，但滞碍难行，因为硬性配给，不免扞格。此制行之不久即废，沈隽淇先生毕业后我也从来没听见过他的消息。

严格的生活管理只限于中等科，我们事后想想像陈筱田先生所执行的那一套管理方法，究竟是利多弊少，许多做人做事的道理，本来是应该在幼小的时候就要认识。许多自然主义的教育信仰者，以为儿童的个性应该任其自由发展，否则受了摧残以后，便不得伸展自如。至少我个人觉得我的个性没有受到压抑以至于以后不能充分发展。我从来不相信“树大自直”。等我们升到高等科，一切管理松弛多了，尤其是正值“五四运动”之后，学生的气焰万丈，谁还能管学生？

四

清华是预备留美的学校，所以课程的安排与众不同，上午的课如英文、作文、公民（美国公民）、数学、地理、历史（西洋史）、生物、物理、化学、政治学、社会学、心理学……都一律用英语讲授，一律用美国出版的教科书；下午的课如国文、历史、地理、修身、哲学史、伦理学、修辞、中国文学史……都一律用国语，用中国的教科书。这样划分的目的，显然的要加强英语教学，使学生多得听说英语的机会。上午的教师一部分是美国人，一部分是能说英语的中国人。下午的教师是一些中国的老先生，好多都是在前清有过功名的。但是也有流弊，重点放在上午，下午的课就显得稀松。尤其是在毕业的时候，上午的成绩需要及格，下午的成绩则根本不在考虑之列。因此大部分学生轻视中文的课程。这是清华在教育上最大的缺点，不过鱼与熊掌不可得兼，顾了英文就不容易再顾中文，这困难的情形也是可以理解的。可惜的是学校没有想出更合理的办法，同时对待中文教师之差别待遇也令学生生出很奇异的感想，薪给特别低，集中住在比较简陋的古月堂，显然中文教师是不受尊重的。这在学生的心理上有不寻常的影响，一方面使学生蔑视本国的文化，崇拜外人；另一方面激起反感，对于洋人偏偏不肯低头。我个人的心理反应即属于后者，我下午上课从来不和先生捣乱，上午在课堂里就常不驯顺。而且我一想起母校，我就不能不联想起庚子赔款、义和团、吃教的洋人、昏聩的官吏……这一连串的联想使我惭愧愤怒。我爱我的母校，但这些联想如何能使我对我母校毫无保留地感觉骄傲呢？

清华特别注重英文一课，由于分配的钟点特多，再加上午其他各课亦用英语讲授，所以平均成绩可能较一般的学校略胜。使用的教本开始时是《鲍尔文读本》，以后就由浅而深地选读文学作品，如《阿丽斯异乡游记》《陶姆伯朗就学记》《柴斯菲德训子书》《金银岛》《欧文杂记》，阿迪生的《洛杰爵士杂记》，霍桑的《七山墙之屋》《块肉余生述》《朱立阿西撒》《威尼斯商人》，等等。前后八年教过我英文的老师有马国骥先生、林语堂先生、孟宪承先生、巢望霖先生，美籍的有Miss Baader，Miss Clemens，Mr. Smith等。马、林、孟三位先生都是当时比较年轻的教师，不但学问好，教法好，而且热心教学，是难得的好教师。巢先生是在英国受教育的，英文根底极好，我很惭愧的是我曾在班上屡次无理捣乱反抗，使他很生气，但是我来台湾后他从香港寄信给我，要我到香港大学去教中文，我感谢这位老师尚未忘记几十年前的一个顽皮的学生。两位美籍的女教师使我特殊受益的倒不在英文训练，而在她们教导我们练习使用“议会法”，这一套如何主持会议、如何进行讨论、如何交付表决等等的艺术，以后证明十分有用，这也就是孙中山先生所谓的“民权初步”。在民主社会里到处随时有集会，怎么可以不懂集会的艺术？我幸而从小就学会了这一套，以后受用不浅，以后每逢我来主持任何大小会议，我知道如何控制会场秩序，如何迅速地处理案件的讨论。她们还教了我们作文的方法，题目到手之后，怎样先作大纲，怎样写提纲挈领的句子，有时还要把别人的文章缩写成为大纲，有时从一个大纲扩展成为一篇文章，这一切其实就是思想训练，所以不仅对英文作文有用，对国文也一样的有用。我的文章写得不好，但如果层次不太紊乱，思路不太糊涂，其得力处在此。美国的高等学校大概就是注重此种教学方法，清华在此等处模仿美国，是有益的。

上午的所有课程有一特色，即是每次上课之前学生必须做充分准备，先生指定阅览的资料必须事先读过，否则上课即无从听讲或应付。上课时间用在练习讨论者多，用在讲解者少，同时鼓励学生发问。我们中国学生素来没有当众发问的习惯，美籍教师常常感觉困惑，有时指名发问令其回答，造成讨论的气氛。美国大学里的课外指定阅读的资料分量甚重，所以清华先有此种准备，免得到了美国顿觉不胜负荷。我记得到了高等科之后，先生指定要读许多参考书，某书某章必须阅读，我们在图书馆未开门之前就排了长龙，抢着阅读参考书架上的资料，迟到者就要等候。

我的国文老师中使我获益最多的是徐镜澄先生，我曾为文纪念过他（见《秋室杂文》）。他在中等科教我作文一年，批改课业大勾大抹，有时全页都是大墨杠子，我几千字的文章往往被他删削得体无完肤，只剩下三二百字，我始而懊恼，继而觉得经他勾改之后确实是另有一副面貌，终乃接受了他的“割爱主义”，写文章少说废话，开门见山；拐弯抹角的地方求其挺拔，避免阘茸。

午后的课程大致不能令学生满意。学校聘请教员只知道注意其有无举人进士的头衔，而不问其是否为优良教师。尤其是“五四”以后的几年，学生求知若渴，不但要求新知，对于中国旧学问也要求用新眼光来处理。比我低一班的朱湘先生就跑到北大旁听去了。清华午后上课情形简直是荒唐！先生点名，一个学生可以代替许多学生答到，或者答到之后就开溜，留在课室者可以写信看小说甚至打瞌睡，而先生高踞讲坛视若无睹。我记得清清楚楚，有一位时先生年老而无须，有一位学生发问了：“先生，你为什么不生胡须？”先生急忙用手遮盖他的下巴，缩颈俯首而不答，全班哄笑。这一类不成体统的事不止一端。

于此我不能不提到梁任公先生。大概是我毕业前一年，我们几个学生集议想请他来演讲。他的大公子梁思成是我同班同学，梁思永、梁思忠也都在清华，所以我们经过思成的关系一约就成了。任公先生的学问事业是大家敬仰的，尤其是他心胸开朗，思想赶得上潮流，在“五四”以后俨然是学术巨擘。他身体不高、头秃、双目炯炯有光，走起路来昂首阔步，一口广东官话，声如洪钟。他讲演的题目是《中国韵文里表现的情感》，他情感丰富，记忆力强，用手一敲秃头便能背诵出一大段诗词，有时手之舞之足之蹈之，有时口沫四溅涕泗滂沱，频频地从口袋里掏出一块大毛巾来揩眼睛。这篇演讲分数次讲完，有异常的成功，我个人对中国文学的兴趣就是被这一篇演讲所鼓动起来的。以前读曾毅《中国文学史》，因为授课的先生只是照着书本读一遍，毫无发挥，所以我越读越不感兴趣。任公先生以后由学校聘请住在工字厅主讲《中国历史研究法》，更以后清华大学成立，他被聘为研究所教授，那是后话了。

还有些位老师我也是不能忘记的。教音乐的Miss Seeley和教图画的Miss Starr和Miss Lyggate都启迪了我对艺术的爱好。我本来喉音不坏，被选为“少年歌咏团”的团员，一共十二个人，除了我之外有赵敏恒、梅畅春、项谔、吴去非、李先闻、熊式一、吴鲁强、胡光澄、杜钟珩、郭殿邦等，我的嗓音最高，曾到城里青年会表演过一次Human Piano“人造钢琴”，我代表最高音，以后我倒了嗓子，同时Seeley女士离校后也没有人替其指导，我对音乐便失去了兴趣，没有继续修习，以至于如今对于音乐几乎完全是个聋子，中国音乐不懂，外国音乐也不通，变成了一个“内心没有音乐的人”，想起来实在可怕。讲到国画，我从小就喜欢，涂抹几笔是可以的，但无天才，清华的这两位教师给我的鼓励太多了，要我画炭画，描石膏像，记得最初是画院里的一棵松树，从基本上学习，但我没有能持续用功。我妄以为在小学时即已临摹王石谷、恽南田，如今还要回过头来画这些死东西？自以为这是委屈了我的才能，其实只是狂傲无知。到如今一点基本的功夫都没有，还谈得到什么用笔用墨？幼年时对艺术有一点点爱好，不值什么，没加上苦功，便毫无可观，我便是一例。

我不喜欢的课是数学。在小学时“鸡兔同笼”就已经把我搅昏了头，到清华习代数、几何、三角，更格格不入，从心里厌烦，开始时不用功，以后就很难跟上去，因此视数学课为畏途。我的一位同学孙筱孟比我更怕数学，每回遇到数学月考大考，他一看到题目就好像是“贾宝玉神游太虚幻境”一般，匆匆忙忙回寝室换裤子，历次不爽。我那时有一种奇异的想法，我将来不预备习理工，要这劳什子做什么？以“兴趣不合”四个字掩饰自己的懒惰愚蠢。数学是人人要学的，人人可以学的，那是一种纪律，无所谓兴趣之合与不合，后来我和赵敏恒两个人同在美国一个大学读书，清华的分数单上数学一项都是勉强及格六十分，需要补修三角与立体几何，我们一方面懊恼，一方面引为耻辱，于是我们两个拼命用功，结果我们两个在全班上占第一第二的位置，大考特准免予参加，以甲上成绩论。这证明什么？这证明没有人的兴趣是不近数学的，只要按部就班地用功，再加上良师诱导，就会发觉里面的趣味，万万不可任性，在学校里读书时万万不可相信什么“趣味主义”。

生物、物理、化学三门并非全是必修，预备习文法的只要修生物即可，这一规定也害我不浅，我选了比较轻松的生物，教我们生物的陈隽人先生，他对我们很宽，我在实验室里完全把时间浪费了，我怕触及蚯蚓、田鸡之类的活东西，闻到珂罗芳的味道就头痛，把蛤蟆四肢钉在木板上开刀取心脏是我最怵的事，所以总是请同学代为操刀，敷衍了事。物理、化学根本没有选修，至今引为憾事。

我的手很笨拙，小时候手工一向很坏，编纸插豆、泥工竹工的成绩向来羞于见人。清华亦有手工一课，教师是周永德先生，有一次他要我们每人做一个木质的方锥体，我实在做不好，就借用同学徐宗沛所做的成品去搪塞交上。宗沛的手是灵巧的，他的方锥体做得方方正正有棱有角，周先生给他打了个九十分。我拿同一个作品交上去，他对我有偏见，仅打了七十分，我不答应，我自己把真相说穿。周先生大怒，说我不该借用别人的作品。我说："我情愿受罚，但是先生判分不公，怎么办呢？"先生也笑了。

五

清华对于体育特别注重。

每早晨第二堂与第三堂之间有十五分钟的柔软操，钟声一响大家涌到一个广场上，地上有写着号码的木桩，各按号码就位立定，由舒美科先生或马约翰先生领导活动，由助教过来点名。这十五分钟操，如果认真做，也能浑身冒汗。这是很好的调剂身心的办法。

下午四时至五时有一小时的强迫运动，届时所有的寝室课室房门一律上锁，非到户外运动不可，至少是在外面散步或看看别人运动。我是个懒人，处此情形之下，也穿破了一双球鞋，打烂了三五只网球拍，大腿上被棒球打黑了一大块。可惜到了高等科就不再强迫了。经常运动有助于健康，不，是健康之绝对的必需的条件。而且身体的健康，也必有助于心理的健康。年轻时所获致的健康也是后来求学做事的一笔资本。那时清华的一般的学生比较活泼一些，少老气横秋的态度，也许是运动比较多一点的缘故。

学生们之普遍的爱好运动的习惯之养成是一件事，选拔代表与别的学校竞赛则是又一件事。清华对于选手的选拔培养与爱护也是做得很充分的。选手要勤练习，体力耗损多，食物需要较高的热量，于是在食堂旁边另设“训练桌”，大鱼大肉，四盘四碗，同学为之侧目。运动员之德智体三育均优者固然比比皆是，但在体育方面畸形发展的亦非绝无仅有。有一位玩球的健将就是功课不够理想，但还是设法留在校内以便为校立功，这种恶劣的作风是大家都知道的。

清华的运动员给清华带来不少的荣誉，在各种运动比赛中总是占在领导的位置。在最初的几次远东运动会中清华的选手赢得不少锦标，为国家争取光荣。我记得最清楚的是一场足场赛和一场篮球赛。上海南洋大学的足球队在华中称雄，远征华北以清华为对象，大家都觉得胜败未可逆料，不无惴惴。清华的阵容是前锋徐仲良、姚醒黄、关颂韬、华秀升、邝××，后卫之一是李汝祺，守门是董大酉。这一战打得好精彩，徐仲良脚头有劲，射门准而急，关颂韬最会盘球，三两个人奈何不得他，冲锋陷阵如入无人之境，结果清华以逸待劳，侥幸大胜。这是在星期六下午举行的，星期一补放假一天以资庆祝，这是什么事！另一场篮球赛是对北师大。北师大在体育方面也是人才辈出，篮球队中一位魏先生尤负盛名。北师大和清华在篮球不相上下，可说势均力敌。清华的阵容前锋有时昭涵、陈崇武，后卫有孙立人、王国华，以这一阵容为基本的篮球队曾打垮菲律宾、日本的代表队。鏖战的结果清华占地利因而险胜，孙立人、王国华的截球之稳练不能不令人叹为观止。附带提起，现在台湾的程树仁先生也是清华的运动健将，他继曹懋德为足球守门，举臂击球，比用脚踢还打得远些，他现在年近七十而强健犹昔，是清华的体育精神的代表。

清华毕业时照例要考体育，包括田径、爬绳、游泳等项。我平常不加练习，临考大为紧张，马约翰先生对于我的体育成绩只是摇头太息。我记得我跑四百码的成绩是九十六秒，人几乎晕过去。一百码是十九秒。其他如铁球、铁饼、标枪、跳高、跳远都还可以勉强及格。游泳一关最难过。清华有那样好的游泳池，按说有好几年的准备应该没有问题，可惜是这好几年的准备都是在陆地上，并未下过水里，临考只得舍命一试。我约了两位同学各持竹竿站在两边，以备万一。我脚踏池边猛然向池心一扑，这一下就浮出一丈开外，冲力停止之后，情形就不对了。原来水里也有地心吸力，全身直线下沉。喝了一大口水之后，人又浮到水面，尚未来得及喊救命，已经再度下沉。这时节两根竹竿把我挑了起来，成绩是不及格，一个月后补考。这一个月我可天天练习了，好在不止我一人，尚有几位陪伴我。补考的时候也许是太紧张，老毛病又发了，身体又往下沉，据同学告诉我，我当时在水里扑腾得好厉害，水珠四溅，翻江倒海一般，否则也不会往下沉。这一沉，沉到了池底，我摸到大理石的池底，滑腻腻的。我心里明白，这一回只许成功不许失败，便在池底连爬带游地前进，喝了几口水之后，头已露出水面，知道快泳完全程了，于是从从容容来了几下子蛙式泳，安安全全地跃登彼岸，马约翰先生笑得弯了腰，挥手叫我走，说："好啦，算你及格了。"这是我毕业时极不光荣的一个插曲，我现在非常悔恨，年轻时太不知道重视体育了。

清华的体育活动也并不完全是洋式的，也有所谓国术，如打拳击剑之类，教师是李剑秋先生，他的拳是外家一路，急而劲，据说很有功夫，有时也开会表演，邀来外面的各路英雄，刀枪剑戟陈列在篮球场上，主人先垫垫脚，然后一十八般武艺一样一样地表演上场，其中包括空手夺刀之类。对于这种玩意儿，同学中也有乐此不疲者，分头在钻研太极八卦少林石头的奥秘。

六

五四运动发生在民国八年，我在中等科四年级，十八岁，是当时学生群中比较年轻的一员。清华远在郊外，在五四过后第二三天才和城里的学生联络上。清华学生的领导者是陈长桐。他的领导才能

（charisma）是天生的，他严肃而又和蔼，冷静而又热情，如果他以后不走进银行而走进政治，他一定是第一流的政治家。他的卓越的领导能力使得清华学生在这次运动里尽了应尽的责任，虽然以后没有人以“五四健将”而闻名于世。自五月十九日以后，北京学生开始街道演讲。我随同大队进城，在前门外珠市口我们一小队人从店铺里搬来几条木凳横排在街道上，人越聚越多，讲演的情绪越来越激昂，这时有三两部汽车因不得通过而乱按喇叭，顿时激怒了群众，不知什么人一声喝打，七手八脚地捣毁了一部汽车。我当时感觉到大家只是一股愤怒不知向谁发泄，恨政府无能，恨官吏卖国，这股恨只能在街上如醉如狂的发泄了。在这股洪流中没有人能保持冷静，此之谓群众心理。那部被打的汽车是冤枉的，可是后来细想也许不冤枉，因为至少那个时候坐汽车而不该挨打的人究竟为数不多。

六月三日四日北京学生千余人在天安门被捕，清华的队伍最整齐，所以集体被捕，所占人数也最多。

清华因为继续参加学生运动而引起学校当局的不满，校长张煜全先生也许是用人不当，也许是他自已过分慌张，竟乘学生晚间开会之际切断了电线，他以为这一着可以迫使学生散去，想不到激怒了学生，当时点起蜡烛继续开会，这是对当局之公然反抗。事有凑巧，会场外忽然发现了三五个衣裳诡异打着纸灯笼的乡巴佬，经盘问后，原来是由学校当局请来的乡间的“小锣会”来弹压学生的。所谓小锣会，即是乡村农民组织的自卫团体，遇有盗警之类的事变就以敲锣为号，群起抵抗，是维持地方治安的一种组织。糊涂的学校当局竟把这种人请进学校来对付学生，真是自寻烦恼。学生们把小锣会团团围住，让他们具结之后便把他们驱逐出校。但是驱逐校长的风潮也因此而爆发了。

五四往好处一变而为新文化运动，往坏处一变而为闹风潮。清华的风潮是赶校长。张煜全、金邦正，接连着被学生列队欢送迫出校外，其后是罗忠诒根本未能到差。这一段时期学生领导人之最杰出者为罗隆基，他私下里常说“九年清华，三赶校长”是实有其事。清华的传统的管理学生的方式崩溃了，学生会的坚强组织变成学生生活的中心。学生自治也未始不是一个好的现象，不过罢课次数太多，一快到暑假就要罢课，有人讥笑我们是怕考试，然乎否乎根本不值一辩，不过罢课这个武器用得次数太多反而失去同情则确是事实。

五四运动原是一个短暂的爱国运动，热烈的，自发的，纯洁的，“如击石火，似闪电光”，很快的就过去了。可是年青的学生们经此刺激震动而突然觉醒了，登时表现出一股蓬蓬勃勃的朝气，好像是蕴藏压抑多年的情绪与生活力，一旦获得了迸发奔放的机会，一发而不可收拾，沛然而莫之能御。当时以我个人所感到的而言，这一股力量在两点上有明显的表现：一是学生的组织，一是广泛的求知欲。

在这以前，学生们都是听话的乖孩子，对权威表示服从，对教师表示尊敬，对职员表示畏惧。我刚到清华的时候，见到校长周寄梅先生真觉得战战兢兢，他自有一种威仪使人慑服，至今我仍然觉得他有极好的风度，在我所知道的几任清华校长之中．他是最令大家翕服的一个。学校的组织与规程，尽管有不合理处，学生们不敢批评，更不敢有公然反抗的举动。除了对于国文教师常有轻慢的举动以外，学生对一般教师是恭顺的。无论教师多么不称职，从没有被学生驱逐的。在中等科时，一位国文先生酒醉，拿竹板打了学生的手心，教务长来抢走了竹板，事情也就平息了，这事情若发生在今天那还了得！清华管理严格，记过开除是经常有的事，一纸开除的布告贴出，学生乖乖地卷铺盖，只有一次例外。我同班的一位万同学，因故被开除，他跑到海淀喝了一瓶莲花白，红头涨脸地跑回来，正值斋务主任李胡子在饭厅和学生们一起用膳，就在大庭广众之下，上去一拳把他打倒在地，这是绝无仅有的一次犯上作乱的精彩表演。

五四以后情形完全不同了。首先要说起学校当局之颟顸无能，当局糊涂到用关灭电灯的方法来防止学生开会，召进乡间的“小锣会”打着灯笼拿着棍棒到学校里来弹压学生，这如何能令学生心服？周校长以后的几任校长，都是外交部派来的闲散的外交官，在做官方面也许是内行的，但是平素学问道德未必能服人，遇到这动荡时代更不懂得青年心理，当然是治丝益紊，使事态恶化。数年之内，清华数易校长，每一位都是在极狼狈的情形之下离去的。学生的武器便是他们的组织——学生会。从前的班长级长都是些当局属意的“墨盒”持有人，现在的学生会的领导者是些有组织能力的有担当的份子。所谓“团结即是力量”，道理是不错的。原来为了遂行爱国运动而组织起来的学生会，性质逐渐扩大，目标也逐渐转移了。学生要求自治，学生也要过问学校的事。清华的学生会组织是相当健全的，分评议会与干事会两部分，评议会是决议机关，干事会是执行机关，评议员是选举的，我在清华最后几年一直是参加评议会的。我深深感觉“群众心理”是很可怕的，组织的力量如果滥用也是很可怕的。我们短短期间内驱逐的三位校长，其中有一位根本未曾到校，他的名字是罗忠诒，不知什么人传出了消息说他吸食鸦片烟，于是喧嚷开来，舆论哗然，吓得他未敢到任。人多势众的时候往往是不讲理的。学生会每逢到了五六月的时候，总要闹罢课的勾当，如果有人提出罢课的主张，不管理由是否充分，只要激昂慷慨一番，总会通过。罢课曾经是赢得伟大胜利的手段，到后来成了惹人厌恶的荒唐行为。不过清华的罢课当初也不是没有远大目标的。十一年三月间罗隆基写了一篇《彻底翻腾的清华革命》，发表在《北京晨报》，翌年三月间由学生会印成小册，并有梁任公先生及凌冰先生的序言，一致赞成清华应有一健全的董事会，可见清华革命之说确是合乎当时各方的要求。

嚣张是不须讳言的，但是求知的欲望也同时变得非常旺盛，对于一切的新知都急不暇择地吸收进去。我每次进城在东安市场、劝业场、青云阁等处书摊旁边不知消磨多少时光流连不肯去，几乎凡有新刊必定购置，不是我一人如此，多少敏感的青年学生都是如此。

我记得仔细阅读过的书刊包括有：胡适的实验主义，尝试集，短篇小说集，中国哲学史，周作人的欧洲文学史，域外小说集，王星拱的科学方法论，潘家洵译的易卜生戏剧，少年中国的丛书，共学社的丛书、晨报丛书，等等。新潮、新青年等杂志更不待言的是每期必读的。当然，那时候学力未充，鉴别无力，自己并无坚定的见地，但是扩充眼界，充实腹笥，总是一件好事。所以我那时看的东西很杂，进化论与互助论，资本论与安那其主义，托尔斯泰与肖伯纳，罗素与柏格森，太戈耳与王尔德，兼收并蓄，杂糅无章。没有人指导，没有人讲解，暗中摸索，有时自以为发掘到宝藏而沾沾自喜，有时全然失去比例与透视。幸而，由于我的天生的性格，由于我的家庭的管教，我尚能分辨出什么是稳健的康庄大道，什么是行险侥幸的邪恶小径。三十岁以后，自己知道发奋读书，从来不敢懈怠，但是求知的热狂在五四以后的那一段期间仍然是无可比拟的。

因为探求新知过于热心，对于学校的正常的功课反倒轻视疏忽了。基本的科学，不感兴趣，敷敷衍衍地读完一年生物学之后对于物理化学即不再问津，这一缺憾至今无法补偿。对于数学我更没有耐心，自己给自己制造了一个借口曰："性情不近"。梁任公先生创"趣味说"，我认为正中下怀，我对数学不感兴趣，因此数学的成绩仅能勉强维持及格，而并不觉得惭怍。不但此也，在英文班上读些文学名著，也觉得枯燥无味，莎士比亚的戏剧亦不能充分赏识，他的文字虽非死文字，究竟嫌古老些，哪有时人翻译出来的现代作品那样轻松？于是有人谈高尔华绥、肖伯纳、王尔德、易卜生，亦从而附和之；有人谈莫泊桑、柴霍甫、屠格涅夫、法朗士，亦从而附和之。如响斯应，如影斯随，追逐时尚，惶惶然不知其所届。这是五四以后之一窝蜂的现象，表面上轰轰烈烈，如花团锦簇，实际上不能免于浅薄幼稚。

七

清华学生全体住校，自成一个社团，故课外活动也就比较多些。我初进清华，对音乐、图画都很热心。教音乐的教师Miss Seeley循循善诱，仪态万千，是颇受学生欢迎的一个人。她令学生唱校歌（清华的校歌是英文的）以测验学生歌唱的能力，我一试便引起她的注意，因为我声音特高，而且我能唱出校歌两阕的全部歌词，后来我就当选为清华幼年歌咏团的团员。不知为什么这位教师回国后就一直没有替人，同时我的嗓音倒了之后亦未能复原，于是从此我和音乐绝缘。教图画的教师先是一位Miss Starr后是一位Miss Lyggate，教我们白描，教我们写生，炭画水彩画，可惜的是我所喜欢的是中国画，并且到了中等科三年级也就没有图画一课了。

我在图画音乐上都不得发展，兴趣转到了写字上面去。在小学的时候教师周士棻（香如）先生教我们写草书千字文，这是白折子九宫格以外的最有趣的课外作业，我的父亲又鼓励我涂鸦，因此我一直把写字当作一种享受。我在清华八年所写的家信，都是写在特制的宣纸信笺上，每年装订为一册，全是墨笔恭楷，这习惯一直维持到留学回国为止。有一天我和同学吴卓（鹄飞）、张嘉铸（禹九）商量，想组织一个练习写字的团体，吴卓写得一笔好赵字，张嘉铸写得一笔酷似张廉卿的魏碑体，众谋佥同，于是我就着手组织，征求同好。我的父亲给我们起了一个名字，曰“清华戏墨社”。大字、小楷，同时并进。包世臣的《艺舟双楫》、康有为的《广艺舟双楫》成了我的手边常备的参考书。我本来有早起的习惯，七点打起床钟，我六点就盥洗完毕，天蒙蒙亮我和几位同学就走进自修室，正襟危坐，磨墨抻纸，如是者二年，不分寒暑，从未间断，举行过几次展览。我最初看吴卓临赵孟頫《天冠山图咏》，见猎心喜，但是我父亲不准我写，认为应先骨格而后妩媚，要我写颜真卿的《争座位》和柳公权的《玄秘塔》，同时供给我大量的珂罗版的汉碑，主要的是张迁碑、白石神君碑、孔庙碑，而以曹全碑殿后。这样临摹了两年，孤芳自赏，但愧未能持久，本无才力，终鲜功夫，至今拿起笔杆不能运用自如，是一憾事。

清华不是教会学校，所以并没有什么宗教气氛，但是有些外国教师及一些热心的中国人仍然不忘传教，例如查经班青年会之类均应有尽有，可是同时也有一批国粹派出面提倡孔教以为对抗。我对于宗教没有兴趣，不过于耶教孔教二者若是必须做一选择，我宁取后者，所以我当时便参加了一些孔教会的活动，例如在孔教会附设的贫民补习班和工友补习班里授课之类。不过孔子的学说根本不能构成宗教，所谓国教运动尤其讨厌。

“五四”以后，心情丕变。任何人在青春时期都会“怨黄莺儿作对，怪粉蝶儿成双”，都会变成为一个诗人。我也在荷花池畔开始吟诗了。有一首诗就题为《荷花池畔》，后来发表在《创造季刊》第四期上，我从事文艺写作是在我进入高等科之初，起先是几个朋友（顾毓琇、张忠绂、翟桓等）在校庆日之前凑热闹翻译了一本《短篇小说作法》，这是一本没有什么价值的书，不知为何选中了它。我们的组织定名为“小说研究社”，向学校借占了一间空的寝室作为会所。后来我们认识了比我们高两级的闻一多，是他提议把小说研究社改为“清华文学社”，添了不少新会员，包括朱湘、孙大雨、闻一多、谢文炳、饶子离、杨子惠等。闻一多是个多才多艺的人，他不仅年纪比我们大两岁，在心理的成熟方面以及学识修养方面，都比我们不止大两岁，我们都把他当作老大哥看待。他长于图画，而国文根底也很坚实，作诗仿韩昌黎，硬语盘空，雄浑恣肆，而情感丰富，正直无私。这时候我和一多都大量地写白话诗，朝夕观摩，引为乐事。我们对于当时的几部诗集颇有一些意见，《冬夜》

里有“被窝暖暖的，人儿远远的”之句，《草儿》里有《旗呀，旗呀，红、黄、蓝、白、黑的旗呀！》这样的一首，还有“如厕是早起后第一件大事”之句，我们都认为俗恶不堪，就诗论诗倒是《女神》的评价最高，基于这一点意见，一多写了一篇长文《冬夜评论》，由我寄给《北京晨报副刊》（孙伏园编）。我们很天真，以为报纸是公开的园地，我们以为文艺是可以批评的，但事实不如此。稿寄走之后，如石沉大海，杳无音讯，几番函询亦不得复音，幸亏尚留底稿，我决定自行刊印，自己又写了一篇《草儿评论》，合为《冬夜草儿评论》，薄薄的一百多页，用去印刷费百余元，是我父亲供给我的。这一小册的出版引起两个反响，一个是《努力周报》署名“哈”的一段短评，当然是冷嘲热骂，一个是创造社《女神》作者的来信赞美。由于此一契机我认识了创造社诸君。

我有一次暑中送母亲回杭州，路过上海，到了哈同路民厚南里，见到郭、郁、成几位，我惊讶的不是他们生活的清苦，而是他们的生活的颓废，尤以郁为最。他们引我从四马路的一端，吃大碗的黄酒，一直吃到另一端，在大世界追野鸡，在堂子里打茶围，这一切对于一个清华学生是够恐怖的。后来郁达夫到清华来看我，要求我两件事，一是访圆明园遗址，一是逛北京的四等窑子，前者我欣然承诺，后者则清华学生夙无此等经验，未敢奉陪（后来他找到他的哥哥的洋车夫陪他去了一次，他表示甚为满意云）。

差不多同时我也由于通信而认识了南京高师的胡昭佐（梦华），由于他而认识了吴宓（雨僧），后来又认识了梅光迪（迪生）、胡先辅（步青）诸位。对于南京一派比较守旧的思潮，我也有一点同情，并不想把他们一笔抹杀。

我的父亲总是担心我的国文根底不够，所以每到暑假他就要我补习国文，我的教师是仪征陈止（孝起）先生，他的别号是大镫，是一位纯旧式的名士，诗词文章无所不能，尤好收集小品古董，家里满目琳琅。

我隔几天送一篇文章请他批改，偶然也作一点旧诗。但是旧文学虽然有趣，我可以研究欣赏，却无模拟的兴致，受过“五四”洗礼的人是不能再回复到以前的那个境界里去了。

八

临毕业前一年是最舒适的一年，搬到向往已久的大楼里面去住，别是一番滋味。这一部分的宿舍有较好的设备，床是钢丝的，屋里有暖气炉，厕所里面有淋浴有抽水马桶。不过也有人不能适应抽水马桶，以为做这种事而不采取蹲的姿势是无法完成任务的（我知道顾德铭即是其中之一，他一清早就要急急忙忙跑到中等科去照顾那九间楼），可见吸收西方文化也并不简单，虽然绝大多数的人是乐于接受的。

和我同寝室的是顾毓琇、吴景超、王化成，四个少年意气扬扬共居一室，曾经合照过一张相片，坐在一条长凳上，四副近视眼镜，四件大长袍，四双大皮鞋，四条跷起来的大腿，一派生愣的模样。过了二十年，我们四个在重庆偶然聚首，又重照了一张，当时大家就意识到这样的照片一生中怕照不了几张。当时约定再过二十年一定要再照一张，现在拍照第三张的时期已过，而顾毓琇定居在美国，王化成在葡萄牙任公使多年之后病殁在美国，吴景超在大陆上，四人天各一方，萍踪漂泊，再聚何年？今日我回忆四十年前的景况，恍如昨日：顾毓琇以“一樵”的笔名忙着写他的《芝兰与茉莉》，寄给文学研究会出版，我和景超每星期都要给《清华周刊》写社论和编稿。提起《清华周刊》，那也是值得回忆的事。我不知哪一个学校可以维持出版一种百八十页的周刊，历久而不停，里面有社论、有专文、有新闻、有通讯、有文艺。我们写社论常常批评校政，有一次我写了一段短评鼓吹男女同校，当然不是为私人谋，不过措词激烈了一点，对校长之庸弱无能大肆抨击，那时的校长是曹云祥先生（好像是做过丹麦公使，娶了一位洋太太，学问道德如何则我不大清楚），大为不悦，召吴景超去谈话，表示要给我记大过一次。景超告诉他："你要处分是可以的，请同时处分我们两个，因为我们负共同责任。"结果是采官僚作风，不了了之。我喜欢文学，清华文艺社的社员经常有作品产生，不知我们这些年轻人为什么有那样大的胆量，单凭一点点热情，就能振笔直书从事创作，这些作品经由我的安排，便大量地在周刊上发表了，每期有篇幅甚多的文艺一栏自不待言，每逢节日还有特刊副刊之类，一时文风甚盛。这却激怒了一位同学（梅汝璈），他投来一篇文章《辟文风》，我当然给他登出来，然后再辟而辟之。我之喜欢和人辩驳问难，盖自此时始，我对于写稿和编辑刊物也都在此际得到初步练习的机会。周刊在经济方面是学校支持的，这项支出有其教育的价值。

我以《清华周刊》编者的名义，到城里陟山门大街去访问胡适之先生。原因是梁任公先生应《清华周刊》之请写了一个《国学必读书目》，胡先生不以为然，公开地批评了一番。于是我径去访问胡先生，请他也开一个书目。胡先生那一天病腿，躺在一张藤椅上见我，满屋里堆的是线装书。这是我第一次见到胡先生，清癯的面孔，和蔼而严肃，他很高兴地应了我们的请求。后来我们就把他开的书目发表在《清华周刊》上了。这个书目引出吴稚晖先生的一句名言："线装书应该丢到茅厕坑里去！"

我必须承认，在最后两年实在没有能好好地读书，主要的原因是心神不安，我在这时候经人介绍认识了程季淑女士，她是安徽绩溪人，刚从女子师范毕业，在女师附小教书，我初次和她会晤是在宣外珠巢街女子职业学校里，那时候男女社交尚未公开，双方家庭也是相当守旧的，我和季淑来往是秘密进行的，只能在中央公园、北海等地约期会晤。我的父亲知道我有女友，不时地给我接济，对我帮助不少。我的三妹亚紫在女师大，不久和季淑成了很好的朋友。青春初恋期间谁都会神魂颠倒，睡时，醒时，行时，坐时，无时不有一个倩影盘踞在心头，无时不感觉热血在沸腾，坐卧不宁，寝馈难安，如何能沉下心读书？“一日不见，如三秋兮！”更何况要等到星期日才能进得城去谋片刻的欢会？清华的学生有异性朋友的很少，我是极少数特殊幸运的一个。因为我们每星期日都风雨无阻地进城去会女友，李迪俊曾讥笑我们为“主日派”。

对于毕业出国，我一向视为畏途。在清华有读不完的书，有住不腻的环境，在国内有舍不得离开的人，那么又何必去父母之邦？所以和闻一多屡次商讨，到美国那样的汽车王国去，对于我们这样的人有无必要？会不会到了美国被汽车撞死为天下笑？一多先我一年到了美国，头一封来信劈头一句话便是：“我尚未被汽车撞死！”随后劝我出国去开开眼界。事实上清华也还没有过毕业而拒绝出国的学生。我和季淑商量，她毫不犹豫地劝我就道，虽然我们知道那别离的滋味是很难熬的。这时候我和季淑已有成言，我答应她，三年为期，期满即行归来。于是我准备出国。季淑绣了一幅“平湖秋月图”给我，这幅绣图至今在我身边。

出国就要治装，我不明白为什么外国人到中国来不需治中装，而中国人到外国去就要治西装。清华学生平素没有穿西装的，都是布衣布褂，我有一阵还外加布袜布鞋。毕业期近，学校发一笔治装费，每人约三五百元之数，统筹办理，由上海恒康西服庄派人来承办。不匝月而新装成，大家纷纷试新装，有人缺领巾，有人缺衬衣，有的肥肥大大如稻草人，有的窄小如猴子穿戏衣，真可说得上是“沐猴而冠”。这时节我怀想红顶花翎靴袍褂出使外国的李鸿章，他有那一份胆量不穿西装，虽然翎顶袍褂也并非是我们原来的上国衣冠。我有一点厌恶西装，但是不能不跟着大家走。在治装之余我特制了一面长约一丈的绸质大国旗——红黄蓝白黑的五色旗，这在后来派了很大的用场，在美国好多次集会（包括孙中山先生逝世时纽约中国人的追悼会）都借用了我这一面特大号的国旗。

到了毕业那一天（六月十七日），每人都穿上自纺绸长袍黑纱马褂，在校园里穿梭般走来走去，像是一群花蝴蝶。我毕业还不是毫无问题的，我和赵敏恒二人因游泳不及格几乎不得毕业，我们临时苦练，豁出去喝两口水，连爬带泳，凑合着也补考及格了，体育教员马约翰先生望着我们两个人只是摇头。行毕业礼那天，我还是代表全班的三个登台致辞者之一，我的讲词规定是预言若干年后同学们的状况，现在我可以说，我当年的预言没有一句是应验了的！例如：谢奋程之被日军刺杀，齐学启之殉国，孔繁祁之被汽车撞死，盛斯民之疯狂以终，这些倒霉的事固然没有料到，比较体面的事如孙立人之于军事，李先闻之于农业，李方桂之于语言学，应尚能之于音乐，徐宗涑之于水泥工业，吴卓之于糖业，顾毓琇之于电机工程，施嘉炀之于土木工程，王化成、李迪俊之于外交……均有卓越之成就，而当时也并未窥见端倪。至于区区我自己，最多是小时了了，到如今一事无成，徒伤老大，更不在话下了。毕业那一天有晚会，演话剧助兴，剧本是顾一樵临时赶编的三幕剧《张约翰》。剧中人物有女性二人，谁也不愿担任，最后由我和吴文藻承乏。我的服装有季淑给我缝制的一条短裤和短裙，但是男人穿高跟鞋则尺寸不合无法穿着，最后向Miss Lysgate借来一试，还累嫌松一点点。演出时我特请季淑到校参观，当晚下榻学生会办公室，事后我问她我的表演如何，她笑着说："我不敢仰视。"事实上这不是我第一次演戏，前一年我已经演过陈大悲编的《良心》，导演人即是陈大悲先生。不过串演女角，这是生平仅有的一次。

拿了一纸文凭便离开了清华园，不知道是高兴还是哀伤。两辆人力车，一辆拉行李，一辆坐人，在骄阳下一步一步地踏向西直门。心里只觉得空虚怅惘。此后两个月中酒食征逐，意乱情迷，紧张过度，遂患甲状腺肿，眼珠突出，双手抖颤，积年始愈。

家父给了我同文书局石印大字本的前四史，共十四函，要我在美国课余之暇随便翻翻，因为他始终担心我的国文根底太差。这十四函线装书足足占我大铁箱的一半空间，这原是吴稚晖先生认为应该丢进茅厕坑里去的东西，我带过了太平洋，又带回了太平洋，差不多是原封未动交还给家父，实在好生惭愧。老人家又怕在美膏火不继，又给了我一千元钱，半数买了美金硬币，半数我在上海用掉。我自己带了一具景泰蓝的香炉，一些檀香木和粉，因为我认为这是中国文化中最好的一项代表性的艺术品，我一向向往“焚香默坐”的那种境界。这一具香炉，顶上有一铜狮，形状瑰丽，闻一多甚为欣赏，后来我在科罗拉多和他分手时便举以相赠，我又带了一对景泰蓝花瓶，后来为了进哈佛大学的缘故在暑期中赶补拉丁文，就把这对花瓶卖了五十元美金充学费了。此外我还在家里搜寻了许多绣活和朝服上的“黻子”，后来都成了最受人欢迎的礼物。

一九二三年八月里，在凄风苦雨里的一天早晨，我在院里走廊上和弟妹们吹了一阵胰子泡，随后就噙着泪拜别父母，起身到上海候船放洋。在上海停了一星期，住在旅馆里写了一篇纪实的短篇小说，题为《苦雨凄风》，刊在《创造周报》上。我这一班，在清华是最大的一班，入学时有九十多人，上船时淘汰剩下六十多人了。登“杰克逊总统号”的那一天，船靠在浦东，创造社的几位到码头上送我。住在嘉定的一位朋友派人送来一面旗子，上面亲自绣了“乘风破浪”四个字。其实我哪里有宗悫的志向？我愧对那位朋友的期望。

清华八年的生涯就这样的结束了。

清华七十

今年“国立清华大学”举办建校七十周年纪念，有朋友辗转问我要不要写一点回忆性质的文字以为祝贺。我在清华读过八年书，由十四岁到二十二岁，自然有不可磨灭的印象，难以淡忘的感情，我曾写过一篇《清华八年》，略叙我八年的经过，兹篇所述，偏重我所接触的师友及一些琐事之回忆，作为前文之补充。

现在新竹的“国立清华大学”，校址很广，规模很大，教授的阵容坚强，学生的程度优异，这是有口皆碑的，不过我所能回忆的清华是在北平西直门外海淀北的清华园，新竹校园虽美，我却觉得有些异样。我记得：北平清华园的大门，上面横匾清华园三个大字，字不见佳，是清大学士那桐题的，遇有庆典之日，门口交叉两面国旗——五色旗，通往校门的马路是笔直一条碎石路，上面铺黄土，经常有清道夫一勺一勺地泼水，校门前小小一块广场，对面是一座小桥，桥畔停放人力车，并系着几匹毛驴。

门口内，靠东边有小屋数楹，内有一土著老者，我们背后呼之为张老头，他职司门禁，我们中等科的学生非领有放行木牌不得越校门一步，他经常手托着水烟袋，穿着黑背心，笑容可掬，我们若是和他打个招呼，走出门外买烤白薯、冻柿子，他也会装糊涂点点头，连说：“快点儿回来，快点儿回来。”

校门以内是一块大空地，绿草如茵。有一条小河横亘草原。河以南靠东边是高等科，额曰“清华学堂”，也是那桐手笔。校长办公室在高等科楼上。民国四年我考取清华，我父执陆听秋（震）先生送我入校报到，陆先生是校长周诒春（寄梅）先生的圣约翰同学，我们进校先去拜见校长，校长指着墙上的一幅字要我念，我站到椅子上才看清楚，我没有念错，他点头微笑。我想我对他的印象比他对我的印象好。

河以北是中等科，一座教室的楼房之外，便是一排排的寝室，现在回想起来，像是编了号的监牢。我起初是六个人一间房间，后来是四人一间。室内有地板。白灰墙白灰顶，四白落地。铁床草垫，外配竹竿六根以备夏天支设蚊帐。有窗户，无纱窗，无窗帘。每人发白布被单床罩各二，又白帆布口袋二，装换洗衣服之用。洗衣作坊隔日派人取送。每两间寝室共用一具所谓“俄罗斯火炉”，墙上有洞以通暖气，实际上也没有多少暖气可通，但是火炉下面可以烤白薯，夜晚香味四溢。浴室厕所在西边毗邻操场。浴室备铝铁盆十几个，浴者先签到报备，然后有人来倒冷热水，一个礼拜不洗，要宣布姓名，仍不洗，要派员监视勒令就浴。这规矩好像从未严格执行，因为请人签到或签到之后就开溜，种种方法早就有人发明了。厕所有九间楼之称，不知是哪位高手设计，厕在楼上，地板挖洞，下承大缸，如厕者均可欣赏“板斜尿流急，坑深屎落迟”的景致。而白胖大蛆万头攒动争着要攀据要津，蹭蹬失势者纷纷黜落的惨象乃尽收眼底。严冬朔风鬼哭神号，胆小的不敢去如厕，往往随地便溺，主事者不得已特备大木桶晚间抬至寝室门口阶下，桶深阶滑，有一位同学睡眼蒙眬不慎失足几遭灭顶（这位同学我在抗战之初偶晤于津门，已位居银行经理，谈及往事相与大笑）。

大礼堂是后造的。起先集会都在高等科的一个小礼堂里，凡是演讲、演戏、俱乐会都在那里举行。新的大礼堂在高等科与中等科之间，背着小河，前临草地，是罗马式的建筑，有大石柱，有圆顶，能容千余人，可惜的是传音性能不甚佳，在这大礼堂里，周末放电影，每次收费一角，像白珠小姐（Pearl White）主演的《蒙头人》（Hooded Terror）续剧，一部接着一部，美女蒙难，紧张恐怖，虽是黑白无声，也很能引发兴趣，贾波林、陆克的喜剧更无论矣。我在这个礼堂演过两次话剧。

科学馆是后建的，体育馆也是。科学馆在大礼堂前靠右方。我在里面曾饱闻科罗芳的味道，切过蚯蚓，宰过田鸡（事实上是李先闻替我宰的，我怕在田鸡肚上划那一刀）。后来校长办公室搬在科学馆楼上，教务处也搬进去了。原来的校长室变成了学生会的会所，好神气！

体育馆在清华园的西北隅，虽然不大，有健身房，有室内游泳池，在当年算是很有规模的了。在健身房里我练过跳木马、攀杠子、翻筋斗、爬绳子、张飞卖肉……游泳池我不肯利用，水太凉，不留心难免喝一口，所以到了毕业之日游泳考试不及格者有两人，一个是赵敏恒，一个不用说就是区区我。

图书馆在园之东北，中等科之东，原来是平房一座，后建大楼，后又添两翼，踵事增华，蔚为大观。阅览室二，以软木为地板，故走路无声，不惊扰人。书库装玻璃地板，故透光，不需开灯。在当时都算是新的装备。一座图书馆的价值，不在于其建筑之宏伟，亦不尽在于其庋藏之丰富，而是在于其是否被人充分地加以利用。卷帙纵多，尘封何益。清华图书馆藏书相当丰富，每晚学生麇集，阅读指定参考书，座无虚席。大部头的手抄的《四库全书》，我还是在这里首次看到。

校医室在体育馆之南，小河之北。小小的平房一幢，也有病床七八张。舒美科医师主其事，后来换了一位肥胖的包克女医师。我因为患耳下腺炎曾住院两天，记得有两位男护士在病房对病人大谈其性故事与性经验，我的印象恶劣。

工字厅在河之南，科学馆之背后，乃园中最早之建筑，作工字形，故名。房屋宽敞，几净窗明，为招待宾客之处，平素学生亦可借用开会。工字厅的后门外有一小小的荷花池，池后是一道矮矮的土山，山上草木蓊郁。凡是纯中国式的庭园风景，有水必有山，因为挖地作池，积土为山，乃自然的便利。有昆明湖则必定有万寿山，不过其规模较大而已。清华的荷花池，规模小而景色佳，厅后对联一副颇为精彩——

槛外山光历春夏秋冬万千变幻都非凡境

窗中云影任东西南北去来澹荡洵是仙居

横额是“水木清华”四个大字。联语原为广陵驾鹤楼杏轩沈广文之作，此为祁隽藻所书。祁隽藻是嘉庆进士、大学士。所谓“仙居”未免夸张，不过在一片西式建筑之中保留了这样一块纯中国式的环境，的确别有风味。英国诗人华次渥兹说，人在情感受了挫沮的时候，自然景物会有疗伤的作用。我在清华最后两年，时常于课余之暇，陟小山，披荆棘，巡游池畔一周，不知消磨了多少黄昏。闻一多临去清华时用水彩画了一幅《荷花池畔》赠我。我写了一首白话新诗《荷花池畔》刊在《创造季刊》上，不知是郭沫若还是成仿吾还给我改了两个字。

荷花池的东北角有个亭子，这是题中应有之义，有山有水焉能无亭无台？亭附近高处有一口钟，是园中报时之具，每半小时敲一次，仿一般的船上敲钟的方法，敲两下是一点或五点或九点，一点半是哨哨——哨，两点半是哨哨——哨哨——哨，余类推。敲钟这份差事也不好当，每隔半小时就得去敲一次，分秒不爽而且风雨无阻。

工字厅的西南有古月堂，是几个小院落组成的中国式房屋，里面住的是教国文的老先生。有些年轻的教英文的教师记得好像是住在工字厅，美籍教师则住西式的木造洋房，集中在图书馆以北一隅。从住房的分配上也隐隐然可以看出不同的身份。

清华园以西是一片榛莽未除的荒地，也有围墙圈起，中间有一小土山耸立，我们称之为西园。小河经过处有一豁口，可以走进沿墙巡视一周，只见一片片的“萑苇被渚，蓼苹抽涯”，好像是置身于陶然亭畔。有一回我同翟桓赴西园闲步，水闸处闻泼剌声，俯视之有大鱼盈尺在石板上翻跃，乃相率褰裳跣足，合力捕获之，急送厨房，烹而食之，大膏馋吻。

孩子没有不馋嘴的，其实岂止孩子？清华校门内靠近左边围墙有一家“嘉华公司”，招商承办，卖日用品及零食，后来收回自营，改称为售品所，我们戏称去买零食为“上售”。零食包括：热的豆浆、肉饺、栗子、花生之类。饿的时候，一碗豆浆加进砂糖，拿起一枚肉饺代替茶匙一搅，顷刻间三碗豆浆一包肉饺（十枚）下肚，鼓腹而出。最妙的是，当局怕学生把栗子皮剥得狼藉满地，限令栗子必须剥好皮才准出售，糖炒栗子从没有过这吃法。在清华那几年，正是生长突盛的时期，食量惊人。清华的膳食比较其他学校为佳，本来是免费的，我入校那年改为缴半费，我每月交三元半，学校补助三元。八个人一桌，四盘四碗四碟咸菜，盘碗是荤素各半，馒头白饭管够。冬季四碗改为火锅。早点是馒头稀饭咸菜四色，萝卜干、八宝菜、腌萝卜、腌白菜，随意加麻油。每逢膳时，大家挤在饭厅门外，我的感觉不是饥肠辘辘，是胃里长鸣。我清楚地记得，上第四堂课“西洋文学大纲”时，选课的只有四五人，所以就到罗伯森先生家里去听讲，我需要用手按着胃，否则肚里会呜呜地大叫。我吃馒头的最高纪录是十二个。斋务人员在饭厅里单占一桌，学生们等他们散去之后纷纷喊厨房添菜，不是木樨肉，就是肉丝炒辣椒，每个呼呼地添一碗饭。

清华对于运动素来热心。校际球类比赛如获胜利，照例翌日放假一天，鼓舞的力量很大。跻身于校队，则享有特殊伙食以维持其体力，名之为“训练桌”，同学为之侧目。记得有一年上海南洋大学足球队北征，清华严阵以待。那一天朔风刺骨，围观的人个个打哆嗦而手心出汗。清华大胜，以中锋徐仲良、半右锋关颂韬最为出色。徐仲良脚下劲足，射门时球应声入网，其疾如矢。关颂韬最善盘球，左冲右突球不离身，三两个人和他争抢都奈何不了他。其他的队员如陆懋德、华秀升、姚醒黄、孟继懋、李汝祺等均能称职。生平看足球比赛，紧张刺激以此为最。篮球赛之清华的对手是北师大，其次是南开，年年互相邀赛，全力以赴，互有胜负。清华的阵容主要的以时昭涵、陈崇武为前锋，以孙立人、王国华为后卫。昭涵悍锐，崇武刁钻，立人、国华则稳重沉着。五人联手，如臂使指，进退恍惚，胜算较多。不能参加校队的，可以参加级队，不能参加级队的甚至可以参加同乡队、寝室队，总之是一片运动狂。我非健者，但是也踢破过两双球鞋，打破过几只网拍。

当时最普通而又最简便的游戏莫过于“击嘎儿”。所谓“嘎儿”者，是用木头楦出来的梭形物，另备木棍一根如擀面杖一般，略长略粗。在土地上掘一小沟，以“嘎儿”斜置沟之一端，持杖猛敲“嘎儿”之一端，则“嘎儿”飞越而出，愈远愈好。此戏为两人一组。一人击出，另一人试接，如接到则二人交换位置，如未接到则拾起“嘎儿”掷击平放在沟上之木棍，如未击中则对方以木杖试量其差距，以为计分，几番交换击接，计分较少之一方胜，清华并不完全洋化，像这样的市井小儿的游戏实在很土，其他学校学生恐怕未必屑于一顾，而在清华有一阵几乎每一学生手里都挟有一杖一梭。每天下午有一个老铜锁匠担着挑子来到运动场边，他的职业本来是配钥匙开锁，但是他的副业喧宾夺主，他管修网球拍、补皮球胎、缝破皮鞋、发信木杖儿木嘎儿，以及其他零碎委办之事，他是园中一个不可或缺的服务者。

中等科的学生编为童子军，高等科的学生则练兵操，起初大家颇为认真，“五四”以后则渐废弛。

童子军分两大队，第一大队长是梅贻琦先生，第二大队长是席德柄先生。我被编入第二大队的一个小队。我们的制服整齐美观，厚呢的帽子宽宽的帽沿，烫得平平的，以视现今的若干学校童子军，戴的是软布帽，帽沿低垂倒挂如败荷叶，不可同日而语。童子军的室内活动以结绳始，别瞧这伏羲氏的时候就开始玩的把戏，时到如今花样忒多，我的手指头全是大拇指，时常急得一头汗。我现在只记得一种叫“渔人结”，比较简单，其他如什么帆脚索结、八字形结、方结……则都已忘得一干二净。户外活动比较有趣，圆明园旧址就在我们隔壁，野径盘纡，荒阡交互，正是露营的好去处。用一根火柴发火炊饭，不是一件容易事。饭煮成焦粑或稀粥，也觉得好吃。做了一年多的“生手”才考上了二等童军。上兵操另是一种趣味，大队长是姓刘还是劳，至今搞不清楚，只知道他是W.W.Law先生。那时候的兵操不能和现在的军训比，现在的军训真枪实弹勤习苦练，那时的兵操只是在操场上立正开步走，手里拿的是木枪。不过服装漂亮，“五四”之后清华学生排队进城，队伍整齐，最能赢得都人喝彩。

我的课外活动不多。在中二、中三时曾邀约同学组织了一个专门练习书法的“戏墨社”，愿意参加的不多，大学忙着学英文，谁有那么多闲情逸致讨此笔砚生涯？和我一清早就提前起床，在吃早点点名之前作半小时余的写字练习，有吴卓、张嘉铸等几个人。吴卓临赵孟頫的《天冠山图咏》，柔媚潇洒，极有风致，张嘉铸写魏碑，学张廉卿，有古意。我写汉隶，临张迁，仅略得形似耳。我们也用白折子写小楷。包世臣的《艺舟双楫》、康有为的《广艺舟双楫》是我们这时候不断研习的典籍。我们这个结社也要向学校报备，还请了汪鸾翔（梁庵）先生做导师，几度以作业送呈过目，这位长髯飘拂的略有口吃的老师对我们有嘉勉但无指导。怪我毅力不够，勉强维持两年就无形散伙了。

进高等科之后，生活环境一变，我已近成年，对于文学发生热烈的兴趣。邀集翟桓、张忠绂、顾毓琇、李迪俊、齐学启、吴锦铨等人组织

“小说研究社”，出版了一册《短篇小说作法》，还占据了一间寝室作为社址。稍后扩大了组织，改名为“清华文学社”，吸收了孙大雨、谢文炳、饶孟侃、杨世恩等以及比我们高三班的闻一多，共约三十余人。朱湘落落寡合，没有加入我们的行列，后终与一多失和，此时早已见其端倪。一多年长博学，无形中是我们这集团的领袖，和我最称莫逆。我们对于文学没有充分的认识，仅于课堂上读过少数的若干西方文学作品，对于中国文学传统亦所知不多，尚未能形成任何有系统的主张。有几个人性较浪漫，故易接近当时“创造社”一派。我和闻一多所作之《冬夜草儿评论》即成于是时。同学中对于我们这一批吟风弄月讴歌爱情的人难免有微词，最坦率的是梅汝璈，他写过一篇《辟文风》投给《清华周刊》，我是周刊负责的编辑之一，当即为之披露，但是于下一周期刊中我反唇相讥辞而辟之。

说起《清华周刊》，那是我在高四时致力甚勤的一件事。周刊为学生会主要活动之一，由学校负责经费开支，虽说每期五六十面不超过一百，里面有社论、有专论、有新闻、有文艺，俨然是一本小型综合杂志，每周一期，编写颇为累人。总编辑是吴景超，他做事有板有眼，一丝不苟。景超和我、顾毓琇、王化成四人同寝室。化成另有一批交游，同室而不同道。每到周末，我们三个人就要聚在一起，商略下一期周刊内容。社论数则是由景超和我分别撰作，交相评阅，常常秉烛不眠，务期斟酌于至当，而引以为乐。周刊的文艺一栏特别丰富，有时分印为增刊，厚达二百页。

高四的学生受到学校的优遇，全体住进一座大楼，内有暖气设备，有现代的淋浴与卫生设备。不过也有少数北方人如厕只能蹲而不能坐，则宁远征中等科照顾九间楼。高四那年功课并不松懈，唯心情愉快，即将与校园告别，反觉依依不舍。我每周进城，有时策驴经大钟寺趋西直门，蹄声得得，黄尘滚滚，赶脚的跟在后面跑，气咻咻然。多半是坐人力车，荒原古道，老树垂杨，也是难得的感受，途经海淀少不得要停下，在仁和买几瓶莲花白或桂花露，再顺路买几篓酱瓜酱菜，或是一匣甜咸薄脆，归家共享。

这篇文字无法结束，若是不略略述及我所怀念的六十多年前的几位师友。

首先是王文显先生，他做教务长相当久，后为清华大学英语系主任，他的英文姓名是J. Wang Quincey，我没见过他的中文签名，听人说他不谙中文，从小就由一位英国人抚养，在英国受教育，成为一位十足的英国绅士。他是广东人，能说粤语，为人稳重而沉默，经常骑一辆脚踏车，单手扶着车把，岸然游行于校内。他喜穿一件运动上装，胸襟上绣着英国的校徽（是牛津还是剑桥我记不得了），在足球场上做裁判。他的英语讲得太好了，不但纯熟流利，而且出言文雅，音色也好，听他说话乃是一大享受。比起语言粗鲁的一般美国人士显有上下床之别。我不幸没有能在他班上听讲，但是我毕业之后任教北大时，曾两度承他邀请参加清华留学生甄试，于私下晤对言谈之间听他叙述英国威尔孙教授如何考证莎士比亚的版本，头头是道，乃深知其于英国文学的知识之渊博。先生才学深邃，而不轻表露，世遂少知之者。

巢堃霖先生是我的英文老师，他也是受过英国传统教育的学者，英语流利而有风趣。我记得他讲解一首伯朗宁的小诗《法军营中轶事》，连读带做，有声有色。我在班上发问答问，时常故作刁难，先生不以为忤。我一九四九年来台时先生任职港府，辱赐书欲推荐我于香港大学，我逊谢。

在中等科教过我英文的有马国骥、林玉堂、孟宪成诸先生。马先生说英语夹杂上海土话，亦庄亦谐，妙趣横生。民国三十八年我与马先生重逢于台北，学生们仍执弟子礼甚恭，先生谈吐不异往时。林先生长我五六岁，圣约翰毕业后即来清华任教，先生后改名为语堂，当时先生对于胡适白话诗甚为倾倒，尝于英文课中在黑板上大书“人力车夫，人力车夫，车来如飞……”，然后朗诵，击节称赏。我们一九二三级的“级呼”（Class Yell）是请先生给我们作的：

> Who are, who are, who are we?
>
> We are, we are, twenty-three.
>
> Sssbon-bah!

孟先生是林先生的同学，后来成为教育学家。林先生活泼风趣，孟先生凝重细腻。记得孟先生教我们读《汤伯朗就学记》（Tom Brown's Schooldays），这是一部文学杰作，写英国勒格贝公共学校的学生生活，先生讲解精详，其中若干情况至今不能忘。

教我英文的美籍教师有好几位，我最怀念的是贝德女士（Miss Baeder），她教我们“作文与修辞”，我受益良多。她教我们作文，注重草拟大纲的方法。题目之下分若干部分，每部分又分若干节，每节有一个提纲挈领的句子。有了大纲，然后再敷衍成为一篇文字。这方法其实是训练思想，使不枝不蔓层次井然，用在国文上也同样有效。她又教我们议会法，一面教我们说英语，一面教我们集会议事的规则（也就是孙中山先生所讲的民权初步），于是我们从小就学会了什么动议、附议、秩序问题、权利问题，等等，终身受用。大抵外籍教师教我们英语，使用各种教材教法，诸如辩论、集会、表演、游戏之类，而不专门致力于写、读、背。是于实际使用英语中学习英语。还有一位克利门斯女士（Miss Clemens）我也不能忘，她年纪轻，有轻盈的体态，未开言脸先绯红。

教我音乐的是西莱女士（Miss Seeley），教我图画的是斯塔女士（Miss Starr）和李盖特女士（Miss Lyggate），我上她们的课不是受教，是享受。所谓如沐春风不就是享受么？教我体育的是舒美科先生、马约翰先生，马先生黑头发绿眼珠，短小精悍，活力过人，每晨十时，一声铃响，全体自课室蜂拥而出，排列在一个广场上，“一、二、三、四，二、二、三、四……”连做十五分钟的健身操，风霜无阻，也能使大家出一头大汗。

我的国文老师当中，举人进士不乏其人，他们满腹诗书自不待言，不过传授多少给学生则是另一问题。清华不重国文，课都排在下午，毕业时成绩不计，教师全住在古月堂自成一个区域。我怀念徐镜澄先生，他教我作文莫说废话，少用虚字，句句要挺拔，这是我永远奉为圭臬的至理名言。我曾经写过一篇记徐先生的文章，兹不赘。陈敬侯先生是天津人，具有天津人特有的幽默，除了风趣的言谈之外还逼我们默写过好多篇古文。背诵之不足，继之以默写，要把古文的格调声韵砸到脑子里去。汪鸾翔先生以他的贵州的口音结结巴巴地说：“有有人说，国国文没没有趣味，国国文怎能没没有趣味，趣味就在其中啦！”当时听了当做笑话，现在体会到国文的趣味之可意会而不可言传，真是只好说是“在其中”了。

八年同窗好友太多了，同级的七八十人如今记得姓名的约有七十，有几位我记得姓而忘其名，更有几位我只约略记得面貌。初来台湾时，在台的级友包括徐宗涑、王国华、刘溟章、辛文锜、孙清波、孙立人、李先闻、周大瑶、吴大钧、江元仁、周思信、严之卫、翟桓、吴卓和我，偶尔聚餐话旧，现则大半凋零。

我在清华最后两年，因为热心于学生会的活动，和罗努生、何浩若、时昭瀛来往较多。浩若来台后曾有一次对我说：“当年清华学生中至少有四个人不是好人，一个是努生，一个是昭瀛，一个是区区我，一个是阁下你。应该算是四凶。常言道，‘好人不长寿’，所以我对于自己的寿命毫不担心。如今昭瀛年未六十遽尔作古，我的信心动摇矣！”他确是信心动摇，不久亦成为九泉之客。其实都不是坏人，只是年少轻狂不大安分。我记得有一次演话剧，是陈大悲作的《良心》，初次排演的时候斋务主任陈筱田先生在座（他也饰演一角），他指着昭瀛说："昭瀛法扮演那个坏蛋，可以无须化妆。"哄堂大笑。昭瀛一瞪眼，眼睛比眼镜还大出一圈。他才思敏捷，英文特佳。为了换取一点稿酬，译了我的《雅舍小品》，孟瑶的《心园》，张其昀的《孔子传》。不幸在出使巴西任内去世。努生的公私生活高潮迭起，世人皆知，在校时扬言"九年清华，三赶校长"，我曾当面戏之曰："足下才高于学，学高于品。"如今他已下世，我仍然觉得"世人皆欲杀，吾意独怜才"。至于浩若，他是清华同学中唯一之文武兼资者，他在清华的时候善写古文，波澜壮阔。在美国读书时倡国家主义最为激烈，返国后一度在方鼎英部下任团长，抗战期间任物资局长，晚年萧索，意气消磨。

我清华最后一年同寝室者，吴景超与顾毓琇，不可不述。景超徽州歙县人，永远是一袭灰布长袍，道貌岸然，循规蹈矩，刻苦用功。好读史迁，故大家戏呼之为太史公。为文有法度，处事公私分明。供职经济部时所用邮票分置两纸盒内，一供公事，一供私函，绝不混淆。可见其为人之一斑。毓琇江苏无锡人，治电机，而于诗词戏剧小说无所不窥，精力过人。为人机警，往往适应局势猛着先鞭。

还有两个我所敬爱的人物。一个是潘光旦，原名光亶，江苏宝山人，因伤病割去一腿，徐志摩所称道的"胡圣潘仙"，胡圣是适之先生，潘仙即光旦，以其似李铁拐也。光旦学问渊博，融贯中西，治优生学，后遂致力于我国之谱牒，时有著述，每多发明。其为人也，外圆内方，人皆乐与之游。还有一个是张心一，原名继忠，是我所知的清华同学中唯一的真正的甘肃人。他是一个传奇人物。他嫌理发一角钱太贵，尝自备小刀对镜剃光头，常是满头血迹斑斓。在校时外出永远骑驴，抗战期间一辆摩托机车跑遍后方各省。他做一个银行总稽核，外出查账，一向不受招待，某地分行为他设盛筵，他闻声逃匿，到小吃摊上果腹而归。

他做建设厅长时，骑机车下乡，被匪劫持上山，查明身份后匪徒飨以烤肉恭送下山，敬礼有加。他的轶事一时也说不完。

我在清华一住八年，由童年到弱冠，在那里受环境的熏陶，受师友的教益，这样的一个学校是名副其实的我的母校，我自然怀着一份深厚的感情。不过这份感情也不是没有羼着一些复杂的成分。我时常想起，清华建校实乃前清光绪二十六年庚子事变所造成的。光绪三十四年五月，美国国会通过议案，退还赔款的一部分给中国政府，以为兴办教育之用，这便是清华建校的原始。我的母校是在耻辱之中成立，而于耻辱之中又加进了令人惭愧的因素。提起清华便不能不令人想起七十余年前的这一段惨痛历史。

美国退还赔款给我们办教育，当然是善意的。但是我也要指陈，美国退还赔款的动机并不简单。偶读一九七七年三月出版的《自由谈》三十卷三期，戴良先生辑《中美传统友谊大事记》，内有这样一段：

“光绪三十四年五月国会通过退还庚款。史密斯致老罗斯福的备忘录：‘哪一个国家能做到教育这一代的青年中国人，哪个国家就将由于这方面所支付的努力，而在精神的和商业的影响上，取回最大可能的收获。如果美国在三十年前已经做到把中国学生的潮流引向这一个国家来，并能使这个潮流继续扩大，那么，我们现在一定能够使用最圆满最巧妙的方式而控制中国的发展——这就是说，使用那知识与精神上的支配中国的领袖的方式！’”

罗斯福大概是接受了这个意见。以教育的方式造就出一批亲美的人才，从而控制中国的发展。这几句话，我们听起来，能不警惕、心寒、惭愧？所以我说：清华是于耻辱的状况和惭愧的心情中建立的。

在庆祝清华建校七十周年声中，也许不该提起往日的一些不愉快的事情。其实我们不能回到水木清华的旧址去欢呼庆祝，而在此地为文纪念，这件事情本身也就够令人心伤了！

“疲马恋旧秣，羁禽思故栖”

“疲马恋旧秣，羁禽思故栖”是孟郊的句子，人与疲马羁禽无异，高飞远走，疲于津梁，不免怀念自己的旧家园。

我的老家在北平，是距今一百几十年前由我祖父所置的一所房子。坐落在东城相当热闹的地区，出胡同东口往北是东四牌楼，出胡同西口是南小街子。东四牌楼是四条大街的交叉口，所以商店林立，市容要比西城的西四牌楼繁盛得多。牌楼根儿底下靠右边有一家干果子铺，是我家投资开设的，领东的掌柜的姓任，山西人，父亲常在晚间带着我们几个孩子溜达着到那里小憩，掌柜的经常飨我们以汽水，用玻璃球做塞子的那种小瓶汽水，仰着脖子对着瓶口汩汩而饮之，还有从蜜饯缸里抓出来的蜜饯桃脯的一条条的皮子，当时我认为那是一大享受。南小街子可是又脏又臭又泥泞的一条路，我小时候每天必须走一段南小街去上学，时常在羊肉床子看宰羊，在切面铺买“干蹦儿”或糖火烧吃。胡同东口外斜对面就是灯市口，是较宽敞的一条街，在那里有当时唯一可以买到英文教科书《汉英初阶》及墨水钢笔的汉英图书馆，以后又添了一家郭纪云，路南还有一家小有名气的专卖卤虾、小菜、臭豆腐的店。往南走约十五分钟进金鱼胡同便是东安市场了。

我的家是一所不大不小的房子。地基比街道高得多，门前有四层石台阶，情形很突出，人称“高台阶”。原来门前还有左右分列的上马石凳，因妨碍交通而拆除了。门不大，黑漆红心，浮刻黑字“忠厚传家久，诗书继世长”，门框旁边木牌刻着“积善堂梁”四个字，那时人家常有堂号，例如三槐堂卫、百忍堂张，等等，积善堂梁出自何典我不知道。积善之家必有余庆，语见《易经》，总是勉人为善的好话，作为我们的堂号亦颇不恶。打开大门，里面是一间门洞，左右分列两条懒凳，从前大门在白昼是永远敞着的，谁都可以进来歇歇腿。一九一一年兵变之后才把大门关上。进了大门迎面是两块金砖镂刻的“戬谷”两个大字，戬谷一语出自《诗经》“俾尔戬谷”。戬是福，谷是禄，取其吉祥之义。前面放着一大缸水葱（正名为莞，音冠），除了水冷成冰的时候总是绿油油的，长得非常旺盛。

向左转进四扇屏门，是前院。坐北朝南三间正房，中间一间辟为过厅，左右两间一为书房一为佛堂。辛亥革命前两年，我的祖父去世，佛堂取消，因为我父亲一向不喜求神拜佛，这间房子成了我的卧室，那间书房属于我的父亲，他镇日价在里面摩挲他的那些有关金石小学的书籍。前院的南边是临街的一排房，作为用人的居室。前院的西边又是四扇屏门，里面是西跨院，两间北房由塾师居住，两间南房堆置书籍，后来改成了我的书房。小跨院种了四棵紫丁香，高逾墙外，春暖花开时满院芬芳。

走进过厅，出去又是一个院子，迎面是一个垂花门，门旁有四大盆石榴树，花开似火，结实大而且多，院里又有几棵梨树，后来砍伐改种四棵西府海棠。院子东头是厨房，绕过去一个月亮门通往东院，有一棵高庄柿子树，一棵黑枣树，年年收获累累，此外还有紫荆、榆叶梅，等等。我记得这个东院主要用途是摇煤球，年年秋后就要张罗摇煤球，要敷一冬天的使用。煤黑子把煤渣与黄土和在一起，加水，和成稀泥，平铺在地面，用铲子剁成小方粒，放在大簸箩里像滚元宵似的滚成圆球，然后摊在地上晒，这份手艺真不简单，我儿时常在一旁参观十分欣赏。如遇天雨，还要急速动员抢救，否则化为一汪黑水全被冲走了。在那厨房里我是不受欢迎的，厨师嫌我们碍手碍脚，拉面的时候总是塞给我一团面叫我走得远远的，我就玩那一团面，直玩到那团面像是一颗煤球为止。

进了垂花门便是内院，院当中是一个大鱼缸，一度养着金鱼，缸中还矗立着一座小型假山，山上有桥梁房舍之类，后来不知怎么水也涸了，假山也不见了，干脆作为堆置煤灰煤渣之处，一个鱼缸也有它的沧桑！东西厢房到夏天晒得厉害，虽有前廊也无济于事，幸有宽幅一丈以上的帐篷三块每天及时支起，略可遮抗骄阳。祖父逝后，内院建筑了固定的铅铁棚，棚中心设置了两扇活动的天窗，至是“天棚鱼缸石榴树……”乃粗具规模。民元之际，家里的环境突然维新，一日之内小辫子剪掉了好几根，而且装上了庞然巨物钉在墙上的“德律风”，号码是六八六。照明的工具原来都是油灯、猪蜡，只有我父亲看书时才能点白光熠熠的僧帽牌的洋蜡，煤油灯认为危险，一向抵制不用，至是里里外外装上了电灯，大放光明。还有两架电扇，西门子制造的，经常不准孩子们走近五尺距离以内，生怕削断了我们的手指。

内院上房三间，左右各有套间两间。祖父在的时候，他坐在炕上，隔着玻璃窗子外望，我们在院里跑都不敢跑。有一次我们几个孩子听见胡同里有“打糖锣儿的”的声音，一时忘形，蜂拥而出，祖父大吼：“跑什么？留神门牙！”打糖锣儿的乃是卖糖果的小贩，除了糖果之外兼卖廉价玩具、泥捏的小人、蜡烛台、小风筝、摔炮，花样很多，我母亲一律称之为“土筐货”。我们买了一些东西回来，祖父还坐在那里，唤我们进去。上房是我们非经呼唤不能进去的，而且是一经呼唤便非进去不可的，我们战战兢兢地鱼贯而入，他指着我问：“你手里拿着什么？”我说：

“糖。”“什么糖？”我递出了手指粗细的两根，一支黑的，一支白的。我解释说：“这黑的，我们取名为狗屎橛；这白的为猫屎橛。”实则那黑的是杏干做的，白的是柿霜糖，祖父笑着接过去，一支咬一口尝尝，连说：“不错，不错。”他要我们下次买的时候也给他买两支。我们奉了圣旨，下次听到糖锣儿一响，一拥而出，站在院子里大叫：“爷爷，您吃猫屎橛，还是吃狗屎橛？”爷爷会立即答腔：“我吃猫屎橛！”这是我所记得的与祖父建立密切关系的开始。

父母带着我们孩子住西厢房，我同胞一共十一个，我记事的时候已经有四个，姊妹兄弟四个孩子睡一个大炕，好热闹，尤其是到了冬天，白天玩不够，夜晚钻进被窝齐头睡在炕上还是吱吱喳喳笑语不休，母亲走过来巡视，把每个孩子脖梗子后面的棉被塞紧，使不透风，我感觉异常的舒适温暖，便怡然入睡了。我活到如今，夜晚睡时脖梗子后面透凉气，便想到母亲当年那一份爱抚的可贵。母亲打发我们睡后还有她的工作，她需要去伺候公婆的茶水点心，直到午夜；她要黎明即起，张罗我们梳洗，她很少睡觉的时间，可是等到“多年的媳妇熬成婆”，这情形又周而复始，于是女性惨矣！

大家庭的膳食是有严格规律的，祖父母吃小锅饭，父母和孩子吃普通饭，男女仆人吃大锅饭，只有吃煮饽饽、热汤面是例外。我们北方人，饭桌上没有鱼虾，烩虾仁、溜鱼片是馆子里的菜，只有春夏之交黄鱼、大头鱼相继进入旺季，全家才能大快朵颐，每人可以分到一整尾。秋风起，要吃一两回铛爆羊肉，牛肉是永远不进家门的。院子里升起一大红泥火炉的熊熊炭火，有时也用柴，噼噼啪啪地响，铛上肉香四溢，颇为别致。秋高蟹肥，当然也少不了几回持螯把酒。平时吃的饭是标准的家常饭，到了特别的吉庆之日，看祖父母的高兴，说不定就有整只烤猪或是烧鸭之类的犒劳。祖父母的小锅饭也没有什么了不起，也不过是爆羊肉、烧茄子、焖扁豆之类，不过是细切细做而已。我记得祖父母进膳时，有时看到我们在院里拍皮球，便喊我们进去，教我们张开嘴巴，用筷子夹起半肥半瘦的羊肉片往嘴里塞，我们实在不欣赏肥肉，闭着嘴跑到外面就吐出来。祖父有时候吃得高兴，便叫“跑上房的”小厮把厨子唤来，隔着窗子对他说：“你今天的爆羊肉做得好，赏钱两吊！”厨子在院中慌忙屈腿请安，连声谢谢，我觉得很好笑。我祖母天天要吃燕窝，夜晚由老张妈戴上老花眼镜坐在门旮旯儿弓着腰驼着背摘燕窝上的细茸毛，好可怜，一清早放在一个薄铫儿里在小炉子上煨。官燕木盒子是我们的，黑漆金饰，很好玩。

我母亲从来不下厨房，可是经我父亲特烦，并且亲自买回鱼鲜笋蕈之类，母亲亲操刀砧，做出来的菜硬是不同。我十四岁进了清华学校，每星期只准回家一次，除去途中往返，在家只有一顿午饭从容的时间，母亲怜爱我，总是亲自给我特备一道菜，她知道我爱吃什么，时常是一大盘肉丝韭黄加冬笋木耳丝，临起锅加一大勺花雕酒——菜的香，母的爱，现在回忆起来不禁涎欲滴而泪欲垂！

我生在西厢房，长在西厢房，回忆儿时生活大半在西厢房的那个大炕上。炕上有个被窝垛，由被褥堆垛起来的，十床八床被褥可以堆得很高，我们爬上爬下以为戏，直到把被窝垛压到连人带被一齐滚落下来然后已。炕上有个炕桌，那是我们启蒙时写读的所在。我同哥姐四个人，盘腿落脚地坐在炕上，或是把腿伸到桌底下，夜晚靠一盏油灯，三根灯草，描红模子，写大字，或是朗诵“一老人，入市中，买鱼两尾，步行回家”。我会满怀疑虑地问父亲：“为什么他买鱼两尾就不许他回家？”惹得一家大笑。有一回我们围着炕桌夜读，我两腿清酸，一时忘形把膝头一拱，哗剌剌一声炕桌滑落地上，油灯墨盒泼洒得一塌糊涂。母亲有时督促我们用功，不准我们淘气，手里握着笤帚疙瘩或是掸子把儿，作威吓状，可是从来没有实行过体罚。这西厢房就是我的窝，夙兴夜寐，没有一个地方比这个窝更为舒适。虽然前面有廊檐而后面无窗，上支下摘的旧式房屋就是这样的通风欠佳。我从小就是喜欢早起早睡。祖父生日有时叫一台“托偶戏”在院中上演，有时候是滦州影戏，唱的无非是什么《盘丝洞》《走鼓沾棉》《三娘教子》《武家坡》之类，大锣大鼓，尖声细嗓，我吃不消，我依然是按时回房睡觉，大家目我为落落寡合的怪物。可是影戏里有一个角色我至今不忘，那就是每出戏完毕之后上来叩谢赏钱的那个小丑，满身袍褂靴帽而脑后翘着一根小辫，跪下来磕三个响头，有人用惊堂木配合着用力敲三下，砰砰砰，清脆可听。我所以对这个角色发生兴趣，是因为他滑稽，同时代表那种只为贪图一吊两吊的小利就不惜卑躬屈节向人磕头的奴才相。这种奴才相在人间世里到处皆是。

小时过年固然热闹，快意之事也不太多。除夕满院子撒上芝麻秸，踩上去喀吱喀吱响，一乐也；宫灯、纱灯、牛角灯全部出笼，而孩子们也奉准每人提一只纸糊的“气死风”，二乐也；大开赌戒，可以掷状元红，呼卢喝雉，难得放肆，三乐也。但是在另一方面，年菜年年如是，大量制造，等于是天天吃剩菜，几顿煮饽饽吃得人倒尽胃口。杂拌儿么，不管粗细，都少不了尘埃细沙杂拌其间，吃到嘴里牙碜。撤供下来的蜜供也是罩上了薄薄一层香灰。压岁钱则一律塞进“扑满”，永远没满过，也永远没扑过，后来不知到哪里去了。天寒地冻，无处可玩，街上店铺家家闭户，里面不成腔调的锣鼓点儿此起彼落。厂甸儿能挤死人，为了“喝豆汁儿，就咸菜儿，琉璃喇叭大沙雁儿”，真犯不着。过年最使人窝心的事莫过于挨门去给长辈拜年，其中颇有些位只是年齿比我长些，最可恼的是有时候主人并不挡驾而叫你进入厅堂朝上磕头，从门帘后面蓦地钻出一个不三不四的老妈妈：“哟，瞧这家的哥儿长得可出息啦！”辛亥革命以后我们家里不再有这些繁文缛节。

还有一个后院，四四方方的，相当宽绰。正中央有一棵两人合抱的大榆树。后边有榆（余）取其吉利。凡事要留有余，不可尽，是我们民族特性之一。这棵榆树不但高大而且枝干繁茂，其圆如盖，遮满了整个院子。但是不可以坐在下面乘凉，因为上面有无数的红毛绿毛的毛虫，不时地落下来，咕咕嚷嚷的惹人嫌。榆树下面有一个葡萄架，近根处埋一两只死猫，年年葡萄丰收，长长的马乳葡萄。此外靠边还有香椿一、花椒一、嘎嘎儿枣一。每逢春暮，榆树开花结荚，名为榆钱。榆荚纷纷落下时，谓之“榆荚雨”（见《荆楚岁时记》）。施肩吾《戏咏榆荚》诗：“风吹榆钱落如雨，绕林绕屋来不住。”我们北方人生活清苦，遇到榆荚成雨时就要吃一顿榆钱糕。名为糕，实则捡榆钱洗净，和以小米面或棒子面，上锅蒸熟，舀取碗内，加酱油醋麻油及切成段的葱白葱叶而食之。我家每做榆钱糕成，全家上下聚在院里，站在阶前分而食之。比《帝京景物略》所说“四月榆初钱，面和糖蒸食之”还要简省。仆人吃过一碗两碗之后，照例要请安道谢而退。我的大哥有一次不知怎的心血来潮，吃完之后也走到祖母跟前，屈下一条腿深深请了个安，并且说了一声“谢谢您！”。祖母勃然大怒：“好哇！你把我当作什么人……”气得几乎晕厥过去。父亲迫于形势，只好使用家法了。从墙上取下一根藤马鞭，高高举起，轻轻落下，一五一十地打在我哥哥的屁股上。我本想跟进请安道谢，幸而免，吓得半死，从此我见了榆钱就恶心，对于无理的专制与压迫在幼小时就有了认识。后院东边有个小院，北房三间，南房一间，其间有一口井。井水是苦的，只可汲来洗衣洗菜，但是另有妙用，夏季把西瓜系下去，隔夜取出，透心凉。

想起这栋旧家宅，顺便想起若干儿时事。如今隔了半个多世纪，房子一定是面目全非了。其实人也不复是当年的模样，纵使我能回去探视旧居，恐怕我将认不得房子，而房子恐怕也认不得我了。

所念人——所有记忆都不会烟消云散

父母对子女的爱，子女对父母的爱，是神圣的。我写过一些杂忆的文字，不曾写过我的父母，因为关于这个题目我不敢轻易下笔。小民女士逼我写几句话，辞不获已，谨先略述二三小事以应，然已临文不胜风木之悲。

想我的母亲

父母对子女的爱，子女对父母的爱，是神圣的。我写过一些杂忆的文字，不曾写过我的父母，因为关于这个题目我不敢轻易下笔。小民女士逼我写几句话，辞不获已，谨先略述二三小事以应，然已临文不胜风木之悲。

我的母亲姓沈，杭州人。世居城内上羊市街。我在幼时曾侍母归宁，时外祖母尚在，年近八十。外祖父入学后，没有更进一步的功名，但是课子女读书甚严。我的母亲教导我们读书启蒙，尝说起她小时苦读的情形。她同我的两位舅父一起冬夜读书，冷得腿脚僵冻，取大竹篓一，实以败絮，三个人伸足其中以取暖。我当时听得惕然心惊，遂不敢荒嬉。我的母亲来我家时年甫十八九，以后操持家务尽瘁终身，不复有暇进修。

我同胞兄弟姊妹十一人，母亲的劬育之劳可想而知。我记得我母亲常于百忙之中抽空给我们几个较小的孩子们洗澡。我怕肥皂水流到眼里，我怕痒，总是躲躲闪闪，总是格格地笑个不住，母亲没有工夫和我们纠缠，随手一巴掌打在身上，边洗边打边笑。

北方的冬天冷，屋里虽然有火炉，睡时被褥还是凉似铁。尤其是钻进被窝之后，脖子后面透风，冷气顺着脊背吹了进来。我们几个孩子睡一个大炕，头朝外，一排四个被窝。母亲每晚看到我们钻进了被窝，吱吱喳喳地笑语不停，便走过来把油灯吹熄，然后给我们一个个的把脖子后面的棉被塞紧，被窝立刻暖和起来，不知不觉地就睡着了。我不知道母亲用的是什么手法，只知道她塞棉被带给我无可言说的温暖舒适，我至今想起来还是快乐的，可是那个感受不可复得了。

我从小不喜欢喧闹。祖父母生日照例院里搭台唱傀儡戏或滦州影戏。一过八点我便掉头而去进屋睡觉。母亲得暇便取出一个大簸箩，里面装的是针线剪尺一类的缝纫器材，她要做一些缝缝连连的工作，这时候我总是一声不响地偎在她的身旁，她赶我走我也不走，有时候竟睡着了。母亲说我乖，也说我孤僻。如今想想，一个人能有多少时间可以偎在母亲身旁？

在我的儿时记忆中，我母亲好像是没有时候睡觉。天亮就要起来，给我们梳小辫是一桩大事，一根一根地梳个没完。她自己要梳头，我记得她用一把抿子蘸着刨花水，把头发弄得锃光大亮。然后她就要一听上房有动静便急忙前去当差。盖碗茶、燕窝、莲子、点心，都有人预备好了，但是需要她去双手捧着送到祖父母跟前，否则要儿媳妇做什么？在公婆面前，儿媳妇是永远站着，没有座位的。足足地站几个钟头下来，不是缠足的女人怕也受不了！最苦的是，公婆年纪大，不过午夜不安歇，儿媳妇要跟着熬夜在一旁侍候。她困极了，有时候回到房里来不及脱衣服倒下便睡着了。虽然如此，母亲从来没有发过一句怨言。到了民元前几年，祖父母相继去世，我母亲才稍得清闲，然而主持家政教养儿女也够她劳苦的了。她抽暇隔几年返回杭州老家去度夏，有好几次都是由我随侍。

母亲爱她的家乡。在北京住了几十年，乡音不能完全改掉。我们常取笑她，例如北京的“京”，她说成“金”，她有时也跟我们学，总是学不好，她自己也觉得好笑。我有时学着说杭州话，她说难听死了，像是门口儿卖笋尖的小贩说的话。

我想一般人都会同意，凡是自己母亲做的菜永远是最好吃的。我的母亲平常不下厨房，但是她高兴的时候，尤其是父亲亲自到市场买回鱼鲜或其他南货的时候，在父亲特烦之下，她也欣然操起刀俎。这时候我们就有福了。我十四岁离家到清华，每星期回家一天，母亲就特别疼爱我，几乎很少例外地要亲自给我炒一盘冬笋木耳韭菜黄肉丝，起锅时浇一勺花雕酒，这是我最喜欢的一道菜。但是这一盘菜一定要母亲自己炒，别人炒味道就不一样了。

我母亲喜欢在高兴的时候喝几盅酒。冬天午后围炉的时候，她常要我们打电话到长发叫五斤花雕，绿釉瓦罐，口上罩着一张毛边纸，温热了倒在茶杯里和我们共饮。下酒的是大落花生，若是有“抓空儿的”，买些干瘪的花生吃则更有味。我和两位姐姐陪母亲一顿吃完那一罐酒。后来我在四川独居无聊，一斤花生一罐茅台当做晚饭，朋友们笑我吃“花酒”，其实是我母亲留下的作风。

我自从入了清华，以后和母亲在一起的时候就少了。抗战前后各有三年和母亲住在一起。母亲晚年喜欢听评剧，最常去的地方是吉祥，因为离家近，打个电话给卖飞票的，总有好的座位。我很后悔，我没能分出时间陪她听戏，只是由我的姐姐弟弟们陪她消遣。

我父亲曾对我说，我们的家所以成为一个家，我们几个孩子所以能成为人，全是靠了我母亲的辛劳维护。一九四九年以后，音讯中断，直等到恢复联系，才知道母亲早已弃养，享寿九十岁。西俗，母亲节佩红康乃馨，如不确知母亲是否尚在则佩红白康乃馨各一。如今我只有佩白康乃馨的份儿了，养生送死，两俱有亏，惨痛惨痛！

我的一位国文老师

我在十八九岁的时候，遇见一位国文先生，他给我的印象最深，使我受益也最多，我至今不能忘记他。

先生姓徐，名镜澄，我们给他取的绰号是“徐老虎”，因为他凶。他的相貌很古怪，他的脑袋的轮廓是有棱有角的，很容易成为漫画的对象。头很尖，秃秃的，亮亮的，脸形却是方方的，扁扁的，有些像聊斋志异绘图中的夜叉的模样。他的鼻子、眼睛、嘴好像是过分地集中在脸上很小的一块区域里。他戴一副墨晶眼镜，银丝小镜框，这两块黑色便成了他脸上最显著的特征。我常给他漫画，勾一个轮廓，中间点上两块椭圆形的黑块，便惟妙惟肖。他的身材高大，但是两肩总是耸得高高，鼻尖有一些红，像酒糟的，鼻孔里常常地藏着两筒清水鼻涕，不时地吸溜着，说一两句话就要用力地吸溜一声，有板有眼有节奏，也有时忘了吸溜，走了板眼，上唇上便亮晶晶地吊出两根玉箸，他用手背一抹。他常穿的是一件灰布长袍，好像是在给谁穿孝，袍子在整洁的阶段时我没有赶得上看见，余生也晚，我看见那袍子的时候即已油渍斑斓。他经常是仰着头，迈着八字步，两眼望青天，嘴撇得瓢儿似的。我很难得看见他笑，如果笑起来，是狞笑，样子更凶。

我的学校很特殊的。上午的课全是用英语讲授，下午的课全是国语讲授。上午的课很严，三日一问，五日一考，不用功便要被淘汰，下午的课稀松，成绩与毕业无关。所以每到下午上国文之类的课程，学生们便不踊跃，课堂上常是稀稀拉拉的不大上座，但教员用拿毛笔的姿势举着铅笔点名的时候，学生却个个都到了，因为一个学生不只答一声到。真到了的学生，一部分从事午睡，微发鼾声，一部分看小说如《官场现形记》、《玉梨魂》之类，一部分写“父母亲大人膝下”式的家书，一部分干脆瞪着大眼发呆，神游八表。有时候逗先生开玩笑。国文先生呢，大部分都是年高有德的，不是榜眼，就是探花，再不就是举人。他们授课也不过是奉行故事，乐得敷敷衍衍。在这种糟糕的情形之下，徐老先生之所以凶，老是绷着脸，老是开口就骂人，我想大概是由于正当防卫吧。

有一天，先生大概是多喝了两盅，摇摇摆摆地进了课堂。这一堂是作文，他老先生拿起粉笔在黑板上写了两个字，题目尚未写完，当然照例要吸溜一下鼻涕，就在这吸溜之际，一位性急的同学发问了：“这题目怎样讲呀？”老先生转过身来，冷笑两声，勃然大怒：“题目还没有写完，写完了当然还要讲，没写完你为什么就要问？……”滔滔不绝地吼叫起来，大家都为之愕然。这时候我可按捺不住了。我一向是个上午捣乱下午安分的学生，我觉得现在受了无理的侮辱，我便挺身分辩了几句。这一下我可惹了祸，老先生把他的怒火都泼在我的头上了。他在讲台上来回踱着，吸溜一下鼻涕，骂我一句，足足骂了我一个钟头，其中警句甚多，我至今还记得这样的一句：

“×××！你是什么东西？我一眼把你望到底！”

这一句颇为同学们所传诵。谁和我有点争论遇到纠缠不清的时候，都会引用这一句“你是什么东西？我把你一眼望到底！”。当时我看形势不妙，也就没有再多说，让下课铃结束了先生的怒骂。

但是从这一次起，徐先生算是认识我了。酒醒之后，他给我批改作文特别详尽。批改之不足，还特别的当面加以解释，我这一个“一眼望到底”的学生，居然成为一个受益最多的学生了。

徐先生自己选辑教材，有古文，有白话，油印分发给大家。《林琴南致蔡孑民书》是他讲得最为眉飞色舞的一篇。此外如吴敬恒的《上下古今谈》，梁启超的《欧游心影录》，以及张东荪的《时事新报》社论，他也选了不少。这样新旧兼收的教材，在当时还是很难得的开通的榜样。我对于国文的兴趣因此而提高了不少。徐先生讲图文之前，先要介绍作者，而且介绍得很亲切，例如他讲张东荪的文字时，便说：“张东荪这个人，我倒和他一桌吃过饭……”这样的话是相当的可以使学生们吃惊的，吃惊的是，我们的国文先生也许不是一个平凡的人吧，否则怎样会能够和张东荪一桌上吃过饭！

徐先生于介绍作者之后，朗诵全文一遍。这一遍朗诵可很有意思。他打着江北的官腔，咬牙切齿地大声读一遍，不论是古文或白话，一字不苟地吟咏一番，好像是演员在背台词，他把文字里的蕴藏着的意义好像都给宣泄出来了。他念得有腔有调，有板有眼，有情感，有气势，有抑扬顿挫，我们听了之后，好像是已经理会到原文的意义的一半了。好文章掷地作金石声，那也许是过分夸张，但必须可以琅琅上口，那却是真的。

徐先生之最独到的地方是改作文。普通的批语“清通”、“尚可”、“气盛言宜”，他是不用的。他最擅长的是用大墨杠子大勾大抹，一行一行地抹，整页整页地勾；洋洋千余言的文章，经他勾抹之后，所余无几了。我初次经此打击，很灰心，很觉得气短，我掏心挖肝地好容易诌出来的句子，轻轻地被他几杠子就给抹了。但是他郑重地给我解释一会儿，他说：“你拿了去细细地体味，你的原文是软趴趴的，冗长，懈咣咣啷的，我给你勾掉了一大半，你再读读看，原来的意思并没有失，但是笔笔都立起来了，虎虎有生气了。”我仔细一揣摩，果然。他的大墨杠子打得是地方，把虚泡囊肿的地方全削去了，剩下的全是筋骨。在这删削之间现出他的功夫。如果我以后写文章还能不多说废话，还能有一点点硬朗挺拔之气，还知道一点“割爱”的道理，就不能不归功于我这位老师的教诲。

徐先生教我许多作文的技巧。他告诉我：“作文忌用过多的虚字。”该转的地方，硬转；该接的地方，硬接。文章便显着朴拙而有力。他告诉我，文章的起笔最难，要突兀矫健，要开门见山，要一针见血，才能引人入胜，不必兜圈子，不必说套语。他又告诉我，说理说至难解难分处，来一个譬喻，则一切纠缠不清的论难都迎刃而解了，何等经济，何等手腕！诸如此类的心得，他传授我不少，我至今受用。

我离开先生已将近五十年了，未曾与先生一通音讯，不知他云游何处，听说他已早归道山了。同学们偶尔还谈起“徐老虎”，我于回忆他的音容之余，不禁地还怀着怅惘敬慕之意。

酒中八仙

——记青岛旧游

杜工部早年写过一首《饮中八仙歌》，章法参差错落，气势奇伟绝伦，是一首难得的好诗。他所谓的饮中八仙，是指他记忆所及的八位善饮之士，不包括工部本人在内，而且这八位酒仙并不属于同一辈分，不可能曾在一起聚饮。所以工部此诗只是就八个人的醉趣分别加以简单描述。我现在所要写的酒中八仙是民国十九年到二十三年间我的一些朋友，在青岛大学共事的时候，在一起宴饮作乐，酒酣耳热，一时忘形，乃比附前贤，戏以八仙自况。青岛是一个好地方，背山面海，冬暖夏凉，有整洁宽敞的市容，有东亚最佳的浴场，最宜于家居。唯一的缺憾是缺少文化背景，情调稍嫌枯寂。故每逢周末，辄聚饮于酒楼，得放浪形骸之乐。

我们聚饮的地点，一个是山东馆子顺兴楼，一个是河南馆子厚德福。顺兴楼是本地老馆子，属于烟台一派，手艺不错，最拿手的几样菜如爆双脆、锅烧鸡、氽西施舌、酱汁鱼、烩鸡皮、拌鸭掌、黄鱼水饺……都很精美。山东馆子的跑堂一团和气，应对之间不失分际。对待我们常客自然格外周到。厚德福是新开的，只因北平厚德福饭庄老掌柜陈莲堂先生听我说起青岛市面不错，才派了他的长子陈景裕和他的高徒梁西臣到青岛来开分号。我记得我们出去勘察市面，顺便在顺兴楼午餐，伙计看到我引来两位生客，一身油泥，面带浓厚的生意人的气息，心里就已起疑。梁西臣点菜，不假思索一口气点了四菜一汤，炒辣子鸡（去骨）、炸肫（去里儿）、清炒虾仁……伙计登时感到来了行家，立即请掌柜上楼应酬，恭恭敬敬地问："请问二位宝号是在哪里？"我们乃以实告。此后这两家饭馆被公认为是当地巨擘，不分瑜亮。厚德福自有一套拿手，例如清炒或黄焖鳝鱼、瓦块鱼、鱿鱼卷、琵琶燕菜、铁锅蛋、核桃腰、红烧猴头……都是独门手艺，而新学的焖炉烤鸭也是别有风味的。

我们轮流在这两处聚饮，最注意的是酒的品质。每夕以罄一坛为度。两个工人抬三十斤花雕一坛到二三楼上，当面启封试尝，微酸尚无大碍，最忌的是带有甜意，有时要换两三坛才得中意。酒坛就放在桌前，我们自行舀取，以为那才尽兴。我们喜欢用酒碗，大大的浅浅的，一口一大碗，痛快淋漓。对于菜肴我们不大挑剔，通常是一桌整席，但是我们也偶尔别出心裁，例如：普通以四个双拼冷盘开始，我有一次做主换成二十四个小盘，把圆桌面摆得满满的，要精致，要美观。有时候，尤其是在夏天，四拼盘换为一大盘，把大乌参切成细丝放在冰箱里冷藏，上桌时浇上芝麻酱、三合油和大量的蒜泥，是一个很受欢迎的冷荤，比拌粉皮高明多了。吃铁锅蛋时，赵太侔建议外加一元钱的美国干酪（cheese），切成碎末打搅在内，果然气味浓郁不同寻常，从此成为定例。酒酣饭饱之后，常是一大碗酸辣鱼汤，此物最能醒酒，好像宋江在浔阳楼上酒醉题反诗时想要喝的就是这一味汤了。

酒从六时喝起，一桌十二人左右，喝到八时，不大能喝酒的约三五位就先起身告辞，剩下的八九位则是兴致正豪，开始宽衣攘臂，猜拳行酒。不作拇战，三十斤酒不易喝光。在大庭广众的公共场所，扯着破锣嗓子“鸡猫子喊叫”实在不雅。别个房间的客人都是这样放肆，入境只好随俗。

这一群酒徒的成员并不固定，四年之中也有变化，最初是闻一多环顾座上共有八人，一时灵感，遂曰：“我们是酒中八仙！”这八个人是，杨振声、赵畸、闻一多、陈命凡、黄际遇、刘康甫、方令孺，和区区我。既称为仙，应有仙趣，我们只是沉湎曲乐的凡人，既无仙风道骨，也不会白日飞升，不过大都端起酒杯举重若轻，三斤多酒下肚尚能不及于乱而已。其中大多数如今皆已仙去，大概只有我“未随仙去落人间”。往日宴游之乐不可不记。

杨振声字金甫，后嫌金字不雅，改为今甫，山东蓬莱人，比我大十岁的样子。五四初期，写过一篇中篇小说《玉君》，清丽脱俗，惜从此搁笔，不再有所著作。他是北大国文系毕业，算是蔡孑民先生的学生。青岛大学筹备期间，以蔡先生为筹备主任，实则今甫独任艰巨。蔡先生曾在大学图书馆侧一小楼上偕眷住过一阵，为消暑之计。国立青岛大学的门口的竖匾，就是蔡先生的亲笔。胡适之先生看见了这个匾对我们说，他曾问过蔡先生：“凭先生这一笔字，瘦骨嶙峋，在那时代殿试大卷讲究黑、大、圆、光，先生如何竟能点了翰林？”蔡先生从容答道：“也许那几年正时兴黄山谷的字吧。”今甫做了青岛大学校长，得到蔡先生写匾，是很得意的一件事。今甫身材修伟，不愧为山东大汉，而言谈举止蕴藉风流，居恒一袭长衫，手携竹杖，意态潇然。鉴赏字画，清谈亹亹。但是一杯在手则意气风发，尤嗜拇战，入席之后往往率先打通关一道，音容并茂，咄咄逼人。赵瓯北有句：“骚坛盟敢操牛耳，拇阵轰如战虎牢。”今甫差足以当之。

赵畸，字太侔，也是山东人，长我十二岁，和今甫是同学。平生最大特点是寡言笑。他可以和客相对很久很久一言不发，使人莫测高深。我初次晤见他是在美国波斯顿，时民国十三年夏，我们一群中国学生排演《琵琶记》，他应邀从纽约赶来助阵。他未来之前，闻一多先即有函来，说明太侔之为人，犹金人之三缄其口，幸无误会。一见之后，他果然是无多言。预演之夕，只见他攘臂挽袖，运斤拉锯制作布景，不发一语。莲池大师云：“世间酽醯醇醴，藏之弥久而弥美者，皆繇封锢牢密不泄气故。”太侔就是才华内蕴而封锢牢密。人不开口说话，佛亦奈何他不得。他有相当酒量，也能一口一大盅，但是他从不参加拇战。他写得一笔行书，绵密有致。据一多告我，太侔本是一个衷肠激烈的人，年轻的时候曾经参加革命，掷过炸弹，以后竟变得韬光养晦沉默寡言了。我曾以此事相询，他只是笑而不答。他有妻室儿子，他家住在北平宣外北椿树胡同，他秘不告人，也从不回家，他甚至原籍亦不肯宣布。庄子曰：“畸人者，畸于人而侔于天。”疏曰：“畸者不耦之名也，修行无有，而疏外形体，乖异人伦，不耦于俗。”怪不得他名畸字太侔。

闻一多，本名多，以字行，湖北蕲水人，是我清华同学，高我两级。他和我一起来到青岛，先赁居大学斜对面一座楼房的下层，继而搬到汇泉海边一座小屋，后来把妻小送回原籍，住进教职员第八宿舍，两年之内三迁。他本来习画，在芝加哥做素描一年，在科罗拉多习油画一年，他得到一个结论：中国人在油画方面很难和西人争一日之长短，因为文化背景不同。他放弃了绘画，专心致力于我国古典文学之研究，至于废寝忘食，埋首于故纸堆中。这期间他有一段恋情，因此写了一篇相当长的白话诗，那一段情没有成熟，无可奈何地结束了，而他从此也就不再写诗。他比较器重的青年，一个是他国文系的学生臧克家，一个是他国文系助教陈梦家。这两位都写新诗，都得到一多的鼓励。一多的生活苦闷，于是也就爱上了酒。他酒量不大，而兴致高。常对人吟叹：“名士不必须奇才，但使常得无事，痛饮酒，熟读离骚，便可称名士。”他一日薄醉，冷风一吹，昏倒在尿池旁。

陈命凡，字季超，山东人，任秘书长，精明强干，为今甫左右手。

豁起拳来，出手奇快，而且嗓音响亮，往往先声夺人，常自诩为山东老拳。关于拇战，虽小道亦有可观。民国十五年，我在国立东南大学教书，同事中之酒友不少，与罗清生、李辉光往来较多，罗清生最精于猜拳，其术颇为简单，唯运用纯熟则非易事。据告其诀窍在于知己知彼。默察对方惯有之路数，例如一之后常为二，二之后常为三，余类推。同时变化自己之路数，不使对方捉摸。经此指点，我大有领悟。我与季超拇战常为席间高潮，大致旗鼓相当，也许我略逊一筹。

刘本钊，字康甫，山东蓬莱人，任会计主任，小心谨慎，恂恂君子。患严重耳聋，但亦嗜杯中物。因为耳聋关系，不易控制声音大小，拇战之时呼声特高，而对方呼声，他不甚了了，只消示意令饮，他即听命倾杯。一九四九年来台，曾得一晤，彼时耳聋益剧，非笔谈不可。

方令孺是八仙中唯一女性，安徽桐城人，在国文系执教兼任女生管理。她有咏雪才，惜遇人不淑，一直过着独身生活。台湾洪范书店曾搜集她的散文作品编为一集出版，我写了一篇短序。在青岛她居留不太久，好像是两年之后就离去了。后来我们在北碚异地重逢，比较往还多些。她一向是一袭黑色旗袍，极少的时候薄施脂粉，给人一派冲淡朴素的印象。在青岛的期间，她参加我们轰饮的行列，但是从不纵酒，刚要“朱颜酡些”的时候就停杯了。数十年来我没有她的消息，只是在一九六四年七月七日《联合报》“幕前冷语”里看到这样一段简讯：

> 方令孺皤然白发，早不执教复旦，在那血气方刚的红色路上漫步，现任浙江作者协会主席，忙于文学艺术的联系工作。

老来多梦，梦里河山是她私人嗜好的最高发展，跑到砚台山中找好砚去了，因此梦中得句，写在第二天的默忆中：“诗思满江国，涛声夜色寒，何当沽美酒，共醉砚台山。”

这几句话写得迷离惝恍，不知砚台山寻砚到底是真是幻。不过诗中有“何当沽美酒”之语，大概她还未忘情当年酒仙的往事吧？如今若是健在，应该是八十以上的人了。

黄际遇，字任初，广东澄海人，长我十七八岁，是我们当中年龄最大的一位。他做过韩复榘主豫时的教育厅长，有宦场经验，但仍不脱名士风范。他永远是一件布衣长袍，左胸前缝有细长的两个布袋，正好插进两根铅笔。他是学数学的，任理学院长，闻一多离去之后兼文学院长。嗜象棋，曾与国内高手过招，有笔记簿一本置案头，每次与人棋后辄详记全盘招数，而且能偶然不用棋盘棋子，凭口说进行棋赛。又治小学，博闻多识。他住在第八宿舍，有潮汕厨师一名，为治炊膳，烹调甚精。有一次约一多和我前去小酌，有菜二色给我印象甚深，一是白水汆大虾，去皮留尾，汆出来虾肉白似雪，虾尾红如丹；一是清炖牛鞭，则我未愿尝试。任初每日必饮，宴会时拇战兴致最豪，嗓音尖锐而常出怪声，狂态可掬。我们饮后通常是三五辈在任初领导之下去做余兴。任初在澄海是缙绅大户，门前横匾大书“硕士第”三字，雄视乡里。潮汕巨商颇有几家在青岛设有店铺，经营山东土产运销，皆对任初格外敬礼。我们一行带着不同程度的酒意，浩浩荡荡地于深更半夜去敲店门，惊醒了睡在柜台上的伙计们，赤身裸体地从被窝里钻出来（北方人虽严冬亦赤身睡觉）。我们一行一溜烟地进入后厅。主人热诚招待，有娈婉小童伺候茶水兼代烧烟。先是以功夫茶飨客，红泥小火炉，炭火煮水沸，浇灌茶具，以小盅奉茶，三巡始罢。然后主人肃客登榻，一灯如豆，有兴趣者可以短笛无腔信口吹，亦可突突突突有板有眼。俄而酒意已消，乃称谢而去。任初有一次回乡过年，带回潮州蜜柑一篓，我分得六枚，皮薄而松，肉甜而香，生平食柑，其美无过于此者。抗战时任初避地赴桂，胜利还乡，乘舟沿西江而下，一夕在船上如厕，不慎滑落江中，月黑风高，水深流急，遂遭没顶。

酒中八仙之事略如上述。民国二十一年青岛大学人事上有了变化。为了“九一八”事件全国学生罢课纷纷赴南京请愿要求对日作战，青岛大学的学生当然亦不后人，学校当局阻止无效。事后开除为首的学生若干，遂激起学生驱逐校长的风潮。今甫去职，太侔继任。一多去了清华。决定开除学生的时候，一多慷慨陈词，声称是“挥泪斩马稷”。此后二年，校中虽然平安无事，宴饮之风为之少杀。偶然一聚的时候有新的分子参加，如赵铭新、赵少侯、邓初等。我在青岛的旧友不止此数，多与饮宴无关，故不及。

辜鸿铭先生逸事

辜鸿铭先生以茶壶譬丈夫，以茶杯譬妻子，故赞成多妻制，诚怪论也。

先生之怪论甚多，常告人以姓辜之故，谓始祖实为罪犯。又言始祖犯罪，不足引以为羞；若数典忘祖，方属可耻云。

先生深于英国文学之素养。或叩以养成之道，曰：先背熟一部名家著作做根基。又言今人读英文十年，开目仅能阅报，伸纸仅能修函，皆由幼年读一猫一狗式之教科书，是以终其身只有小成。先生极赞成中国私塾教授法，以开蒙未久，即读四书五经，尤须背诵如流水也。

先生之书法，极天真烂漫之致，别字虽不甚多，亦非极少。盖先生生于异国，学于苏格兰，比壮年入张之洞幕，始沉潜于故邦载籍云。

先生好选《诗经》中成句，译英文诗，虽未能天衣无缝，亦颇极传神之妙，惜以古衣冠加于无色民族之身上耳，先生以“情”译poetry，以“理”译philosophy，以“事”译history，以“物”译science，以“阴阳”译physic，以“五行”译chemistry，以“红福”译Juno，以“清福”译Minerva，以“艳福”译Venus，于此可见其融合中外之精神。

先生喜征逐之乐，故不修边幅，既垂长辫，而枣红袍与天青褂上之油腻，尤可鉴人，粲者立于其前，不须揽镜，即有顾影自怜之乐。先生对于妓者颇有同情，恒操英语曰：Prostitude者，Destitudc也。（意谓卖淫者卖穷也。）

先生多情而不专，夫人在一位以上。尝娶日妇，妇死哭之悲，悼亡之痛，历久不渝。先生尝患贫，故一闻丐者呼号之声，立即拔关而出，畀以小银币一二枚，勃谿之声，尝因之而起。先生操多种方言，通几国文字；日之通士，尤敬慕先生，故日本人所办之英文报纸，常发表先生忠君爱国之文字。文中畅引中国经典，滔滔不绝，其引文之长，令人兴喧宾夺主之感，故趣味弥永，凡读其文者只觉其长，并不觉其臭。

（原载一九二七年七月十二日上海《时事新报·青光》）

叶公超二三事

公超在某校任教时，邻居为一美国人家。其家顽童时常翻墙过来骚扰，公超不胜其烦，出面制止。顽童不听，反以恶言相向，于是双方大声诟谇，秽语尽出。其家长闻声出视，公超正在厉声大骂：I' ll crown you with a pot of shit!（我要把一桶粪浇在你的头上！）

那位家长慢步走了过来，并无怒容，问道："你这一句话是从哪里学来的？我有好久没有听见过这样的话了。你使得我想起我的家乡。"

公超是在美国读完中学才进大学的，所以美国孩子们骂人的话他都学会了。他说，学一种语言，一定要把整套的咒骂人的话学会，才算彻底。如今他这一句粪便浇头的脏话使得邻居和他从此成朋友。这件事是公超自己对我说的。

公超在暨南大学教书的时候，因兼图书馆长，而且是独身，所以就住在图书馆楼下一小室，床上桌上椅上全是书。他有爱书癖，北平北京饭店楼下Vetch的书店、上海的别发公司，都是他经常照顾的地方。做了图书馆长，更是名正言顺地大量买书。他私人嗜读的是英美的新诗。英美的诗，到了第二次大战以后，才有所谓"现代诗"大量出现。诗风偏向于个人独特的心理感受，而力图摆脱传统诗作的范畴，偏向于晦涩。

公超关于诗的看法与徐志摩、闻一多不同。当时和公超谈得来的新诗作家，饶孟侃（子离）是其中之一。公超由图书馆楼下搬出，在真如乡下离暨南不远处租了几间平房，小桥流水，阡陌纵横，非常雅静。子离有时也在那里下榻，和公超为伴。有一天二人谈起某某英国诗人，公超就取出其人诗集，翻出几首代表作，要子离读，读过之后再讨论。子离倦极，抛卷而眠。公超大怒，顺手捡起一本大书投掷过去。虽未使他头破血出，却使得他大惊。二人因此勃谿。这件事也是公超自己对我说的。

公超萧然一身，校中女侨生某常去公超处请益。其人貌仅中姿，而性情柔顺。公超自承近于大男人沙文主义者，特别喜欢meek（柔顺）的女子。这位女生有男友某，扬言将不利于公超。公超惧，借得手枪一支以自卫。一日偕子离外出试枪，途中有犬狺狺，乃发一枪而犬毙。犬主索赔，不得已只得补偿之。女生旋亦返国嫁一贵族。

公超属于“富可敌国贫无立锥”的类型。他的叔父叶恭绰先生收藏甚富，包括其外公赵之谦的书法在内。抗战期间这一批收藏存于一家银行仓库，家人某勾结伪组织特务人员图谋染指，时公超在昆明教书，奉乃叔父电召赴港转沪寻谋处置之道，不幸遭敌伪陷害入狱，后来取得和解方得开释。据悉这部分收藏现在海外。而公超离开学校教席亦自此始。

公超自美大使卸任归来后，意态萧索。我请他在师大英语研究所开现代英诗一课，他碍于情面俯允所请。但是他宦游多年，实已志不在此，教一学期而去。自此以后他在政界浮沉，我在学校尸位，道不同遂晤面少，遇于公开集会中一面，匆匆存问数语而已。

忆老舍

我最初读老舍的《赵子曰》《老张的哲学》《二马》，未识其人，只觉得他以纯粹的北平土语写小说颇为别致。北平土语，像其他主要地区的土语一样，内容很丰富，有的是俏皮话儿、歇后语，精到出色的明喻暗譬，还有许多有声无字的词字。如果运用得当，北平土话可说是非常的生动有趣；如果使用起来不加检点，当然也可能变成为油腔滑调的“耍贫嘴”。以土话入小说本是小说家常用的一种技巧，可使对话格外显得活泼，可使人物性格显得真实凸出。若是一部小说从头到尾，不分对话叙述或描写，一律使用土话，则自《海上花》一类的小说以后并不多见。我之所以注意老舍的小说者盖在于此。胡适先生对于老舍的作品评价不高，他以为老舍的幽默是勉强造作的。但一般人觉得老舍的作品是可以接受的，甚至颇表欢迎。

抗战后，老舍有一段期间住在北碚，我们时相过从。他又黑又瘦，甚为憔悴，平常总是佝偻着腰，迈着四方步，说话的声音低沉、徐缓，但是有风趣。他和老向住在一起，生活当然是很清苦的。在名义上他是中国文艺界抗敌协会的负责人，事实上这个组织的分子很复杂，有不少野心分子企图从中操纵把持。老舍对待谁都是一样的和蔼亲切，存心厚道，所以他的人缘好。

有一次北碚各机关团体以国立编译馆为首发起募款劳军晚会，一连两晚，盛况空前，把北碚儿童福利试验区的大礼堂挤得水泄不通。国立礼乐馆的张充和女士多才多艺，由我出面邀请，会同编译馆的姜作栋先生（名伶钱金福的弟子），合演一出“刺虎”，唱做之佳至今令人不能忘。在这一出戏之前，垫一段对口相声。这是老舍自告奋勇的，蒙他选中了我做搭档，头一晚他“逗哏”我“捧哏”，第二晚我逗他捧，事实上挂头牌的当然应该是他。他对相声特有研究。在北平长大的谁没有听过焦德海草上飞？但是能把相声全本大套地背诵下来则并非易事。如果我不答应上台，他即不肯露演，我为了劳军只好勉强同意。老舍嘱咐我说：“说相声第一要沉得住气，放出一副冷面孔，永远不许笑，而且要控制住观众的注意力，用干净利落的口齿在说到紧要处使出全副气力斩钉断铁一般迸出一句俏皮话，则全场必定爆出一片彩声哄堂大笑，用句术语来说，这叫作‘皮儿薄’，言其一戳即破。”我听了之后连连辞谢说：“我办不了，我的皮儿不薄。”他说：“不要紧，咱们练着瞧。”于是他把词儿写出来，一段是《新洪羊洞》，一段是《一家六口》，这都是老相声，谁都听过。相声这玩意儿不嫌其老，越是经过千锤百炼的玩意儿越惹人喜欢，藉着演员的技艺风度之各有千秋而永远保持新鲜的滋味。相声里面的粗俗玩笑，例如“爸爸”二字刚一出口，对方就得赶快顺口答腔地说声“啊”，似乎太无聊，但是老舍坚持不能删免，据他看相声已到了至善至美的境界，不可稍有损益。是我坚决要求，他才同意在用折扇敲头的时候只要略为比画而无须真打。我们认真地排练了好多次。到了上演的那一天，我们走到台的前边，泥雕木塑一般绷着脸肃立片刻，观众已经笑不可抑，以后几乎只能在阵阵笑声之间的空隙进行对话。该用折扇敲头的时候，老舍不知是一时激动忘形，还是有意违反诺言，抡起大折扇狠狠地向我打来，我看来势不善，向后一闪，折扇正好打落了我的眼镜，说时迟，那时快，我手掌向上两手平伸，正好托住那落下来的眼镜，我保持那个姿势不动，彩声历久不绝，有人以为这是一手绝活儿，还高呼：“再来一回！”

老舍的才华是多方面的，长短篇的小说、散文、戏剧、白话诗，无一不能，无一不精。而且他有他的个性，绝不俯仰随人。我现在拣出一封老舍给我的信，是他离开北碚之后写的，那时候他的夫人已自北平赶来四川，但是他的生活更陷于苦闷。他患有胃下垂的毛病，割盲肠的时候用一小时余还寻不到盲肠，后来在腹部的左边找到了。这封信附有七律五首，由此我们也可窥见他当时的心情的又一面。

前几年王敬羲从香港剪写老舍短文一篇，可惜未注明写作或发表的时间及地点，题为《春来忆广州》，看他行文的气质，已由绚烂趋于平淡，但是有一缕惆怅悲哀的情绪流露在字里行间。听说他去年已做了九泉之客，又有人说他尚在人间。是耶非耶，其孰能辨之？兹将这一小文附录于后：

春来忆广州

我爱花。因气候、水土等等关系，在北京养花，颇为不易。冬天冷，院里无法摆花，只好都搬到屋里来。每到冬季，我的屋里总是花比人多，形势逼人！屋中养花，有如笼中养鸟，即使用心调护，也养不出个样子来。除非特建花室，实在无法解决问题。我的小院里，又无隙地可建花室！

一看到屋中那些半病的花草，我就立刻想起美丽的广州来。去年春节后，我不是到广州住了一个月吗？哎呀，真是了不起的好地方！人极热情，花似乎也热情！大街小巷，院里墙头，百花齐放，欢迎客人，真是“交友看花在广州”啊！

在广州，对着我的屋门便是一株象牙红，高与楼齐，盛开着一丛红艳夺目的花儿，而且经常有很小的小鸟，钻进那朱红的小“象牙”里，如蜂采蜜。真美！只要一有空儿，我便坐在阶前，看那些花与小鸟。在家里，我也有一棵象牙红，可是高不及三尺，而且是种在盆子里。它入秋即放假休息，入冬便睡大觉，且久久不醒，直到端阳左右，它才开几朵先天不足的小花，绝对没有那种秀气的小鸟做伴！

现在，它正在屋角打盹，也许跟我一样，正想念它的故乡广东吧？

春天到来，我的花草还是不易安排：早些移出去吧，怕风霜侵犯；不搬出去吧，又都发出细条嫩叶，很不健康。这种细条子不会长出花来。看着真令人焦心！

好容易盼到夏天，花盆都运至院中，可还不完全顺利。院小，不透风，许多花儿便生了病。特别由南方来的那些，如白玉兰、栀子、茉莉、小金橘、茶花……也不知怎么就叶落枝枯，悄悄死去。因此，我打定主意，在买来这些比较娇贵的花儿之时，就认为它们不能长寿，尽到我的心，而又不作幻想，以免枯死的时候落泪伤神。同时，也多种些叫它死也不肯死的花草，如夹竹桃之类，以期老有些花儿看。

夏天，北京的阳光过暴，而且不下雨则已，一下就是倾盆倒海而来，势不可挡，也不利于花草的生长。

秋天较好，可是忽然一阵冷风，无法预防，娇嫩些的花儿就受了重伤。于是，全家动员，七手八脚，往屋里搬呀，各屋里都挤满了花盆，人们出来进去都须留神，以免绊倒！

真羡慕广州的朋友们，院里院外，四季有花，而且是多么出色的花呀！白玉兰高达数丈，干子比我的腰还粗！英雄气概的木棉，昂首天外，开满大红花，何等气势！就连普通的花儿，四季海棠与绣球什么的，也特别壮实，叶茂花繁，花小而气魄不小！看，在冬天，窗外还有结实累累的木瓜呀！真没法儿比！一想起花木，也就更想念朋友们！

记梁任公先生的一次演讲

梁任公先生晚年不谈政治，专心学术。大约在一九二一年左右，清华学校请他做第一次的演讲，题目是《中国韵文里表现的情感》。我很幸运地有机会听到这一篇动人的演讲。那时候的青年学子，对梁任公先生怀着无限的景仰，倒不是因为他是戊戌政变的主角，也不是因为他是云南起义的策划者，实在是因为他的学术文章对于青年确有启迪领导的作用。过去也有不少显宦，以及叱咤风云的人物，莅校讲话，但是他们没有能留下深刻的印象。

任公先生的这一篇讲演稿，后来收在《饮冰室文集》里。他的讲演是预先写好的，整整齐齐地写在宽大的宣纸制的稿纸上面，他的书法很是秀丽，用浓墨写在宣纸上，十分美观。但是读他这篇文章和听他这篇讲演，那趣味相差很多，犹之乎读剧本与看戏之迥乎不同。

我记得清清楚楚，在一个风和日丽的下午，高等科楼上大教堂里坐满了听众，随后走进了一位短小精悍秃头顶宽下巴的人物，穿着肥大的长袍，步履稳健，风神潇洒，左右顾盼，光芒四射，这就是梁任公先生。

他走上讲台，打开他的讲稿，眼光向下面一扫，然后是他的极简短的开场白，一共只有两句，头一句是：“启超没有什么学问——”眼睛向上一翻，轻轻点一下头，，“可是也有一点喽！”这样谦逊同时又这样自负的话是很难得听到的。他的广东官话是很够标准的，距离国语甚远，但是他的声音沉着而有力，有时又是洪亮而激亢，所以我们还是能听懂他的每一字，我们甚至想如果他说标准国语其效果可能反要差一些。

我记得他开头讲一首古诗《箜篌引》：

公无渡河。公竟渡河！

渡河而死，其奈公何！

这四句十六字，经他一朗诵，再经他一解释，活画出一出悲剧，其中有起承转合，有情节，有背景，有人物，有情感。我在听先生这篇讲演后约二十余年，偶然获得机缘在茅津渡候船渡河。但见黄沙弥漫，黄流滚滚，景象苍茫，不禁哀从中来，顿时忆起先生讲的这首古诗。

先生博闻强记，在笔写的讲稿之外，随时引证许多作品，大部分他都能背诵得出。有时候，他背诵到酣畅处，忽然记不起下文，他便用手指敲打他的秃头，敲几下之后，记忆力便又畅通，成本大套地背诵下去了。他敲头的时候，我们屏息以待，他记起来的时候，我们也跟着他欢喜。

先生的讲演，到紧张处，便成为表演。他真是手之舞之足之蹈之，有时掩面，有时顿足，有时狂笑，有时叹息。听他讲到他最喜爱的《桃花扇》，讲到“高皇帝，在九天，不管……”那一段，他悲从中来，竟痛哭流涕而不能自已。他掏出手巾拭泪，听讲的人不知有几多也泪下沾巾了！又听他讲杜氏讲到“剑外忽传收蓟北，初闻涕泪满衣裳……”，先生又真是于涕泗交流之中张口大笑了。

这一篇讲演分三次讲完，每次讲过，先生大汗淋漓，状极愉快。听过这讲演的人，除了当时所受的感动之外，不少人从此对于中国文学发生了强烈的爱好。先生尝自谓“笔锋常带情感”，其实先生在言谈讲演之中所带的情感不知要更强烈多少倍！

有学问、有文采、有热心肠的学者，求之当世能有几人？于是我想起了从前的一段经历，笔而记之。

胡适先生二三事

胡先生是安徽徽州绩溪县人，对于他的乡土念念不忘，他常告诉我们他的家乡的情形。徽州是个闭塞的地方。四面皆山，地瘠民贫，山地多种茶，每逢收茶季节茶商经由水路从金华到杭州到上海求售，所以上海的徽州人特多，号称徽帮，其势力一度不在宁帮之下。四马路一带就有好几家徽州馆子。民国十七八年间，有一天，胡先生特别高兴，请努生[1]、光旦[2]和我到一家徽州馆吃午饭。上海的徽州馆相当守旧，已经不能和新兴的广东馆、四川馆相比，但是胡先生要我们去尝尝他的家乡风味。

我们一进门，老板一眼望到胡先生，便从柜台后面站起来笑脸相迎，满口的徽州话，我们一点也听不懂。等我们扶着栏杆上楼的时候，老板对着后面厨房大吼一声。我们落座之后，胡先生问我们是否听懂了方才那一声大吼的意义。我们当然不懂，胡先生说："他是在喊：'绩溪老倌，多加油啊！'"原来绩溪是个穷地方，难得吃油大，多加油即是特

[1] 努生指罗隆基。罗隆基（1898—1965），字努生，江西安福人，中国民主同盟创始人之一。

[2] 潘光旦（1899—1967），字仲昂，生于江苏宝山，著名社会学家。

别优待老乡之意。果然，那一餐的油不在少。有两个菜给我的印象特别深，一个是划水鱼，即红烧青鱼尾，鲜嫩无比，一个是生炒蝴蝶面，即什锦炒生面片，非常别致。缺点是味太咸，油太大。

徽州人聚族而居，胡先生常夸说，姓胡的、姓汪的、姓程的、姓吴的、姓叶的，大概都是徽州，或是源出于徽州。他问过汪精卫、叶恭绰[1]都承认他们祖上是在徽州。努生调侃地说："胡先生，如果再扩大研究下去，我们可以说中华民族起源于徽州了。"相与拊掌大笑。

吾妻季淑是绩溪程氏，我在胡先生座中如遇有徽州客人，胡先生必定这样地介绍我："这是梁某某，我们绩溪的女婿，半个徽州人。"他的记忆力特别好，他不会忘记提起我的岳家早年在北京开设的程五峰斋，那是一家在北京与胡开文齐名的笔墨店。

胡先生酒量不大，但很喜欢喝酒。有一次他的朋友结婚，请他证婚，这是他最喜欢做的事，筵席只预备了两桌，礼毕入席，每桌备酒一壶，不到一巡而壶告罄。胡先生大呼添酒，侍者表示为难。主人连忙解释，说新娘是Temperance Lesgue（节酒会）的会员。胡先生从怀里掏出现洋一元交付侍者，他说："不干新郎新娘的事，这是我们几个朋友今天高兴，要再喝几杯。赶快拿酒来。"主人无可奈何，只好添酒。

事实上胡先生从不闹酒。民国二十年春，胡先生由沪赴平，道出青岛，我们请他到青岛大学演讲，他下榻万国疗养院。讲题是《山东在中国文化里的地位》，就地取材，实在高明之至，对于齐鲁文化的变迁，儒道思想的递嬗，讲得头头是道，娓娓不倦，听众无不欢喜。当晚青大设宴，有酒如渑，胡先生赶快从袋里摸出一只大金指环给大家传观，上面刻着"戒酒"二字，是胡太太送给他的。

胡先生交游广，应酬多，几乎天天有人邀饮，家里可以无需开伙。

---

[1] 叶恭绰（1881—1968）现代著名词学家、书画家、鉴赏家、收藏家，广东番禺人。

徐志摩风趣地说："我最羡慕我们胡大哥的肠胃，天天酬酢，肠胃居然吃得消！"其实胡先生并不欣赏这交际性的宴会，只是无法拒绝而已。民国二十年六月二十一日胡先生写信给我，劝我离开青岛到北大教书，他说："你来了，我陪你喝十碗好酒！"

胡先生住上海极司菲尔路的时候，有一回请"新月"一些朋友到他家里吃饭，菜是胡太太亲自做的——徽州著名的"一品锅"。一只大铁锅，口径差不多有一尺，热腾腾地端了上桌，里面还在滚沸，一层鸡，一层鸭，一层肉，点缀着一些蛋皮饺，紧底下是萝卜白菜。胡先生详细介绍这一品锅，告诉我们这是徽州人家待客的上品，酒菜、饭菜、汤，都在其中矣。对于胡太太的烹调的本领，他是赞不绝口的。他认为另有一样食品也是非胡太太不办的，那就是蛋炒饭——饭里看不见蛋而蛋味十足，我虽没有品尝过，可是我早就知道其做法是把饭放在搅好的蛋里拌匀后再下锅炒。

胡先生不以书法名，但是求他写字的人太多，他也喜欢写。他做中国公学校长的时候，每星期到吴淞三两次，我每次遇见他都是看到他被学生们里三层外三层的密密围绕着。学生要他写字，学生需要自己备纸和研好的墨。他未到校之前，桌上已按次序排好一卷一卷的宣纸，一盘一盘的墨汁。他进屋之后就伸胳膊挽袖子，挥毫落纸如云烟，还要一面和人寒暄，大有手挥五弦目送飞鸿之势。胡先生的字如其人，清癯消瘦，而且相当工整，从来不肯作行草，一横一捺都拖得很细很长，好像是伸胳膊伸腿的样子。不像瘦金体没有那一份劲逸之气，可是不俗。胡先生说起蔡孑民先生的字，也是瘦骨嶙峋，和一般人点翰林时所写的以黑、大、圆、光著名的墨卷迥异其趣，胡先生曾问过他，以他那样的字何以能点翰林，蔡先生答说："也许是因为当时最流行的是黄山谷的字体罢！"

胡先生最爱写的对联是"大胆地假设，小心地求证；认真地作事，严肃地作人”。我常惋惜，大家都注意上联，而不注意下联。这一联有如双翼，上联教人求学，下联教人做人，我不知道胡先生这一联发生了多少效果。这一联教训的意味很浓，胡先生自己亦不讳言他喜欢用教训的口吻。他常说：“说话而教人相信，必须斩钉截铁，咬牙切齿，翻来覆去地说。圣经里便是时常使用Verily以及Thou shalt等等的字样。”胡先生说话并不武断，但是语气永远是非常非常坚定的。

赵瓯北的一首诗“李杜诗篇万口传，至今已觉不新鲜。江山代有才人出，各领风骚数百年”，也是胡先生所爱好的，显然是因为这首诗的见解颇合于提倡新文学者的口味。胡先生到台湾后，有一天我请他到师大讲演，讲的是“中国文学的演变”，以六十八高龄的人犹能谈上两个钟头而无倦色。在休息的时间，《中国语文一月刊》请他题字，他题了三十多年前的旧句：“山风吹散了窗纸上的松影，吹不散我心头的人影。”

胡先生毕生服膺科学，但是他对于中医问题的看法并不趋于极端，和傅斯年先生一遇到孔庚先生便脸红脖子粗的情形大不相同。（傅斯年先生反对中医，有一次和提倡中医的孔庚先生在国民参政会席上相对大骂几乎要挥老拳。）胡先生笃信西医，但也接受中医治疗。

民国十四年二月孙中山先生病危，从医院迁出，住进行馆，改试中医，由适之先生偕名医陆仲安诊视。这一段经过是大家知道的。陆仲安初无藉藉名，徽州人，一度落魄，住在绩溪会馆所以才认识胡先生，偶然为胡先生看病，竟奏奇效，故胡先生为他揄扬，名医之名不胫而走。事实上陆先生亦有其不平凡处，盛名固非幸致。十五六年之际，我家里有人患病即常延陆来诊。陆先生诊病，无模棱两可语，而且处方下药分量之重令人惊异。药必须要到同仁堂去抓，否则不悦。每服药必定是大大的一包，小一点的药锅便放不进去。贵重的药更要大量使用。他的理论是：看准了病便要投以重剂猛攻。后来在上海有一次胡先生请吃花酒，我发现陆先生亦为席上客，那时候他已是大腹便便、仆仆京沪道上专为要人治病的名医了。

胡先生左手背上有一肉瘤隆起，医师劝他割除，他就在北平协和医院接受手术，他告诉我医师们动手术的时候，动用一切应有的设备，郑重其事地为他解除这一小患，那份慎重将事的态度使他感动。又有一次乘船到美国去开会，医师劝他先割掉盲肠再做海上旅行，以免途中万一遭遇病发而难以处治，他欣然接受了外科手术。

我没看见过胡先生请教中医或服中药，可是也不曾听他说过反对中医中药的话。

胡先生从来不在人背后说人的坏话，而且也不喜欢听人在他面前说别人的坏话。有一次他听了许多不相干的闲话之后喟然而叹曰："来说是非者，便是是非人！"相反的，人有一善，胡先生辄津津乐道，真是口角春风。徐志摩给我的一封信里有"胡圣潘仙"一语，是因为胡先生向有"圣人"之称，潘光旦只有一条腿，可跻身八仙之列，并不完全是戏谑。

但是誉之所至，谤亦随之。胡先生到台湾来，不久就出现了《胡适与国运》匿名小册子（后来匿名者显露了真姓名），胡先生夷然处之，不予理会。胡先生兴奋地说，大陆上印出了三百万字清算胡适思想，言外之意，《胡适与国运》太不成比例了。胡先生返台定居，本来是落叶归根非常明智之举，但也不是没有顾虑。首先台湾气候并不适宜。一九五七年十一月二十五日给陈之藩先生的信就说："请胸部大夫检查两次X光照片都显示肺部有弱点（旧的、新的）。此君很不赞成我到台湾的'潮冷'又'潮热'的气候去久住。"但是一九五六年十一月十八日给赵元任夫妇的信早就说过："我现在的计划是要在台中或台北……为久居之计。不管别人欢迎不欢迎，讨厌不讨厌，我在台湾是要住下去的。（我也知道一定有人不欢迎我长住下去。）"可见胡先生决意来台定居，医生的意见也不能左右他，不欢迎他的人只好写写《胡适与国运》罢了。

一九六〇年七月十日胡先生在西雅图举行“中美文化合作会议”发表的一篇讲演，是很重要的文献，原文是英文的，同年七月二十一、二十二、二十三，台湾《中央日报》有中文译稿。在这篇讲演里胡先生历述中国文化之演进的大纲，结论是：“我相信人道主义及理性主义的中国传统，并未被毁灭，且在所有情形下不能被毁灭！”大声疾呼，为中国文化传统作狮子吼，在座的中美听众一致起立欢呼鼓掌久久不停，情况是非常动人的。事后有一位美国学者称道这篇演讲具有“丘吉尔作风”。我觉得像这样的言论才算得是弘扬中国文化。当晚，在旅舍中胡先生取出一封复印信给我看，是当地主人华盛顿大学校长欧地嘉德先生特意复印给胡先生的。这封信是英文的，是中国人写的英文，起草的人是谁不问可知，是写给欧地嘉德的，具名连署的人不下十余人之多，其中有“委员”、有“教授”，有男有女。信的主旨大概是说：胡适是中国文化的叛徒，不能代表中国文化，此番出席会议未经合法推选程序，不能具有代表资格，特予郑重否认云云。我看过之后交还了胡先生，问他怎样处理，胡先生微笑着说：“不要理他！”我不禁想起《胡适与国运》。

胡先生在师大讲演中国文学的变迁，弹的还是他的老调。我给他录了音，音带藏师大文学院英语系。他在讲词中提到律诗及评剧斥为“下流”。听众中喜爱律诗及评剧的人士大为惊愕，当时面面相觑，事后议论纷纷。我告诉他们这是胡先生数十年一贯的看法，可惊的是他几十年后一点也没有改变。中国律诗的艺术之美，评剧的韵味，都与胡先生始终无缘。八股、小脚、鸦片，是胡先生所最深恶痛绝的，我们可以理解。律诗与评剧似乎应该属于另一范畴。

胡先生对于禅宗的历史下过很多功夫，颇有心得，但是对于禅宗本身那一套奥义并无好感。有一次朋友宴会饭后要大家题字，我偶然地写了“无门关”的一偈，胡先生看了很吃一惊，因此谈起禅宗，我提到日本铃木大拙所写的几部书，胡先生正色说：“那是骗人的，你不可信他。”

忆沈从文

一九六八年六月九日《中央日报》方块文章井心先生记载着:“以写作手法新颖，自成一格……的作者沈从文，不久以前，在大陆因受不了迫害而死。听说他喝过一次煤油，割过一次静脉，终于带着不屈服的灵魂而死去了。”

接着又说:“他出身行伍，而以文章闻名；自称小兵，而面目姣好如女子，说话、态度尔雅、温文……”“他写得一手娟秀的《灵飞经》……”这几句话描写得确切而生动，使我想起沈从文其人。

我现在先发表他一封信，大概是民国十九年间他在上海时候写给我的。信的内容没有什么可注意的，但是几个字写得很挺拔而俏丽。他最初以“休芸芸”的笔名向《晨报副镌》投稿时，用细尖钢笔写的稿子就非常出色，徐志摩因此到处揄扬他。后来他写《阿丽思中国游记》分期刊登《新月》,我才有机会看到他的笔迹，果然是秀劲不凡。

从文虽然笔下洋洋洒洒，却不健谈，见了人总是低着头羞答答的，说话也是细声细气。关于他“出身行伍”的事他从不多谈。他在十九年三月写过一篇《从文自序》,关于此点有清楚的交代，他说:“因为生长地方为清时屯戍重镇，绿营制度到近年尚依然存在，故于过去祖父曾入军籍，做过一次镇守使，现在兄弟及父亲皆仍在军籍中做中级军官。因地方极其偏僻，与苗民杂处聚居，教育文化皆极低落，故长于其环境中的我，幼小时显出生命的那一面，是放荡与诡诈。十二岁我曾受过关于军事的基本训练，十五岁时随军外出曾做上士。后到沅州，为一城区屠宰收税员，不久又以书记名义，随某剿匪部队在川、湘、鄂、黔四省边上过放纵野蛮约三年。因身体衰弱，年龄渐长，从各样生活中养成了默想与体会人生趣味的习惯，对于过去生活有所怀疑；渐觉有努力位置自己在一陌生事业上之必要。因这憧憬的要求，糊糊涂涂地到了北京。”这便是他早年从军经过的自白。

由于徐志摩的吹嘘，胡适之先生请他到中国公学教国文，这是一件极不寻常的事，因为一个没有正常适当学历资历的青年而能被人赏识于牝牡骊黄之外，是很不容易的。从文初登讲坛，怯场是意中事，据他自己说，上课之前做了充分准备，以为资料足供一小时使用而有余，不料面对黑压压一片人头，三言两语就把要说的话都说完了，剩下许多时间非得临时编造不可，否则就要冷场，这使他颇为受窘。一位教师不善言辞，不算是太大的短处，若是没有足够的学识便难获得大家的敬服。因此之故，从文虽然不是顶会说话的人，仍不失为成功的受欢迎的教师。记问之学不足以为人师，需要有启发别人的力量才不愧为人师，在这一点上从文有他独到之处，因为他有丰富的人生经验和好学深思的性格。

在中国公学一段时间，他最大的收获大概是他的婚姻问题的解决。英语系的女生张兆和女士是一个聪明用功而且秉性端庄的小姐，她的家世很好，多才多艺的张充和女士便是她的胞姐。从文因授课的关系认识了她，而且一见钟情。凡是沉默寡言的人，一旦堕入情网，时常是一往情深，一发而不可收拾。从文尽管颠倒，但是没有得到对方青睐。他有一次急得想要跳楼。他本有流鼻血的毛病，几番挫折之后苍白的面孔愈发苍白了。他会写信，以纸笔代喉舌。张小姐实在被缠不过，而且师生恋爱声张开来也是令人很窘的，于是有一天她带着一大包从文写给她的信去谒见胡校长，请他做主制止这一扰人举动的发展。她指出了信中这样的一句话："我不仅爱你的灵魂，我也要你的肉体。"她认为这是侮辱。胡先生皱着眉头，板着面孔，细心听她陈述，然后绽出一丝笑容，温和地对她说："我劝你嫁给他。"张女士吃一惊，但是禁不住胡先生诚恳的解说，居然急转直下默不作声地去了。胡先生曾自诩善于为人作伐，从文的婚事得谐便是他常常乐道的一例。

在青岛大学从文教国文，大约一年就随杨振声（今甫）先生离开青岛到北平居住。今甫到了夏季就搬到颐和园赁屋消暑，和他做伴的一位干女儿，自称过的是帝王生活，优哉游哉地享受那园中的风光湖色。此时从文给今甫做帮手，编中学国文教科书，所以也常常在颐和园出出进进。书编得很精彩，偏重于趣味，可惜不久抗战军兴，书甫编竣，已不合时代需要，故从未印行。

从文一方面很有修养，一方面也很孤僻，不失为一个特立独行之士。像这样不肯随波逐流的人，如何能不做了时代的牺牲？他的作品有四十几种，可谓多产，文笔略带欧化语气，大约是受了阅读翻译文学作品的影响。

此文写过，又不敢相信报纸的消息，故未发表。读聂华苓女士作《沈从文评传》[1]，果然好像从文尚在人间。人的生死可以随便传来传去，真是人间何世！

---

[1] 英文本，一九七二年纽约Twayne publishers出版

味是故乡浓——“中国吃”里的味与情

火腿、鸡蛋、牛油面包作为标准的早点，当然也很好，但我只是在不得已的情形下才接受了这种异俗。我心里怀念的仍是烧饼油条。和我有同嗜的人相当不少。海外羁旅，对于家乡土物率多念念不忘。

读《中国吃》

中国人馋，也许北平人比较起来最馋。馋，若是译成英文很难找到适当的字。译为piggish，gluttonous，greedy都不恰，因为这几个字令人联想起一副狼吞虎咽的饕餮相，而真正馋的人不是那个样子。中国宫廷摆出满汉全席，富足人家享用烤乳猪的时候，英国人还用手抓菜吃，后来知道用刀叉也常常是在宴会中身边自带刀叉备用，一般人怕还不知蔗糖、胡椒为何物。文化发展到相当程度，人才知道馋。

读了唐鲁孙先生的《中国吃》，一似过屠门而大嚼，使得馋人垂涎欲滴。唐先生不但知道的东西多，而且用地道的北平话来写，使北平人觉得益发亲切有味，忍不住，我也来饶舌。

现在正是吃炰烤涮的时候，事实上一过中秋炰烤涮就上市了，不过要等到天真冷下来，吃炰烤涮才够味道。东安市场的东来顺生意鼎盛，比较平民化一些，更好的地方是前门肉市的正阳楼。那是一个弯弯曲曲的陋巷，地面上经常有好深的车辙，不知现在拓宽了没有。正阳楼的雅座在路东，有两个院子，大概有十来个座儿。前院放着四个烤肉炙子，围着几条板凳。吃烤肉讲究一条腿踩在凳子上，作金鸡独立状，然后探着腰自烤自吃自酌。正阳楼出名的是螃蟹，个儿特别大，别处吃不到，因为螃蟹从天津运来，正阳楼出大价钱优先选择，所以特大号的螃蟹全在正阳楼，落不到旁人手上。买进之后要在大缸里养好几天，每天浇以鸡蛋白，所以长得个个顶盖儿肥。客人进门在二道门口儿就可以看见一大缸一大缸的“无肠公子”。平常一个人吃一尖一团就足够了，佐以高粱最为合适。吃螃蟹的家伙也很独到，一个小圆木盘，一只小木槌子，每客一份。如果你觉得这套家伙好，而且你又是常客，临去带走几副也无所谓，小账当然要多给一点。螃蟹吃过之后，烤肉、涮肉即可开始。肉是羊肉，不像烤肉季烤肉宛那样以牛肉为主。正阳楼的切羊肉的师傅是一把手，他用一块抹布包在一条羊肉上（不是冰箱冻肉），快刀慢切，切得飞薄。黄瓜条、三叉儿、大肥片儿、上脑儿，任听尊选。一盘没有几片，够两筷子。如果喜欢吃涮的，早点吩咐伙计升好锅子熬汤，熟客还可以要一个锅子底儿，那就是别人涮过的剩汤，格外浓。如果要吃烤的，自己到院子里去烤，再不然就教伙计代劳。正阳楼的烧饼也特别，薄薄的两层皮儿，没有瓤儿，烫手热。撕开四分之三，掰开了一股热气喷出，把肉往里一塞，又香又软又热又嫩。吃过螃蟹、烤羊肉之后，要想喝点什么便感觉到很为难，因为在那鲜美的食物之后无以为继，喝什么汤也没有滋味了。有高人指点，螃蟹、烤肉之后唯一压得住阵脚的是汆大甲，大甲就是螃蟹的螯，剥出来的大块螯肉在高汤里一汆，加芫荽末，加胡椒面儿，撒上回锅油炸麻花儿。只有这样的一碗汤，香而不腻。以蟹始，以蟹终，吃得服服帖帖。烤羊肉这种东西，很容易食过量，饭后备有普洱酽茶帮助消化，向堂倌索取即可，否则他是不送上的。如果有人贪食过量，当场动弹不得，撑得翻白眼儿，人家还备有特效解药，那便是烧焦了的栗子，磨成灰，用水服下，包管你肚子里咕噜咕噜响，躺一会儿就没事了。雅座都有木炕可供小卧。正阳楼也卖普通炒菜，不过吃主总是专吃他的螃蟹、羊肉。台湾也有所谓蒙古烤肉，铁炙子倒是蛮大的，羊肉的质料不能和口外的绵羊比，而且烤的佐料也不大对劲，什么红萝卜丝、辣椒油全羼上去了。烧饼是小厚墩儿，好厚的心子，肉夹不进去。

上面说到炰烤涮，炰是什么？炰或写作爆。是用一面平底的铛放在炉子上，微火将铛烧热，用焦煤、木炭、柴均可。肉蘸了酱油、香油，拌了葱、姜之后，在铛上滚来滚去就熟了，这叫作铛炰羊肉，味清淡，别有风味，中秋过后什刹海路边上就有专卖铛炰羊肉的摊子。在家里用烙饼的小铛也可以对付。至于普通馆子的炰羊肉，大火旺油加葱爆炒，那就是另外一码子事了。

东兴楼是数一数二的大馆子，做的是山东菜。山东菜大致分为两帮，一是烟台帮，一是济南帮，菜数作风不同。丰泽园、明湖春等比较后起，属于济南帮。东兴楼是属于烟台帮。初到东兴楼的人没有不诧异的，其房屋之高，高得不成比例，原来他们是预备建楼的，所以木料都有相当的长度，后来因为地址在东华门大街，有人挑剔说离皇城根儿太近，有借以窥探宫内之嫌，不许建楼，所以为了将就木材，房屋的间架特高。别看东兴楼是大馆子，他们保存旧式作风，厨房临街，以木栅做窗，为的是便利一般的“口儿厨子”站在外面学两手儿。有手艺的人不怕人学，因为很难学到家。客人一掀布帘进去，柜台前面一排人，大掌柜的、二掌柜的、执事先生，一齐点头哈腰：“二爷你来啦！”“三爷您来啦！”山东人就是不喊人做大爷，大概是因为武大郎才是大爷之故。一声“看座”，里面的伙计立刻应声。二门有个影壁，前面大木槽养着十条八条的活鱼。北平不是吃海鲜的地方，大馆子总是经常备有活鱼。东兴楼的菜以精致著名，调货好，选材精，规规矩矩。炸胗一定去里儿，爆肚儿一定去草芽子。爆肚仁有三种做法，油爆、盐爆、汤爆，各有妙处，这道菜之最可人处是在触觉上，嚼上去不软不硬不韧而脆，雪白的肚仁衬上绿的香菜梗，于色、香、味之外还加上触，焉得不妙？我曾一口气点了油爆、盐爆、汤爆三件，真乃下酒的上品。芙蓉鸡片也是拿手，片薄而大，衬上三五根豌豆苗，盘子里不汪着油。烩乌鱼钱带割雏儿也是著名的。乌鱼钱又名乌鱼蛋，“蛋”字犯忌，故改为钱，实际是鱼的卵巢。割雏儿是山东话，鸡血的代名词，我问过许多山东朋友，都不知道这两个字如何写法，只是读如“割雏儿”。锅烧鸡也是一绝，油炸整只仔鸡，堂倌拿到门外廊下手撕之，然后浇以烩鸡杂一小碗。就是普通的肉末夹烧饼，东兴楼的也与众不同，肉末特别精特别细，肉末是切的，不是斩的，更不是机器轧的。拌鸭掌到处都有，东兴楼的不夹带半根骨头，垫底的黑木耳适可而止。糟鸭片没有第二家能比，上好的糟，糟得彻底。民国十五年夏，一批朋友从外国游学归来，时昭瀛意气风发要大请客，指定东兴楼，要我做提调，那时候十二元一席就可以了，我订的是三十元一桌，内容丰美自不消说，尤妙的是东兴楼自动把埋在地下十几年的陈酿花雕起了出来，羼上新酒，芬芳扑鼻，这一餐吃得杯盘狼藉，皆大欢喜。只是，风流云散，故人多已成鬼，盛筵难再了。东兴楼于抗战期间在日军高压之下停业，后来在帅府园易主重张，胜利后曾往尝试，则已面目全非，当年手艺不可再见。

致美楼，在煤市街，路西的是雅座，称致美斋，厨房在路东，斜对面。也是属于烟台一系，菜式比东兴楼稍粗一些，价亦稍廉，楼上堂倌有一位初仁义，满口烟台话，一团和气。咸白菜、酱萝卜之类的小菜，向例是伙计们准备，与柜上无涉，其中有一色是酱豆腐汁拌嫩豆腐，洒上一勺麻油，特别好吃。我每次去，初仁义先生总是给我一大碗拌豆腐，不是一小碟。后来初仁义升做掌柜的了。我最欢喜的吃法是要两个清油饼（即面条盘成饼状下锅油煎），再要一小碗烩两鸡丝或烩虾仁，往饼上一浇。我给起了个名字，叫过桥饼。致美斋的煎馄饨是别处没有的，馄饨油炸，然后上屉一蒸，非常别致。砂锅鱼翅炖得很烂，不大不小的一锅足够三五个人吃，虽然用的是翅根儿，不能和黄鱼尾比，可是几个人小聚，得此亦是最好不过的下饭的菜了。还有芝麻酱拌海参丝，加蒜泥，冰得凉凉的，在夏天比什么冷荤都强，至少比里脊丝拉皮儿要高明得多。到了快过年的时候，致美斋特制萝卜丝饼和火腿月饼，与众不同，主要是用以馈赠长年主顾，人情味十足。初仁义每次回家，都带新鲜的烟台苹果送给我，有一回还带了几个莱阳梨。

厚德福饭庄原先是个烟馆，附带着卖一些馄饨、点心之类供烟客消夜。后来到了袁氏当国，河南人大走红运，厚德福才改为饭馆。老掌柜的陈莲堂是河南人，高高大大的，留着山羊胡子，满口河南土音，在烹调上确有一手。当年河南开封是办理河工的主要据点，河工是肥缺，连带着地方也富庶起来，饭馆业跟着发达，这就和扬州为盐商汇集的地方所以饮宴一道也很发达完全一样。袁氏当国以后，河南菜才在北平插进一脚，以前全是山东人的天下。厚德福地方太小，在大栅栏一条陋巷的巷底，小小的招牌，看起来不起眼，有人连找都不易找到。楼上楼下只有四个小小的房间，外加几个散座。可是名气不小，吃客没有不知道厚德福的。最尴尬的是那楼梯，直上直下的，坡度极高，各层相隔甚巨。厚德福的拿手菜，大家都知道，包括瓦块鱼，其所以做得出色主要是因为鱼新鲜肥大，只取其中段，不惜工本，成绩怎能不好？勾汁儿也有研究，要浓稀甜成合度。吃剩下的汁儿焙面，那是骗人的，根本不是面，是刨番薯丝，要不然炸出来怎能那么酥脆？另一道名菜是铁锅蛋，说穿了也就是南京人所谓涨蛋，不过厚德福的铁锅更能保温，端上桌还久久地嗞嗞响。我的朋友赵太侔曾建议在蛋里加上一些美国的cheese碎末，试验之后风味绝佳，不过不喜欢cheese的人说不定会“气死”！炒鱿鱼卷也是他们的拿手，好在发得透，切得细，旺油爆炒。核桃腰也是异曲同工的菜，与一般炸腰花不同之处是他的刀法好，火候对，吃起来有咬核桃的风味。后有人仿效，真个的把核桃仁加进腰花一起炒，那真是不对意思了。最值一提的是生炒鳝鱼丝。鳝鱼味美，可是山东馆不卖这一道菜，谁要是到东兴楼致美斋去点鳝鱼，那简直是开玩笑。淮扬馆子做的软儿或是炝虎尾也很好吃，但风味不及生炒鳝鱼丝，因为生炒才显得脆嫩。在台湾吃不到这个菜。华西街有一家海鲜店写着“生炒鳝鱼”四个大字，尚未尝试过，不知究竟如何。厚德福还有一味风干鸡，到了冬天一进门就可以看见房檐下挂着一排鸡去了脏腑，留着羽毛，填进香料和盐，要挂很久，到了开春即可取食。风干鸡下酒最好，异于熏鸡、卤鸡、烧鸡、白切油鸡。

厚德福之生意突然猛进是由于民初先农坛城南游艺园开放。陈掌柜托警察厅的朋友帮忙抢先弄到营业执照，匾额就是警察厅擅写魏碑的那一位刘勃安先生的手笔（北平大街小巷的路牌都是出自他手）。平素陈掌柜培养了一批徒弟，各有专长，例如梁西臣善使旺油，最受他的器重。他的长子陈景裕一直跟着父亲做生意。营利所得，同伙各半，因此柜上、灶上、堂口上，融洽合作。城南游艺园风光了一阵子，因楼塌砸死了人而歇业，厚德福分号也只好跟着关门。其充足的人力、财力无处发泄，老店地势局促不能扩展，而且他们笃信风水，绝对不肯迁移。于是乎厚德福向国内各处展开，沈阳、长春、黑龙江、西安、青岛、上海、香港、昆明、重庆、北碚等处分号次第成立，现在情形如何就不知道了。厚德福分号既多，人手渐不敷用，同时菜式也变了质，不复能维持原有作风。例如，各地厚德福以北平烤鸭著名，那就是难以令人逆料的事。

说起烤鸭，也有一段历史。

北平不叫烤鸭，叫烧鸭子。因为不是喂养长大的，是填肥的，所以有填鸭之称。填鸭的把式都是通州人，因为通州是运河北端起点，富有水利，宜于放鸭。这种鸭子羽毛洁白，非常可爱，与野鸭迥异。鸭子到了适龄的时候，便要开始填。把式坐在凳子上，把只鸭子放在大腿中间一夹，一只手掰开鸭子的嘴，一只手拿一根比香肠粗而长的预先搓好的饲料硬往嘴里塞，塞进嘴之后顺着鸭脖子往下捋，然后再一根下去，再一根下去……填得鸭子摇摇晃晃。这时候把鸭子往一间小屋里一丢，小屋里拥挤不堪，绝无周旋余地，想散步是万不可能。这样填个十天半个月，鸭子还不蹲膘?

吊炉烧鸭是由酱肘子铺发卖，以从前的老便宜坊最为出名，之后金鱼胡同西口的宝华春也还不错。饭馆子没有自己烤鸭子的，除了全聚德以专卖鸭全席之外。厚德福不卖烧鸭，只有分号才卖，起因是柜上有一位张诗舫先生，精明能干，好多处分号成立都是他去打头阵，他是通州人，填鸭是内行，所以就试行发卖北平烤鸭了。我在北碚的时候，他去筹设分号，最初试行填鸭，填死了三分之一，因为鸭种不对，禁不住填，后来减轻填量才获相当的成功。吊炉烧鸭不能比叉烧烤鸭，吊炉烧鸭因为是填鸭，油厚，片的时候是连皮带油带肉一起片。叉烧烤鸭一般不用填鸭，只拣稍微肥大一点的就行了，预先挂起晾干，烤起来皮和肉容易分离，中间根本没有黄油，有些饭馆干脆把皮揭下盛满一大盘子上桌，随后再上一盘子瘦肉。那焦脆的皮固然也很好吃，然而不是吊炉烧鸭的本来面目。现在台湾的烤鸭，都不是填鸭，有那份手艺的人不容易找。至于广式的烧鸭以及电烤鸭，那都是另一个路数了。

在福全馆吃烧鸭最方便，因为有个酱肘子铺就在右手不远，可以喊他送一只过来，鸭架装打卤，斜对面灶温叫几碗一窝丝，实在最为理想，宝华春楼上也可以吃烧鸭，现烧现片，烫手热，附带着供应薄饼、葱、酱、盒子菜，丰富极了。

在《中国吃》这本书里，唐先生提起锡拉胡同玉华台的汤包，那的确是一绝。

玉华台是扬州馆，在北平算是后起的，好像是继春华楼而起的第一家扬州馆，此后如八面槽的淮扬春以及许多什么什么春的也都跟着出现了。玉华台的大师傅是从东堂子胡同杨家（杨世骧）出来的，手艺高超。我在北平的时候，北大外文系女生杨毓恂小姐毕业时请外文系教授们吃玉华台，胡适之先生也在座，若不是胡先生即席考证我还不知杨小姐就是东堂子胡同杨家的千金。老东家的小姐出面请客，一切伺候那还错得了？最拿手的汤包当然也格外加工加细。从笼里取出，需用手捏住包子的褶儿，猛然提取，若是一犹疑就怕要皮破汤流不堪设想。其实这玩意儿是吃个新鲜劲儿。谁吃包子尽吮汤呀？而且那汤原是大量肉皮冻为主，无论加什么材料进去，味道不会十分鲜美。包子皮是烫面做的，微有韧性，否则包不住汤。我平常在玉华台吃饭，最欣赏它的水晶虾饼，厚厚的扁圆形的摆满一大盘，洁白无瑕，几乎是透明的，入口软脆而松。做这道菜的诀窍是用上好白虾，羼进适量的切碎的肥肉，若完全是虾既不能脆更不能透明，入温油徐徐炸之，不要焦，焦了就不好看。不说穿了，谁也不知道里头有肥肉，怕吃肥肉的人最好少下箸为妙。一般馆子的炸虾球也差不多是一个做法，可能羼了少许芡粉，也可能不完全是白虾。玉华台还有一道核桃酪也做得好，当然根本不是酪，是磨米成末，拧汁过滤（这一道手续很重要，不过滤则渣粗），然后加入红枣泥（去皮）使微呈紫红色，再加入干核桃磨成的粉，取其香。这一道甜汤比什么白木耳莲子羹或罐头水果充数的汤要强得多。在家里也可以做，泡好白米捣碎取汁，和做杏仁茶的道理一样。自己做的核桃酪我发觉比馆子里大量出品的还要精细可口些。

北平的吃食，怎么说也说不完。唐鲁孙先生见多广识，实在令人佩服。我虽然也是北平生长大的，但接触到的生活面很窄。有一回齐如山老先生问我吃过哈达门外的豆腐脑没有，我说没有，他便约了几个人（好像陈纪滢先生在内）到哈达门外路西一个胡同里，那里有好几家专卖豆腐脑的店，碗大卤鲜豆腐嫩，比东安市场的高明得多。这虽然是小吃，没人指引也就不得其门而入。又例如，灌肠是我最喜爱的食物，煎得焦焦的，那油不是普通的油，是卖“熏鱼儿”的作坊所撇出来的油，有说不出的味道。所谓卖“熏鱼儿”的，当初是有小条的熏鱼卖，后来熏鱼就不见了，只有猪头肉、肠子、肝脑、猪心，等等。小贩背着木箱串胡同，口里吆喝着：“面筋哟！”其实卖的是猪头肉等，面筋早已不见了，而你趁他过来的时候却要喊：“卖熏鱼儿的！”这真是一怪。有人告诉我要吃真正的灌肠需要到后门外桥头儿上那一家去，那才是真正的灌肠，又粗又壮的肠子就和别处不同，而且是用真正的猪肠。这一说明把我吓退，猪肠太肥，至今不曾去尝试过，可是有人说那味道确实不同。小吃还有这么多讲究，饭馆子、饭庄子里面的学问当然更大了去了。我写此短文，不是为唐先生的大文作补充，要补充我也补充不了多少，我只是读了唐先生的书，心里一痛快，信口开河，凑个趣儿。

再谈“中国吃”

前些时候写了一篇《读〈中国吃〉》，乃是读了唐鲁孙先生大作，一时高兴，补充了一些材料，还有劳郑百因先生给我作了笺注。后来我又写了一篇《酪》，一篇《面条》，除了嘴馋之外也还带有几许乡愁。有些朋友们鼓励我多写几篇这一类的文字，但是也有人在一旁“挑眼”。海外某处有刊物批评说，我在此时此地写这样的文字是为贵族阶级的奢侈生活张目，言外之意这个罪过不小。有人劝我，对于这种批评宜一笑置之。我觉得置之可也，一笑却不值得。

民以食为天，这句话见《史记·郦生陆贾列传》，“王者以民人为天！而民人以食为天”。所谓天，乃表示其崇高重要之意。《洪范》八政，一曰食。文子所说“老子曰，食者民之本也，民者国之基也”，也是这个意思。对于这个自古以来即公认为人生首要之事，谈谈何妨？人有富贵贫贱之别，食当然有精粗之分。大抵古时贫富的差距不若后世之甚。所谓鼎食之家，大概也不过是五鼎食。日食万钱，犹云无下箸处，是后来的事。我看元朝忽思慧撰《饮膳正要》，可以说是帝王之家的食谱，其中所列水陆珍馐种类不少，以云烹调仍甚简陋。晚近之世，奢靡成风，饮食一道乃得精进。扬州夙称胜地，富商云集，其烹调之术独步一时，苏、杭、川，实皆不出其范畴。黄河河工乃著名之肥缺，饮宴之精自其余事，故汴、洛、鲁，成一体系。闽粤通商口岸，市面繁华，所制馔食又是一番景象。至于近日报纸喧腾的“满汉全席”，那是低级趣味荒唐的噱头。以我所认识的人而论，我不知道当年有谁见过这样的世面。北平北海的仿膳，据说掌灶的是御膳房出身，能做一百道菜的全席，我很惭愧不曾躬逢其盛，只吃过称羼有栗子面的小窝头，看他所做普通菜肴的手艺，那满汉全席不吃也罢。

一般吃菜均以馆子为主。其实饭馆应以灶上的厨师为主，犹如戏剧之以演员为主。一般的情形，厨师一换，菜可能即走样。师傅的绝技，其中也有一点天分，不全是技艺。我举一个例，“瓦块鱼”是河南菜，最拿手的是厚德福，在北平没有第二家能做。我曾问过厚德福的老掌柜陈莲堂先生，做这一道菜有什么诀窍。我那时候方在中年，他已经是六十左右的老者。他对我说：“你想吃就来吃，不必问。”事实上我每次去，他都亲自下厨，从不假手徒弟。我坚持要问，他才不惮其烦地从选调货起（调货即材料），一步一步讲到最后用剩余的甜汁焙面止。可是真要做到色、香、味俱全，那全在掌勺的存乎一心，有如庖丁解牛，不仅是艺，而是近于道了，他手下的徒弟前后二十多位，真正眼明手快懂得如何使油的只有梁西臣一人。瓦块鱼，要每一块都像瓦块，不薄不厚微微翘卷，不能带刺，至少不能带小刺，颜色淡淡的微黄，黄得要匀，勾汁要稠稀合度不多不少而且要透明——这才合乎标准，颇不简单，陈老掌柜和他的高徒均早已先后作古，我不知道谁能继此绝响！如果烹调是艺术，这种艺术品不能长久存留，只能留在人的齿颊间，只能留在人的回忆里，这真是无可奈何的事。

一个饭馆的菜只能有三两样算是拿手，会吃的人到什么馆子点什么菜，堂倌知道你是内行，另眼看待，例如，鳝鱼一味，不问是清炒、黄烂、软兜、烩拌，只是淮扬或河南馆子最为擅长。要吃爆肚仁，不问是汤爆、油爆、盐爆，非济南或烟台帮的厨师不办。其他如川湘馆子、广东馆子、宁波馆子莫不各有其招牌菜。不过近年来，人口流动得太厉害，内行的吃客已不可多得，暴发的人多，知味者少，因此饭馆的菜有趋于混合的态势，同时师傅、徒弟的关系越来越淡，稍窥门径的二把刀也敢出来做主厨，馆子的业务尽管发达，吃的艺术却在走下坡。

酒楼、饭馆是饮宴应酬的场所，是有些闲人雅士在那里修食谱，但是时势所趋，也有不少人在那里只图一个醉饱。现在我们的国民所得急剧上升，光脚的人也有上淄楼饮茶的，手工艺人也照样地到华西街吃海鲜。还有人宣传我们这里的人民在吃香蕉皮，实在是最愚蠢的造谣。我们谈中国吃，本不该以谈饭馆为限，正不妨谈我们的平民的吃。我小时候，一位同学自甘肃来到北平，看见我们吃白米、白面，惊异得不得了，因为他的家乡日常吃的是“糊”——杂粮熬成的粥。

我告诉他我们河北乡下人吃的是小米面贴饼子，城里的贫民吃的是杂合面窝头。山东人吃的锅盔，那份硬，真得牙口好才行，这是主食，副食呢，谈不到，有棵葱或是大腌萝卜“棺材板”就算不错。在山东，吃红薯的人很多。全是碳水化合物，热量足够，有得多，蛋白质则只好取给于豆类。这样的吃食维持了一般北方人的生存。“好吃不过饺子”是华北乡下的话，姑奶奶回娘家或过年才包饺子。乡下孩子们都知道，鸡蛋不是为吃的，是为卖的。摊鸡蛋卷饼只有在款待贵宾时才得一见。乡下也有油吃，菜油、花生油、豆油之类，但是吃法奇绝，不用匙舀，用一根细木棒套上一枚有孔的铜钱，伸到油瓶里，凭这铜钱一滴一滴把油带出来，这名叫“钱油”。一晃好几十年了，现在情形如何我不知道，应该比以前好一些才对。华北情形较穷苦，江南要好得多。

平民吃苦，但是在手头比较宽裕的时候，也知道怎样去打牙祭。例如在北平从前有所谓“二荤铺”，茶馆兼营饭馆，戴毡帽系褡包的朋友们可以手托着几两猪肉，提着一把韭黄、蒜苗之类，进门往柜台上一撂，喊一声："掌柜的！"立刻就有人过来把东西接过去，不大工夫一盘热腾腾的肉丝炒韭黄或肉片焖蒜苗给你端到桌上来。我有一次看见一位彪形大汉，穿灰布棉袍——底襟一角塞在褡包上，一望即知是一个赶车的，他走进"灶温"独据一桌，要了一斤家常饼分为两大张，另外一大碗炖羊肉，大葱一大盘，把半碗肉倒在一张饼上，卷起来像一根柱子，两手捧扶，左边一口，右边一口，然后中间一口，这个动作连做几次一张饼不见了，然后进行第二张，直到最后他吃得满头大汗青筋暴露。我生平看人吃东西痛快淋漓以此为最。现在台湾，劳动的人在吃食方面普遍地提高，工农界的穷苦人坐在路摊上大啃鸡腿、牛排是很寻常的现象了。

平民食物常以各种摊贩的零食来做补充。我写过一篇《北平的零食小吃》记载那个地方的特别食物。各地零食都有一个特点不知大家注意到没有，那就是不分阶层，雅俗共赏。成都附近的牌坊面，往来仕商以至贩夫走卒谁不停下来吃几碗？德州烧鸡，火车上的乘客不分等级都伸手窗外抢购。杭州西湖满家陇的桂花栗子，平湖秋月的藕粉，我相信人人都有兴趣。北平的豆汁、灌肠、熏鱼儿、羊头肉，是很低级的食物，但是大宅门儿同样的欢迎照顾。大概天下之口有同嗜，阶级论者到此不知作何解释。

我常觉得我们中国人的吃，不可忽略的是我们的家常便饭。每个家庭主妇大概都有几样烹饪上的独得之秘。有人告诉我，广东的某些富贵人家每一位姨太太有一样拿手菜，老爷请客时便由几位姨太太各显其能加起来成为一桌盛筵。这当然不能算是我所说的家常便饭。有一位朋友告诉我，从前南京的谭院长每次吃烤乳猪是派人到湖南桂东县专程采办肥小猪乘飞机运来的，这当然也不在家常便饭范围之内。记得胡适之先生来台湾，有人在家里请他吃饭，彭厨亲来外会，使出浑身解数做了十道菜，主人谦逊地说："今天没预备什么，只是家常便饭。"胡先生没说什么，在座的齐如山先生说话了："这样的家常便饭，怕不要吃穷了？"

我所说的家常便饭是真正的家常便饭，如焖扁豆、茄子之类，别看不起这种菜，做起来各有千秋。我从前在北平认识一些旗人朋友，他们真是会吃。我举两个例子：炸酱面谁都吃过，但是那碗酱如何炸法大有讲究。肉丁也好，肉末也好，酱少了不好吃，酱多了太咸，我在某一家里学得了一个妙法。酱里加炸茄子丁，一碗酱变成了两碗，而且味道特佳。酱要干炸，稀糊糊的就不对劲。又有一次在朋友家里吃薄饼，在宝华春叫了一个盒子，家里配上几个炒菜，那一盘摊鸡蛋有考究，摊好了之后切成五六公分宽的长条，这样夹在饼里才顺理成章，虽是小节，具见用心。以后我看见“合菜戴帽”就觉得太简陋，那薄薄的一顶帽子如何撕破分配均匀？馆子里的菜数虽然较精，一般却嫌油大，味精太多，不如家里的青菜豆腐。可是也有些家庭主妇招待客人，偏偏要模仿饭馆宴席的规模，结果是弄巧反拙四不像了。

常听人说，中国菜天下第一，说这话的人应该是品尝过天下的菜。我年幼无知的时候也说过这样的话，如今不敢这样放肆，因为关于中国吃所知已经不多，外国的吃我所知更少。一般人都说只有法国菜可以和中国菜比，法国我就没有去过。美国的吃略知一二，但可怜得很，在学生时代只能作起码的糊口之计，时常是两个三明治算是一顿饭，中上层阶级的饮膳情形根本一窍不通。以后在美国旅游也是为了撙节，从来不曾为了口腹而稍有放肆。所以对于中西之吃，我不愿做比较、判断。我只能说，鱼翅、燕窝、鲍鱼、溜鱼片、炒虾仁，以至于炸春卷、咕噜肉……美国人不行，可是讲到汉堡、三明治、各色冰激凌以至于烤牛排……我们中国还不能望其项背。我并不“崇洋”，我在外国住，我还吃中国菜，周末出去吃馆子，还是吃中国馆子，不是一定中国菜好，是习惯。我常考虑，我们中国的吃，上层社会偏重色、香、味，蛋白质太多，下层社会蛋白质不足，碳水化合物太多，都是不平衡，问题是很严重的。我们要虚心地多方研究。

烧鸭

北平烤鸭，名闻中外。在北平不叫烤鸭，叫烧鸭，或烧鸭子，在口语中加一子字。

《北平风俗杂咏》严辰《忆京都词》十一首，第五首云：

忆京都·填鸭冠寰中

烂煮登盘肥且美，
加之炮烙制尤工。
此间亦有呼名鸭，
骨瘦如柴空打杀。

严辰是浙人，对于北平填鸭之倾倒，可谓情见乎词。

北平苦旱，不是产鸭盛地，唯近在咫尺之通州得运河之便，渠塘交错，特宜畜鸭。佳种皆纯白，野鸭、花鸭则非上选。鸭自通州运到北平，仍需施以填肥手续。以高粱及其他饲料揉搓成圆条状，较一般香肠热狗为粗，长约四寸许。通州的鸭子师傅抓过一只鸭来，夹在两条腿间，使不得动，用手掰开鸭嘴。以粗长的一根根的食料蘸着水硬行塞入。鸭子要叫都叫不出声，只有眨巴眼的份儿。塞进口中之后，用手紧紧地往下捋鸭的脖子，硬把那一根根的东西挤送到鸭的胃里。填进几根之后，眼看着再填就要撑破肚皮，这才松手，把鸭关进一间不见天日的小棚子里。几十上百只鸭关在一起，像沙丁鱼，绝无活动余地，只是尽量给予水喝。这样关了若干天，天天扯出来填，非肥不可，故名“填鸭”。一来鸭子品种好，二来师傅手艺高，所以填鸭为北平所独有。抗战时期在后方有一家餐馆试行填鸭，三分之一死去，没死的虽非骨瘦如柴，也并不很肥，这是我亲眼看到的。鸭一定要肥，肥才嫩。

北平烧鸭，除了专门卖鸭的餐馆如全聚德之外，是由便宜坊（即酱肘子铺）发售的。在馆子里亦可吃烤鸭，例如在福全馆宴客，就可以叫右边邻近的一家便宜坊送了过来。自从宣外的老便宜坊关张以后，要以东城的金鱼胡同口的宝华春为后起之秀，楼下门市，楼上小楼一角最是吃烧鸭的好地方。在家里，打一个电话，宝华春就会派一个小利巴，用保温的铅铁桶送来一只才出炉的烧鸭，油淋淋的，烫手热的。附带着他还带来蒸荷叶饼、葱、酱之类。他在席旁小桌上当众片鸭，手艺不错，讲究片得薄，每一片有皮有油有肉，随后一盘瘦肉，最后是鸭头、鸭尖，大功告成。主人高兴，赏钱两吊，小利巴欢天喜地称谢而去。

填鸭费工费料，后来一般餐馆几乎都卖烧鸭，叫作叉烧烤鸭，连焖炉的设备也省了，就地一堆炭火、一根铁叉就能应市。同时用的是未经填肥的普通鸭子，吹凸了鸭皮晾干一烤，也能烤得焦黄迸脆。但是除了皮就是肉，没有黄油，味道当然差得多。有人到北平吃烤鸭，归来盛道其美，我问他好在哪里，他说：“有皮，有肉，没有油。”我告诉他：“你还没有吃过北平烤鸭。”

所谓一鸭三吃，那是广告噱头。在北平吃烧鸭，照例有一碗滴出来的油，有一副鸭架装。鸭油可以蒸蛋羹，鸭架装可以熬白菜，也可以煮汤打卤。馆子里的鸭架装熬白菜，可能是预先煮好的大锅菜，稀汤寡水，索然寡味。会吃的人要把整个的架装带回家里去煮。这一锅汤，若是加口蘑（不是冬菇，不是香蕈）打卤，卤上再加一勺炸花椒油，吃打卤面，其味之美无与伦比。

饺子

“好吃不过饺子，舒服不过倒着”。这是北方乡下的一句俗语。北平城里的人不说这句话。因为北平人过去不说饺子，都说“煮饽饽”，这也许是满洲语。我到了十四岁才知道煮饽饽就是饺子。

北方人，不论贵贱，都以饺子为美食。钟鸣鼎食之家有的是人力财力，吃顿饺子不算一回事。小康之家要吃顿饺子要动员全家老少，和面、擀皮、剁馅、包捏、煮，忙成一团，然而亦趣在其中。年终吃饺子是天经地义，有人胃口特强，能从初一到十五顿顿饺子，乐此不疲。当然连吃两顿就告饶的也不是没有。至于在乡下，吃顿饺子不易，也许要在姑奶奶回娘家时候才能有此豪举。

饺子的成色不同，我吃过最低级的饺子。抗战期间有一年除夕我在陕西宝鸡，餐馆过年全不营业，我踯躅街头，遥见铁路旁边有一草棚，灯火荧然，热气直冒，乃趋就之，竟是一间饺子馆。我叫了二十个韭菜馅饺子，店主还抓了一把带皮的蒜瓣给我，外加一碗热汤。我吃得一头大汗，十分满足。

我也吃过顶精致的一顿饺子。在青岛顺兴楼宴会，最后上了一钵水饺，饺子奇小，长仅寸许，馅子却是黄鱼韭黄，汤是清澈而浓的鸡汤，表面上还漂着少许鸡油。大家已经酒足菜饱，禁不住诱惑，还是给吃得精光，连连叫好。

做饺子第一面皮要好。店肆现成的饺子皮，碱太多，煮出来滑溜溜的，咬起来韧性不足。所以一定要自己和面，软硬合度，而且要多醒一阵子。盖上一块湿布，防干裂。擀皮子不难，久练即熟，中心稍厚，边缘稍薄。包的时候一定要用手指捏紧。有些店里伙计包饺子，用拳头一握就是一个，快则快矣，煮出来一个个的面疙瘩，一无是处。

饺子馅各随所好。有人爱吃荠菜，有人怕吃茴香。有人要薄皮大馅，最好是一兜儿肉，有人愿意多羼青菜。（有一位太太应邀吃饺子，咬了一口大叫，主人以为她必是吃到了苍蝇、蟑螂什么的，她说："怎么，这里面全是菜！"主人大窘。）有人以为猪肉冬瓜馅最好，有人认定羊肉白菜馅为正宗。韭菜馅有人说香，有人说臭，天下之口并不一定同嗜。

冷冻饺子是不得已而为之，还是新鲜的好。据说新发明了一种制造饺子的机器，一贯作业，整洁迅速，我尚未见过。我想最好的饺子机器应该是——人。

吃剩下的饺子，冷藏起来，第二天油锅里一炸，炸得焦黄，好吃。

酸梅汤与糖葫芦

夏天喝酸梅汤，冬天吃糖葫芦，在北平是不分阶级人人都能享受的事。不过东西也有精粗之别。琉璃厂信远斋的酸梅汤与糖葫芦，特别考究，与其他各处或街头小贩所供应者大有不同。

徐凌霄《旧都百话》关于酸梅汤有这样的记载：

> 暑天之冰，以冰梅汤为最流行，大街小巷，干鲜果铺的门口，都可以看见“冰镇梅汤”四字的木檐横额。有的黄底黑字，甚为工致，迎风招展，好似酒家的帘子一样，使过往的热人，望梅止渴，富于吸引力。昔年京朝大老，贵客雅流，有闲工夫，常常要到琉璃厂逛逛书铺，品品古董，考考版本，消磨长昼。天热口干，辄以信远斋梅汤为解渴之需。

信远斋铺面很小，只有两间小小门面，临街是旧式玻璃门窗，拂拭得一尘不染，门楣上一块黑漆金字匾额，铺内清洁简单，地道的北平式装修。进门右手方有一黑漆大木桶，里面有一大白瓷罐，罐外周围全是碎冰，罐里是酸梅汤，所以名为冰镇，北平的冰是从什刹海或护城河挖取藏在窖内的，冰块里可以看见草皮木屑，泥沙秽物更不能免，是不能放在饮料里喝的。什刹海会贤堂的名件“冰碗”，莲蓬、桃仁、杏仁、菱角、藕都放在冰块上，食客不嫌其脏，真是不可思议。有人甚至把冰块放在酸梅汤里！信远斋的冰镇就高明多了。因为桶大、罐小、冰多，喝起来凉沁脾胃。他的酸梅汤的成功秘诀，是冰糖多、梅汁稠、水少，所以味浓而酽。上口冰凉，甜酸适度，含在嘴里如品纯醪，舍不得下咽。很少人能站在那里喝那一小碗而不再喝一碗的。抗战胜利还乡，我带孩子们到信远斋，我准许他们能喝多少碗都可以，他们连尽七碗方始罢休。我每次去喝，不是为解渴，是为解馋。我不知道为什么没有人动脑筋把信远斋的酸梅汤制为罐头行销各地，而一任“可口可乐”到处猖狂。

信远斋也卖酸梅卤、酸梅糕。卤冲水可以制酸梅汤，但是无论如何不能像站在那木桶旁边细啜那样有味。我自己在家也曾试做，在药铺买了乌梅，在干果铺买了大块冰糖，不惜工本，仍难如愿。信远斋掌柜姓萧，一团和气，我曾问他何以仿制不成，他回答得很妙：“请您过来喝，别自己费事了。”

信远斋也卖蜜饯、冰糖子儿、糖葫芦。以糖葫芦为最出色。北平糖葫芦分三种。一种用麦芽糖，北平话是糖稀，可以做大串山里红的糖葫芦，可以长达五尺多，这种大糖葫芦，新年厂甸卖的最多。麦芽糖裹水杏儿（没长大的绿杏），很好吃，做糖葫芦就不见佳，尤其是山里红常是烂的或是带虫子屎。另一种用白糖和了粘上去，冷了之后白汪汪的一层霜，别有风味。正宗是冰糖葫芦，薄薄一层糖，透明雪亮。材料种类甚多，诸如海棠、山药、山药豆、杏干、葡萄、橘子、荸荠、核桃，但是以山里红为正宗。山里红，即山楂，北地盛产，味酸，裹糖则极可口。一般的糖葫芦皆用半尺来长的竹签，街头小贩所售，多染尘沙，而且品质粗劣。东安市场所售较为高级。但仍以信远斋所制为最精，不用竹签，每一颗山里红或海棠均单个独立，所用之果皆硕大无疵，而且干净，放在垫了油纸的纸盒中由客携去。

离开北平就没吃过糖葫芦，实在想念。近有客自北平来，说起糖葫芦，据称在北平这种不属于任何一个阶级的食物几已绝迹。他说我们在台湾自己家里也未尝不可试做，台湾虽无山里红，其他水果种类不少，沾了冰糖汁，放在一块涂了油的玻璃板上，送入冰箱冷冻，岂不即可等着大嚼？他说他制成之后将邀我共尝，但是迄今尚无下文，不知结果如何。

烧饼油条

烧饼油条是我们中国人标准早餐之一，在北方不分省份、不分阶级、不分老少，大概都欢喜食用。我生长在北平，小时候的早餐几乎永远是一套烧饼油条——不，叫油炸鬼，不叫油条。有人说，油炸鬼是油炸桧之讹，大家痛恨秦桧，所以名之为油炸桧以泄愤，这种说法恐怕是源自南方，因为北方读音鬼与桧不同，为什么叫油鬼，没人知道。在比较富裕的大家庭里，只有做父亲的才有资格偶然以馄饨、鸡丝面或羊肉馅包子做早点，只有做祖父母的才有资格常以燕窝汤、莲子羹或哈士蟆之类做早点，像我们这些“民族幼苗”，便只有烧饼油条来果腹了。说来奇怪，我对于烧饼油条从无反感，天天吃也不厌，我清早起来，就有一大簸箩烧饼油鬼在桌上等着我。

现在台湾的烧饼油条，我以前在北平还没见过。我所知道的烧饼，有螺蛳转儿、芝麻酱烧饼、马蹄儿、驴蹄儿几种，油鬼有麻花儿、甜油鬼、炸饼儿几种。螺蛳转儿夹麻花儿是一绝，扳开螺蛳转儿，夹进麻花儿，用手一按，咔吱一声麻花儿碎了，这一声响就很有意思，如今我再也听不到这个声音。有一天和齐如山先生谈起，他也很感慨，他嫌此地油条不够脆，有一次他请炸油条的人给他特别炸焦，“我加倍给你钱”，那个炸油条的人好像是前一夜没睡好觉（事实上凡是炸油条、烙烧饼的人都是睡眠不足），一翻白眼说：“你有钱？我不伺候！”回锅油条、老油条也不是味道，焦硬有余，酥脆不足。至于烧饼，螺蛳转儿好像久已不见了，因为专门制售螺蛳转儿的粥铺早已绝迹了。所谓粥铺，是专卖甜浆粥的一种小店，甜浆粥是一种稀稀的粗粮米汤，其味特殊。北平城里的人不知道喝豆浆，常是一碗甜浆粥、一套螺蛳转儿，但是这也得到粥铺去趁热享用才好吃。我到十四岁以后才喝到豆浆，我相信我父母一辈子也没有喝过豆浆。我们家里吃烧饼油条，嘴干了就喝大壶的茶，难得有一次喝到甜浆粥。后来我到了上海，才看到细细长长的那种烧饼，以及菱形的烧饼，而且油条长长的也不适于夹在烧饼里。

火腿、鸡蛋、牛油面包作为标准的早点，当然也很好，但我只是在不得已的情形下才接受了这种异俗。我心里怀念的仍是烧饼油条。和我有同嗜的人相当不少。海外羁旅，对于家乡土物率多念念不忘。有一位华裔美籍的学人，每次到台湾来都要带一二百副烧饼油条回到美国去，存在冰橱里，逐日检取一副放在烤箱或电锅里一烤，便觉得美不可言。谁不知道烧饼油条只是脂肪、淀粉，从营养学来看，不构成一份平衡的食品。但是多年习惯，对此不能忘情。在纽约曾有人招待我到一家中国餐馆进早点，座无虚席，都是烧饼油条客，那油条一根根的都很结棍（按：方言，厉害的意思），韧性很强。但是大家觉得这是家乡味，聊胜于无。做油条的师傅，说不定曾经付过二两黄金才学到如此这般的手艺，又有一位返国观光的游子，住在台北一家观光旅馆里，晨起第一桩事就是外出寻找烧饼油条，遍寻无着，返回旅舍问服务小姐，服务小姐登时蛾眉一耸说：“这是观光区域，怎会有这种东西，你要向偏僻街道、小巷去找。”闹哄了一阵，兴趣已无，乖乖地到附设餐厅里去吃火腿、鸡蛋、面包了事。

有人看我天天吃烧饼油条，就问我：“你不嫌脏？”我没想到这个问题。据这位关心的人说，要注意烧饼里有没有老鼠屎，第二天我打开烧饼先检查，哇，一颗不大不小像一颗万应锭似的黑黑的东西赫然在焉。用手一捻，碎了。若是不当心，入口一咬，必定牙碜，也许不当心会咽了下去。想起来好怕，一颗老鼠屎搅坏一锅粥，这话不假，从此我存了戒心。看看那个豆浆店，小小一间门面，案板油锅都放在行人道上，满地是油渍污泥，一袋袋的面粉堆在一旁像沙包一样，阴沟里老鼠横行。再看看那打烧饼、炸油条的人，头发蓬松，上身只有灰白背心，脚上一双拖鞋，说不定嘴里还叼着一根纸烟。在这种情况之下，要使老鼠屎不混进烧饼里去，着实很难。好在不是一个烧饼里必定轮配到一橛老鼠屎，难得遇见一回，所以戒心维持了一阵也就解严了。

也曾经有过观光级的豆浆店出现，在那里有峨高冠的厨师，有穿制服的侍者，有装潢，有灯饰，筷子有纸包着，豆浆碗下有盘托着，餐巾用过就换，而不是一块毛巾大家用，像邮局糨糊旁边附设的小块毛巾那样的又脏又黏。如果你带外宾进去吃早点，可以不至于脸红。但是偶尔观光一次是可以的，谁也不能天天去观光，谁也不能常跑远路去图一饱。于是这打肿脸充胖子的局面维持不下去了，烧饼油条依然是在行人道边乌烟瘴气的环境里苟延残喘。而且我感觉到吃烧饼油条的同志也越来越少了。

豆腐

豆腐是我们中国食品中的瑰宝。豆腐之法，是否始于汉淮南王刘安，没有关系，反正我们已经吃了这么多年，至今仍然在吃。在海外留学的人，到唐人街杂碎馆打牙祭少不了要吃一盘烧豆腐，方才有家乡风味。有人在海外由于制豆腐而发了财，也有人研究豆腐而得到学位。

关于豆腐的事情，可以编写一部大书，现在只是谈谈几项我个人所喜欢的吃法。

凉拌豆腐，最简单不过。买块嫩豆腐，冲洗干净，加上一些葱花，撒些盐，加麻油，就很好吃。若是用红酱豆腐的汁浇上去，更好吃。至不济浇上一些酱油膏和麻油，也不错。我最喜欢的是香椿拌豆腐。香椿就是庄子所说的“以八千岁为春，以八千岁为秋”的椿。取其吉利，我家后院植有一棵不大不小的椿树，春发嫩芽，绿中微带红色，摘下来用沸水一烫，切成碎末，拌豆腐，有奇香。可是别误摘臭椿，臭椿就是樗，《本草》李时珍曰：“其叶臭恶，歉年人或采食。”近来台湾也有香椿芽偶然在市上出现，虽非臭椿，但是嫌其太粗壮，香气不足。在北平，和香椿拌豆腐可以相提并论的是黄瓜拌豆腐，这黄瓜若是冬天温室里长出来的，在没有黄瓜的季节吃黄瓜拌豆腐，其乐也何如？比松花拌豆腐好吃得多。

“鸡刨豆腐”是普通家常菜，可是很有风味。一块老豆腐用铲子在炒锅热油里戳碎，戳得乱七八糟，略炒一下，倒下一个打碎了的鸡蛋，再炒，加大量葱花。养过鸡的人应该知道，一块豆腐被鸡刨了是什么样子。

锅塌豆腐又是一种味道。切豆腐成许多长方块，厚薄随意，裹以鸡蛋汁，再裹上一层芡粉，入油锅炸，炸到两面焦，取出。再下锅，浇上预先备好的调味汁，如酱油、料酒等，如有虾子羼入更好。略烹片刻，即可供食。虽然仍是豆腐，然已别有滋味。台北天厨陈万策老板，自己吃长斋，然喜烹调，推出的锅塌豆腐就是北平作风。

沿街担贩有卖“老豆腐”者。担子一边是锅灶，煮着一锅豆腐，久煮成蜂窝状，另一边是碗匙佐料如酱油、醋、韭菜末、芝麻酱、辣椒油之类。这样的老豆腐，自己在家里也可以做。天厨的老豆腐，加上了鲍鱼、火腿等，身份就不一样了。

担贩亦有吆喝“卤煮啊，炸豆腐”者，他卖的是炸豆腐，三角形的，间或还有加上炸豆腐丸子的，煮得烂，加上些佐料如花椒之类，也别有风味。

一九二九年至一九三〇年之际，李璜先生宴客于上海四马路美丽川（应该是美丽川菜馆，大家都称之为美丽川），我记得在座的有徐悲鸿、蒋碧微等人，还有我不能忘的席中的一道“蚝油豆腐”。事隔五十余年，不知李幼老还记得否。蚝油豆腐用头号大盘，上面平铺着嫩豆腐，一片片的像瓦垄然，整齐端正，黄澄澄的稀溜溜的蚝油汁洒在上面，亮晶晶的。那时候四川菜在上海初露头角，我首次品尝，诧为异味，此后数十年间吃过无数次川菜，不曾再遇此一杰作。我揣想那一盘豆腐是摆好之后去蒸的，然后浇汁。

厚德福有一道名菜，尝过的人不多，因为非有特殊关系或情形他们不肯做，做起来太麻烦，这就是“罗汉豆腐”。豆腐捣成泥，加芡粉以增其黏性，然后捏豆腐泥成小饼状，实以肉馅，和捏汤团一般，下锅过油，再下锅红烧，辅以佐料。罗汉是断尽三界一切见思惑的圣者，焉肯吃外表豆腐而内含肉馅的丸子，称之为“罗汉豆腐”是有揶揄之意，而且也没有特殊的美味，和“佛跳墙”同是噱头而已。

冻豆腐是广受欢迎的，可下火锅，可做冻豆腐粉丝熬白菜（或酸菜）。有人说，玉泉山的冻豆腐最好吃，泉水好，其实也未必。凡是冻豆腐，味道都差不多。我常看到北方的劳苦人民，辛劳一天，然后拿着一大块锅盔，捧着一黑皮大碗的冻豆腐粉丝熬白菜，稀里哗啦地吃，我知道他自食其力，他很快乐。

圆桌与筷子

我听人说起一个笑话。一个中国人向外国人夸说中国的伟大，圆餐桌的直径可以大到几乎一丈开外。外国人说："那么你们的筷子有多长呢？""六七尺长。""那样长的筷子，如何能夹起菜来送到自己嘴里呢？""我们最重礼让，是用筷子夹菜给坐在对面的人吃。"

大圆桌我是看见过的，不是加盖上去的圆桌面，是订制的大型圆餐桌，周遭至少可以坐二十四个人，宽宽绰绰的一点也不挤，绝无"菜碗常需头上过，酒壶频向耳旁洒"的现象。桌面上有个大转盘（英语名为"懒苏珊"），转盘有自动旋转的装置，主人按钮就会不急不徐地转。转盘上每菜两大盘，客人不需等待旋转一周即可伸手取食。这样大的圆桌有一个缺点，除了左右邻座之外，彼此相隔甚远，不便攀谈，但是这缺点也许正是优点，不必没话找话，大可埋头猛吃，作食不语状。

我们的传统餐桌本是方的，所谓八仙桌，往日喜庆宴会都是用方桌，通常一席六个座位，有时下手添个长凳打横，只有在特殊情形下才加上一个圆桌面。炕上餐桌也是方的。方桌折角打开变成圆桌（英语所谓"信封桌"），好像是比较晚近的事了。

许多人团聚在一起吃饭，尤其是讲究吃的东西要烫嘴热，当然以圆桌为宜，把食物放在桌中央，由中央到圆周的半径是一样长，各人伸箸取食，有如辐辏于毂。因为圆桌可能嫌大，现在几乎凡是圆桌必有转盘，可恼的是直眉瞪眼的餐厅侍者多半是把菜盘往转盘中央一丢，并不放在转盘的边缘上，然后掉头而去，转盘等于虚设。

西方也不是没有圆桌。亚瑟王的圆桌骑士是赫赫有名的，那圆桌据说当初可以容一百五十名骑士就座，真不懂那样大的圆桌能放在什么地方，也许是里三层外三层围绕着吧？近代外交坛坫之上常有所谓圆桌会议，也许是微带椭圆之形，其用意在于宾主座位不分上下。这都不能和我们中国的圆桌相提并论，我们的圆桌是普遍应用的，家庭聚餐时，祖孙三代团团坐，有说有笑，融融泄泄；友朋宴饮时，敬酒、豁拳、打通关都方便。吃火锅，更非圆桌不可。

筷子是我们的一大发明。原始人吃东西用手抓，比不会用手抓的禽兽已经进步很多，而两根筷子则等于是手指的伸展，比猿猴使用树枝弄东西又进一步。筷子运用起来可以灵活无比，能夹、能戳、能撮、能挑、能扒、能掰、能剥，凡是手指能做的动作，筷子都能。没人知道筷子是何时何人发明的。如果《史记》所载不虚，“纣为象箸，而箕子唏”，纣王使用象牙筷子而箕子忍气吞声地叹气，象牙筷子的历史可说是很久远了。箸原是筴，竹子做的筷子；又作荚，木头做的筷子。象牙筷子并没有什么好，怕烫，容易变色。假象牙筷子颜色不对，没有纹理，更容易变色，而且在吃香酥鸭的时候，拉扯用力稍猛就会咔嚓一声断为两截。倒是竹筷子最好，湘妃竹固然好，普通竹也不错，髹油漆固然好，本色尤佳。做祖父母的往往喜欢使用银箸，通常是短短细细的，怕分量过重，这只为了表示其地位之尊崇。金箸我尚未见过，恐怕未必中用。箸之长短不等，湖南的筷子特长，盘子也特大，但是没有长到烤肉的筷子那样。

西方人学习用筷子那副笨相可笑，可是我们幼时开始用筷子的时候，又何尝不是像狗熊耍扁担？稍长，我们使筷子的伎俩都精了——都太精了。相传少林绝技之一是举箸能夹住迎面飞来的弹丸，据说是先从用筷子捕捉苍蝇练成的一种功夫。一般人当然没有这种本领，可是在餐桌之上我们也常有机会看到某些人使用筷子的一些招数。一般菜上桌，有人挥动筷子如舞长矛，如野火烧天横扫全境，有人胆大心细彻底翻腾如拨草寻蛇，更有人在汤菜碗里拣起一块肉，掂掂之后又放下了，再捡一块再掂掂再放下，最后才选得比较中意的一块，夹起来送进血盆大口之后，还要把筷子横在嘴里吮一下，于是有人在心里嘀咕：这样做岂不是把你的口水都污染了食物，岂不是让大家都于无意中吃了你的口水？

其实口水未必脏。我们自己吃东西都是拌着口水吃下去的，不吃东西的时候也常咽口水的。不过那是自己的口水，不嫌脏。别人的口水也未必脏。我不相信谁在热恋中没有大口大口咽过难分彼此的一些口水。怕的是口水中带有病菌，传染给别人和被人传染给自己都不大好。毛病不是出在筷子上，是出在我们吃的方式上。

六十多年前，我的学校里来了一位教英语的老师，我只记得他姓钟，外号人称“钟善人”，他在学校及附近乡村里狂热地提倡两件事，一是植树，一是进餐时每人用两副筷子，一副用于取食，一副用于夹食入口，植树容易，一年只有一度，两副筷子则窒碍难行。谁有那样的耐心，每餐两副筷子此起彼落地交换使用？如今许多人家，以及若干餐馆，筷子仍是人各一双，但是菜盘、汤碗各附一个公用的大匙，这个办法比较简便，解决了互吃口水的问题。东洋御料理老早就使用木质的短小的筷子，用毕即丢弃。人家能，为什么我们不能？我愿象牙筷子、乌木筷子以及种种珍奇贵重的筷子都保存起来，将来作为古董赏玩。

北平的零食小贩

北平人馋。馋，据字典说是“贪食也”，其实不只是贪食，是贪食各种美味之食。美味当前，固然馋涎欲滴，即使闲来无事，馋虫亦在咽喉中抓挠，迫切地需要一点什么以膏馋吻。三餐时固然希望青粱罗列，任我下箸，三餐以外的时间也一样地想馋嚼，以锻炼其咀嚼筋。看鹭鸶的长颈都有一点羡慕，因为颈长可能享受更多的徐徐下咽之感，此之谓馋。“馋”字在外国语中无适当的字可以代替，所以讲到馋，真“不足为外人道”。有人说北平人之所以特别馋，是由于当年的八旗子弟游手好闲的太多，闲就要生事，在吃上打主意自然也是可以理解的。所以各式各样的零食小贩便应运而生，自晨至夜逡巡于大街小巷之中。

北平小贩的吆喝声是很特殊的。我不知道这与评剧有无关系，其抑扬顿挫，变化颇多，有的豪放如唱大花脸，有的沉闷如黑头，又有的清脆如生旦，在白昼给浩浩欲沸的市声平添不少情趣，在夜晚又给寂静的夜带来一些凄凉。细听小贩的呼声，则有直譬，有隐喻，有时竟像谜语一般的耐人寻味。而且他们的吆喝声，数十年如一日，不曾有过改变。我如今闭目沉思，北平零食小贩的呼声俨然在耳，一个个的如在目前。现在让我就记忆所及，细细数说。

首先让我提起“豆汁”。绿豆渣发酵后煮成稀汤，是为豆汁，淡草绿色而又微黄，味酸而又带一点霉味，稠稠的，浑浑的，热热的。佐以辣咸菜，即棺材板切细丝，加芹菜梗，辣椒丝或末。有时亦备较高级之酱菜如酱萝卜、酱黄瓜之类，但反不如辣咸菜之可口，午后啜三两碗，愈吃愈辣，愈辣愈喝，愈喝愈热，终至大汗淋漓，舌尖麻木而止。北平城里人没有不嗜豆汁者，但一出城则豆渣只有喂猪的份，乡下人没有喝豆汁的。外省人居住北平二三十年往往不能养成喝豆汁的习惯。能喝豆汁的人才算是真正的北平人。

其次是“灌肠”。后门桥头那一家的大灌肠，是真的猪肠做的，遐迩驰名，但嫌油腻。小贩的灌肠虽有肠之名实则并非是肠，仅具肠形，一条条的以芡粉为主所做成的橛子，切成不规则形的小片，放在平底大油锅上煎炸，炸得焦焦的，蘸蒜盐汁吃。据说那油不是普通油，是从作坊里从马肉等熬出来的油，所以有这一种怪味。单闻那种油味，能把人恶心死，但炸出来的灌肠，喷香！

从下午起有沿街叫卖“面筋哟！”者，你喊他时须喊“卖熏鱼儿的！”，他来到你们门口打开他的背盒由你拣选时却主要的是猪头肉。除猪头肉的脸子、只皮、口条之外还有脑子、肝、肠、苦肠、心头、蹄筋，等等，外带着别有风味的干硬的火烧。刀口上手艺非凡，从夹板缝里抽出一把飞薄的刀，横着削切，把猪头肉切得出薄如纸，塞在那火烧里食之，熏味扑鼻！这种卤味好像不能登大雅之堂，但是在煨煮熏制中有特殊的风味。离开北平便尝不到。

薄暮后有叫卖羊头肉者，这是回教徒的生意，刀板器皿刷洗得一尘不染，切羊脸子是他的拿手，切得真薄，从一只牛角里撒出一些特制的胡盐，北平的羊好，有浓厚的羊味，可又没有浓厚到膻的地步。

也有推着车子卖“烧羊脖子烧羊肉”的。烧羊肉是经过煮和炸两道工序的，除肉之外还有肚子和卤汤。在夏天佐以黄瓜、大蒜是最好的下面之物。推车卖的不及街上羊肉铺所发售的，但慰情聊胜于无。

北平的“豆腐脑”，异于川湘的豆花，是哆里哆嗦的软嫩豆腐，上面浇一勺卤，再加蒜泥。

“老豆腐”另是一种东西，是把豆腐煮出了蜂窠，加芝麻酱、韭菜末、辣椒等佐料，热乎乎的连吃带喝亦颇有味。

北平人做“烫面饺”不算一回事，真是举重若轻叱咤立办，你喊三十饺子，不大的工夫就给你端上来了，一个个包得细长齐整又俊又俏。

斜尖的炸豆腐，在花椒盐水里煮得饱饱的，有时再羼进几个粉丝做的炸丸子，放进一点辣椒酱，也算是一味很普通的零食。

馄饨何处无之？北平挑担卖馄饨的却有他的特点，馄饨本身没有什么异样，由筷子头拨一点肉馅往三角皮子上一抹就是一个馄饨，特殊的是那一锅肉骨头熬的汤别有滋味，谁家里也不会把那么多的烂骨头煮那么久。

一清早卖点心的很多，最普通的是烧饼油鬼。北平的烧饼主要的有四种，芝麻酱烧饼、螺丝转儿、马蹄儿、驴蹄儿，各有千秋。芝麻酱烧饼，外省仿造者都不像样，不是太薄就是太厚，不是太大就是太小，总是不够标准。螺丝转儿最好是和“甜浆粥”一起用，要夹小圆圈油鬼。马蹄儿只有薄薄的两层皮，宜加圆泡的甜油鬼。驴蹄儿又小又厚，不要油鬼做伴。北平油鬼，不叫油条，因为根本不作长条状，主要的只有两种，四个圆泡连在一起的是甜油鬼，小圆圈的油鬼是咸的，炸得特焦，夹在烧饼里一按咔嚓一声。离开北平的人没有不想念那种油鬼的。外省的油条，虚泡囊肿，不够味，要求炸焦一点也不行。

“面茶”在别处没见过。真正的一锅糨糊，炒面熬的，盛在碗里之后，在上面用筷子蘸着芝麻酱撒满一层，唯恐撒得太多似的。味道好么？至少是很怪。

卖“三角馒头”的永远是山东老乡。打开蒸笼布，热腾腾的各样蒸食，如糖三角、混糖馒头、豆沙包、蒸饼、红枣蒸饼、高庄馒头，听你拣选。

“杏仁茶”是北平的好，因为杏仁出在北方，提味的是那少数几颗苦杏仁。

豆类做出的吃食可多了，首先要提“豌豆糕”。小孩子一听打镗锣的声音很少不怦然心动的。卖豌豆糕的人有一把手艺，他会把一块豌豆泥捏成为各式各样的东西，他可以听你的吩咐捏一把茶壶，壶盖、壶把、壶嘴俱全，中间灌上黑糖水，还可以一杯一杯地往外倒。规模大一点的是荷花盆，真有花有叶，盆里灌黑糖水。最简单的是用模型翻制小饼，用芝麻做馅。后来还有“仿膳”的伙计出来做这一行生意，善用豌豆泥制各式各样的点心，大八件、小八件，什么卷酥、喇嘛糕、枣泥饼、花糕，五颜六色，应有尽有，惟妙惟肖。

“豌豆黄”之下街卖者是粗的一种，制时未去皮，加红枣，切成三尖形矗立在案板上。实际上比铺子卖的较细的放在纸盒里的那种要有味得多。

“热芸豆”有红白二种，普通的吃法是用一块布挤成一个豆饼，可甜可咸。

“烂蚕豆”是俟蚕豆发芽后加五香大料煮成的，烂到一挤即出。

“铁蚕豆”是把蚕豆炒熟，其干硬似铁。牙齿不牢者不敢轻试，但亦有酥皮者，较易嚼。

夏季雨后照例有小孩提着竹篮赤足蹚水而高呼“干香豌豆”，咸滋滋的也很好吃。

“豆腐丝”，粗糙如豆腐渣，但有人拌葱卷饼而食之。

“豆渣糕”是芸豆泥做的，做圆球形，蒸食，售者以竹筷插之，一插即是两颗，加糖及黑糖水食之。

“甑儿糕”，是米面填木碗中蒸之，嗞嗞作响，顷刻而熟。

“江米藕”是老藕孔中填糯米，煮熟切片加糖而食之。挑子周围经常环绕着馋涎欲滴的小孩子。

北平的“酪”是一项特产，用牛奶凝冻而成，夏日用冰镇，凉香可口，讲究一点的酪在酪铺发售，沿街贩卖者亦不恶。

“白薯”（即南人所谓红薯），有三种吃法，初秋街上喊“栗子味儿的”者是干煮白薯，细细小小的一根根地放在车上卖。稍后喊“锅底儿热和”者为带汁的煮白薯，块头较大，亦较甜。此外是烤白薯。

“老玉米”（即玉蜀黍）初上市时也有煮熟了在街上卖的。对于城市中人这也是一种新鲜滋味。

沿街卖的“粽子”，包得又小又俏，有加枣的，有不加枣的，摆在盘子里齐整可爱。

北平没有汤圆，只有“元宵”，到了元宵季节街上有叫卖煮元宵的。袁世凯称帝时，曾一度禁称元宵，因与“袁消”二字音同，改称汤圆，可嗤也。

糯米团子加豆沙馅，名曰“艾窝”或“艾窝窝”。

黄米面做的“切糕”，有加红豆的，有加红枣的，卖时切成斜块，插以竹签。

菱角是小的好，所以北平小贩卖的是小菱角，有生有熟，用剪去刺，当中剪开。很少卖大的红菱者。

“老鸡头”即芡实。生者为刺囊状，内含芡实数十颗；熟者则为圆硬粒，须敲碎食其核仁。

供儿童以糖果的，从前是“打糖锣的”，后又有卖“梨糕”的，此外如“吹糖人的”，卖“糖杂面的”，都经常徘徊于街头巷尾。

“爬糕”、“凉粉”都是夏季平民食物，又酸又辣。

“驴肉”，听起来怪骇人的，其实切成大片瘦肉，也很好吃。是否有骆驼肉、马肉混在其中，我不敢说。

担着大铜茶壶满街跑的是卖“茶汤”的，用开水一冲，即可调成一碗茶汤，和铺子里的八宝茶汤或牛髓茶固不能比，但亦颇有味。

“油炸花生仁”是用马油炸的，特别酥脆。

北平“酸梅汤”之所以特别好，是因为使用冰糖，并加玫瑰、木樨、桂花之类。信远斋的最合标准，沿街叫卖的便徒有其名了，而且加上天然冰亦颇有碍卫生。卖酸梅汤的普通兼带“玻璃粉”及小瓶用玻璃球做盖的汽水。“果子干”也是重要的一项副业，用杏干、柿饼、鲜藕煮成。“玫瑰枣”也很好吃。

冬天卖“糖葫芦”，裹麦芽糖或糖稀的不太好，蘸冰糖的才好吃。各种原料皆可制糖葫芦，唯以“山里红”为正宗。其他如海棠、山药、山药豆、杏干、核桃、荸荠、橘子、葡萄、金橘等均佳。

北地苦寒，冬夜特别寂静，令人难忘的是那卖“水萝卜”的声音，“萝卜——赛梨——辣了换！”那红绿萝卜，多汁而甘脆，切得又好，对于北方煨在火炉旁边的人特别有沁人脾胃之效。这等萝卜，别处没有。

有一种内空而瘪小的花生，大概是拣选出来的不够标准的花生，炒焦了之后，其味特香，远在白胖的花生之上，名曰“抓空儿”，亦冬夜的一种点缀。

夜深时往往听到沉闷而迟缓的“硬面饽饽”声，有光头、凸盖、镯子等，亦可充饥。

水果类则四季不绝地应世，诸如：三白的大西瓜、蛤蟆酥、羊角蜜、老头儿乐、鸭儿梨、小白梨、肖梨、糖梨、烂酸梨、沙果、苹果、虎拉车、杏、桃、李、山里红、柿子、黑枣、嘎嘎枣、老虎眼大酸枣、荸荠、海棠、葡萄、莲蓬、藕、樱桃、桑葚、槟子……不可胜举，都在沿门求售。

以上约略举说，只就记忆所及，挂漏必多。而且数十年来，北平也正在变动，有些小贩由式微而没落，也有些新的应运而生，比我长一辈的人所见所闻可能比我要丰富些，比我年轻的人可能遇到一些较新鲜而失去北平特色的事物。总而言之，北平是在向新颖而庸俗方面变，在零食小贩上即可窥见一斑。如今呢，胡尘涨宇，面目全非，这些小贩，还能保存一二与否，恐怕在不可知之数了。但愿我的回忆不是永远地成为回忆！

闲情雅兴——人生之美好，大抵如此

“雅舍”非我所有，我仅是房客之一。但思“天地者万物之逆旅”，人生本来如寄，我住“雅舍”一日，“雅舍”即一日为我所有。即使此一日亦不能算是我有，至少此一日“雅舍”所能给予之苦辣酸甜，我实躬受亲尝。刘克庄词：“客里似家家似寄。”我此时此刻卜居“雅舍”，“雅舍”即似我家。其实似家似寄，我亦分辨不清。

闲暇

英国十八世纪的笛福，以《鲁滨逊漂流记》一书闻名于世，其实他写小说是在近六十岁才开始的，他以前的几十年写作差不多全是以新闻记者的身份所写的散文。最早的一本书一六九七年刊行的《设计杂谈》（*An Essay Upon Projects*）是一部逸趣横生的奇书，我现在不预备介绍此书的内容，我只要引其中的一句话："人乃是上帝所创造的最不善于谋生的动物；没有别的一种动物曾经饿死过；外界的大自然给它们预备了衣与食；内心的自然本性给它们安设了一种本能，永远会指导它们设法谋取衣食；但是人必须工作，否则就要挨饿，必须做奴役，否则就得死；他固然是有理性指导他，很少人服从理性指导而沦于这样不幸的状态；但是一个人年轻时犯了错误，以致后来颠沛困苦，没有钱，没有朋友，没有健康，他只好死于沟壑，或是死于一个更恶劣的地方——医院。"这一段话，不可以就表面字义上去了解，须知笛福是一位"反语"大师，他惯说反话。人为万物之灵，谁不知道？事实上在自然界里一大批一大批饿死的是禽兽，不是人。人要适合于理性的生活，要改善生活状态，所以才要工作。笛福本人是工作极为勤奋的人，他办刊物、写文章、做生意，从军又服官，一生忙个不停。就是在这本《设计杂谈》里，他也提出了许多高瞻远瞩的计划，像预言一般后来都一一实现了。

人辛勤困苦地工作，所为何来？夙兴夜寐，胼手胝足，如果纯是为了温饱像蚂蚁蜜蜂一样，那又何贵乎做人？想起罗马皇帝马可·奥勒留的一段话：

> 在天亮的时候，如果你懒得起床，要随时做如是想：“我要起来，去做一个人的工作。”我生来就是为了做那工作的，我来到世间就是为了做那工作的，那么现在就去做那工作又有什么可怨的呢？我既是为了这工作而生的，那么我应该蜷卧在被窝里取暖吗？“被窝里较为舒适呀。”那么你是生来为了享乐的吗？简言之，我且问你，你是被动地还是主动地要有所作为？试想每一个小的生物，每一只小鸟、蚂蚁、蜘蛛、蜜蜂，它们是如何地勤于操作，如何地克尽厥职，以组成一个有秩序的宇宙。那么你可以拒绝去做一个人的工作吗？自然命令你做的事还不赶快地去做吗？“但是一些休息也是必要的呀。”这我不否认。但是根据自然之道，这也要有个限制，犹如饮食一般。你已经超过限制了，你已经超过足够的限量了。但是讲到工作你却不如此了；多做一点你也不肯。

这一段策励自己勉力工作的话，足以发人深省，其中“以组成一个有秩序的宇宙”一语至堪玩味。使我们不能不想起古罗马的文明秩序是建立在奴隶制度之上的。有劳苦的大众在那里辛勤地劳作，解决了大家的生活问题，然后少数的上层社会人士才有闲暇去做“人的工作”。大多数人是蚂蚁、蜜蜂，少数人是人。做“人的工作”需要有闲暇。所谓闲暇，不是饱食终日无所用心之谓，是免于蚂蚁、蜜蜂般的工作主谓。养尊处优，嬉遨惰慢，那是蚂蚁、蜜蜂之不如，还能算人！靠了逢迎当道，甚至为虎作伥，而猎取一官半职或是分享一些残羹剩饭，那是帮闲或是帮凶，都不是人的工作。奥勒留推崇工作之必要，话是不错，但勤于劳作亦应有个限度，不能像蚂蚁、蜜蜂那样地工作。劳动是必须的，但劳动不应该是终极的目标。而且劳动亦不应该由一部分人负担而令另一部分人坐享其成果。

人类最高理想应该是人人能有闲暇，于必须的工作之余还能有闲暇去做人，有闲暇去做人的工作，去享受人的生活。我们应该希望人人都能属于“有闲阶层”。有闲阶层如能普及于全人类，那便不复是罪恶。人在有闲的时候才最像是一个人。手脚相当闲，头脑才能相应地忙起来。我们并不向往六朝人那样萧然若神仙的样子，我们却企盼人人都能有闲暇去发展他的智慧与才能。

雅舍

到四川来，觉得此地人建造房屋最是经济。火烧过的砖，常常用来做柱子，孤零零地砌起四根砖柱，上面盖上一个木头架子，看上去瘦骨嶙嶙，单薄得可怜；但是顶上铺了瓦，四面编了竹篦墙，墙上敷了泥灰，远远地看过去，没有人能说不像是座房子。我现在住的“雅舍”正是这样一座典型的房子。不消说，这房子有砖柱，有竹篦墙，一切特点都应有尽有。讲到住房，我的经验不算少，什么“上支下摘”、“前廊后厦”、“一楼一底”、“三上三下”、“亭子间”、“茆草棚”、“琼楼玉宇”和“摩天大厦”，各式各样，我都尝试过。我不论住在哪里，只要住得稍久，对那房子便发生感情，非不得已我还舍不得搬。这“雅舍”，我初来时仅求其能蔽风雨，并不敢存奢望，现在住了两个多月，我的好感油然而生。虽然我已渐渐感觉它是并不能蔽风雨，因为有窗而无玻璃，风来则洞若凉亭，有瓦而空隙不少，雨来则渗如滴漏。纵然不能蔽风雨，“雅舍”还是自有它的个性。有个性就可爱。

“雅舍”的位置在半山腰，下距马路约有七八十层的土阶。前面是阡陌螺旋的稻田。再远望过去是几抹葱翠的远山，旁边有高粱地，有竹林，有水池，有粪坑，后面是荒僻的榛莽未除的土山坡。若说地点荒凉，则月明之夕，或风雨之日，亦常有客到，大抵好友不嫌路远，路远乃见情谊。客来则先爬几十级的土阶，进得屋来仍须上坡，因为屋内地板乃依山势而铺，一面高，一面低，坡度甚大，客来无不惊叹，我则久而安之，每日由书房走到饭厅是上坡，饭后鼓腹而出是下坡，亦不觉有大不便处。

“雅舍”共是六间，我居其二。篦墙不固，门窗不严，故我与邻人彼此均可互通声息。邻人轰饮作乐，咿唔诗章，喁喁细语，以及鼾声、喷嚏声、吮汤声、撕纸声，脱皮鞋声，均随时由门窗户壁的隙处荡漾而来，破我岑寂。入夜则鼠子瞰灯，才一合眼，鼠子便自由行动，或搬核桃在地板上顺坡而下，或吸灯油而推翻烛台，或攀援而上帐顶，或在门框桌脚上磨牙，使得人不得安枕。但是对于鼠子，我很惭愧地承认，我“没有法子”。“没有法子”一语是被外国人常常引用着的，以为这话最足代表中国人的懒惰隐忍的态度。其实我的对付鼠子并不懒惰。窗上糊纸，纸一戳就破；门户关紧，而相鼠有牙，一阵咬便是一个洞洞。试问还有什么法子？洋鬼子住到“雅舍”里，不也是“没有法子”？比鼠子更骚扰的是蚊子。“雅舍”的蚊风之盛，是我前所未见的。“聚蚊成雷”真有其事！每当黄昏时候，满屋里磕头碰脑的全是蚊子，又黑又大，骨骼都像是硬的。在别处蚊子早已肃清的时候，在“雅舍”则格外猖獗，来客偶不留心，则两腿伤处累累隆起如玉蜀黍，但是我仍安之。冬天一到，蚊子自然绝迹，明年夏天——谁知道我还是住在“雅舍”！

“雅舍”最宜月夜——地势较高，得月较先。看山头吐月，红盘乍涌，一霎间，清光四射，天空皎洁，四野无声，微闻犬吠，坐客无不悄然！舍前有两株梨树，等到月升中天，清光从树间筛洒而下，地上阴影斑斓，此时尤为幽绝。直到兴阑人散，归房就寝，月光仍然逼进窗来，助我凄凉。细雨濛濛之际，“雅舍”亦复有趣。推窗展望，俨然米氏章法，若云若雾，一片弥漫。但若大雨滂沱，我就又惶悚不安了，屋顶湿印到处都有，起初如碗大，俄而扩大如盆，继则滴水乃不绝，终乃屋顶灰泥突然崩裂，如奇葩初绽，砉然一声而泥水下注，此刻满室狼藉，抢救无及。此种经验，已数见不鲜。

“雅舍”之陈设，只当得简朴二字，但洒扫拂拭，不使有纤尘。我非显要，故名公巨卿之照片不得入我室；我非牙医，故无博士文凭张挂壁间；我不业理发，故丝织西湖十景以及电影明星之照片亦均不能张我四壁。我有一几一椅一榻，酣睡写读，均已有着，我亦不复他求。但是陈设虽简，我却喜欢翻新布置。西人常常讥笑妇人喜欢变更桌椅位置，以为这是妇人天性喜变之一证。诬否且不论，我是喜欢改变的。中国旧式家庭，陈设千篇一律，正厅上是一条案，前面一张八仙桌，一边一把靠椅，两旁是两把靠椅夹一只茶几。我以为陈设宜求疏落参差之致，最忌排偶。“雅舍”所有，毫无新奇，但一物一事之安排布置俱不从俗。人入我室，即知此是我室。笠翁《闲情偶寄》之所论，正合我意。

“雅舍”非我所有，我仅是房客之一。但思“天地者万物之逆旅”，人生本来如寄，我住“雅舍”一日，“雅舍”即一日为我所有。即使此一日亦不能算是我有，至少此一日“雅舍”所能给予之苦辣酸甜，我实躬受亲尝。刘克庄词：“客里似家家似寄。”我此时此刻卜居“雅舍”，“雅舍”即似我家。其实似家似寄，我亦分辨不清。

长日无俚，写作自遣，随想随写，不拘篇章，冠以“雅舍小品”四字，以示写作所在，且志因缘。

书房

书房，多么典雅的一个名词！很容易令人联想到一个书香人家。书香是与铜臭相对的。其实书未必香，铜亦未必臭。周彝商鼎，古色斑斓，终日摩挲亦不觉其臭，铸成钱币才沾染市侩味，可是不复流通的布泉刀错又常为高人赏玩之资。书之所以为香，大概是指松烟油墨印上了毛边连史，从不大通风的书房里散发出来的那一股怪味，不是桂馥兰薰，也不是霉烂馊臭，是一股混合的难以形容的怪味。这种怪味只有书房里才有，而只有士大夫家才有书房。书香人家之得名大概是以此。

寒窗之下苦读的学子多半是没有书房，囊萤凿壁的就更不用说。所以对于寒苦的读书人，书房是可望而不可即的豪华神仙世界。伊士珍《琅嬛记》：张华游于洞宫，遇一人引至一处，别是天地，每室各有奇书，华历观诸室书，皆汉以前事，多所未闻者，问其地，曰："琅嬛福地也。"这是一位读书人希求冥想一个理想的读书之所，乃托之于神仙梦境。其实除了赤贫的人饔飧不继谈不到书房外，一般的读书人，如果肯要一个书房，还是可以好好布置出一个来的。有人分出一间房子来养鸡，也有人分出一间房子养狗，就是匀不出一间作书房。我还见过一位富有的知识分子，他不但没有书房，也没有书桌，我亲见他的公子趴在地板上读书，他的女公子用块木板在沙发上写字。

一个正常的良好的人家，每个孩子应该拥有一个书桌，主人应该拥有一间书房。书房的用途是庋藏图书并可读书写作于其间，不是用以公开展览借以骄人的。“丈夫拥有万卷书，何假南面百城！”这种话好像是很潇洒而狂傲，其实是心尚未安无可奈何的解嘲语，徒见其不丈夫。书房不在大，亦不在设备佳，适合自己的需要便是，局促在几尺宽的走廊一角，只要放得下一张书桌，依然可以作为一个读书写作的工厂，大量出货。光线要好，空气要流通，红袖添香是不必要的，既没有香，“素腕举，红袖长”反倒会令人心有别注。书房的大小好坏，和一个读书写作的成绩之多少高低，往往不成正比例。有好多著名作品是在监狱里写的。

我看见过的考究的书房当推宋春舫先生的褐木庐为第一，在青岛的一个小小的山头上，这书房并不与其寓邸相连，是单独的一栋。环境清幽，只有鸟语花香，没有尘嚣市扰。《太平清话》：“李德茂环积坟籍，名曰书城。”我想那书城未必能和褐木庐相比。在这里，所有的图书都是放在玻璃柜里，柜比人高，但不及栋。我记得藏书是以法文戏剧为主。所有的书都精装，不全是buckram（胶硬粗布），有些是真的小牛皮装订（half calf，ooze calf，etc），烫金的字在书脊上排着队闪闪发亮。也许这已经超过了书房的标准，微近于藏书楼的性质，因为他还有一册精印的书目，普通的读书人谁也不会把他书房里的图书编目。

周作人先生在北平八道湾的书房，原名苦雨斋，后改为苦茶庵，不离苦的味道。小小的一幅横额是沈尹默写的。是北平式的平房，书房占据了里院上房三间，两明一暗。里面一间是知堂老人读书写作之处，偶然也延客品茗，几净窗明，一尘不染。书桌上文房四宝井然有致。外面两间像是书库，约有十个八个书架立在中间，图书中西兼备，日文书数量很大。真不明白苦茶庵的老和尚怎么会掉进了泥淖一辈子洗不清！

闻一多的书房，和“闻一多先生的书桌”一样，充实、有趣而乱。他的书全是中文书，而且几乎全是线装书。在青岛的时候，他仿效青岛大学图书馆庋藏中文图书的办法，给成套的中文书装制蓝布面，用白粉写上宋体字的书名，直立在书架上。这样的装备应该是很整齐可观，但是主人要作考证，东一部西一部的图书便要从书架上取下来参加獭祭的行列了，其结果是短榻上、地板上，唯一的一把木根雕制的太师椅上，全都是书。那把太师椅玲珑帮硬，可以入画，不宜坐人，其实亦不宜于堆书，却是他书斋中最惹眼的一个点缀。

潘光旦在清华南院的书房另有一种情趣。他是以优生学专家的素养来从事我国谱牒学研究的学者，他的书房收藏这类图书极富。他喜欢用书护，那就是用两块木板将一套书夹起来，立在书架上。他在每套书系上一根竹制的书签，签上写着书名。这种书签实在很别致，不知杜工部“将赴草堂途中有作”所谓“书签药裹封尘网”的书签是否即系此物。光旦一直在北平，失去了学术研究的自由，晚年丧偶，又复失明，想来他书房中那些书签早已封尘网了！

汗牛充栋，未必是福。丧乱之中，牛将安觅？多少爱书的人士都把他们苦心聚集的图书抛弃了，而且再也鼓不起勇气重建一个像样的书房。藏书而充栋，确有其必要，例如从前我家有一部小字本的图书集成，摆满上与梁齐的靠着整垛山墙的书架，取上层的书须用梯子，爬上爬下很不方便，可是充栋的书架有时仍是不可少。我来台湾后，一时兴起，兴建了一个连在墙上的大书架，邻居绸缎商来参观，叹曰：“造这样大的木架有什么用，给我摆列绸缎尺头倒还合用。”他的话是不错的，书不能令人致富。书还给人带来麻烦，能像郝隆那样七月七日在太阳底下晒肚子就好，否则不堪衣鱼之扰，真不如尽量地把图书塞入腹笥，晒起来方便，运起来也方便。如果图书都能做成“显微胶片”纳入腹中，或者放映在脑子里，则书房就成为不必要的了。

读画

《随园诗话》:“画家有读画之说，余谓画无可读者，读其诗也。”随园老人这句话是有见地的。读是读诵之意，必有文章词句然后方可读诵，画如何可读？所以读画云者，应该是读诵画中之诗。

诗与画是两个类型，在对象、工具、手法各方面均不相同。但是类型的混淆，古已有之，在西洋。所谓Ut pictura poesis，“诗既如此，画亦同然”，早已成为艺术批评上的一句名言。我们中国也特别称道王摩诘的“画中有诗，诗中有画”。究竟诗与画是各有领域的。我们读一首诗，可以欣赏其中的景物的描写，所谓“历历如绘”。但诗之极致究竟别有所在，其着重点在于人的概念与情感。所谓诗意、诗趣、诗境，虽然多少有些抽象，究竟是以语言文字来表达最为适宜。我们看一幅画，可以欣赏其中所蕴藏的诗的情趣，但是并非所有的画都有诗的情趣，而且画的主要的功用是在描绘一个意象。我们说读画，实在是在画里寻诗。

“蒙娜丽莎”的微笑，即是微笑，笑得美，笑得甜，笑得有味道，但是我们无法追问她为什么笑，她笑的是什么。尽管有许多人在猜这个微笑的谜，其实都是多此一举。有人以为她是因为发现自己怀孕了而微笑，那微笑代表女性的骄傲与满足。有人说:“怎见得她是因为发觉怀孕而微笑呢？也许她是因为发觉并未怀孕而微笑呢？”这样地读下去，是读不出所以然来的。会心的微笑，只能心领神会，非文章词句所能表达。像“蒙娜丽莎”这样的画，还有一些奥秘的意味可供揣测，此外像Watts的《希望》，画的是一个女人跨在地球上弹着一只断了弦的琴，也还有一点象征的意思可资领会，但是Sorolla的《二姊妹》，除了耀眼的阳光之外还有什么诗可读？再如Sully的《戴破帽子的孩子》，画的是一个孩子头上顶着一个破帽子，除了那天真无邪的脸上的光线掩映之外还有什么诗可读？至于Chase的一幅《静物》，可能只是两条死鱼翻着白肚子躺在盘上，更没有什么可说的了。

也许中国画里的诗意较多一点。画山水不是“春山烟雨”，就是“江皋烟树”，不是“云林行旅”，就是“春浦帆归”，只看画题，就会觉得诗意盎然。尤其是文人画家，一肚皮不合时宜，在山水画中寄托了隐逸超俗的思想，所以山水画的境界成了中国画家人格之最完美的反映。即使是小幅的花卉，像李复堂、徐青藤的作品，也有一股豪迈潇洒之气跃然纸上。

画中已经有诗，有些画家还怕诗意不够明显，在画面上更题上或多或少的诗词字句。自宋以后，这已成了大家所习惯接受的形式，有时候画上无字反倒觉得缺点什么。中国字本身有其艺术价值，若是题写得当，也不难看。西洋画无此便利，《拾穗人》上面若是用鹅翎管写上一首诗，那就不堪设想。在画上题诗，至少说明了一点，画里面的诗意有用文字表达的必要。一幅酣畅的泼墨画，画着有两棵大白菜，墨色浓淡之间充分表示了画家笔下控制水墨的技巧，但是画面的一角题了一行大字：“不可无此味，不可有此色。”这张画的意味不同了，由纯粹的画变成了一幅具有道德价值的概念的插图。金冬心的一幅墨梅，篆籀纵横，密圈铁线，清癯高傲之气扑入眉宇，但是半幅之地题了这样的词句：“晴窗呵冻，写寒梅数枝，胜似与猫儿狗儿盘桓也……”顿使我们的注意力由斜枝细蕊转移到那个清高的画士。画的本身应该能够表现画家所要表现的东西，不需另假文字为之说明，题画的办法有时使画不复成为纯粹的画。

我想画的最高境界不是可以读得懂的，一说到读便牵涉到文章词句，便要透过思想的程序，而画的美妙处在于透过视觉而直诉诸人的心灵，画给人的一种心灵上的享受，不可言说，说便不着。

雪

李白句："燕山雪花大如席。"这话靠不住，诗人夸张，犹"白发三千丈"之类。据科学的报道，雪花的结成视当时当地的气温状况而异，最大者直径三至四英寸。大如席，岂不一片雪花就可以把整个人盖住？雪，是越下得大越好，只要是不成灾。雨雪霏霏，像空中撒盐，像柳絮飞舞，缓缓然下，真是有趣，没有人不喜欢。有人喜雨，有人苦雨，不曾听说谁厌恶雪。就是在冰天雪地的地方，爱斯基摩人也还利用雪块砌成圆顶小屋，住进去暖和得很。

赏雪，须先肚中不饿。否则雪虐风饕之际，饥寒交迫，就许一口气上不来，焉有闲情逸致去细数"一片一片又一片……飞入梅花都不见"？后汉有一位袁安，大雪塞门，无有行路，人谓已死，洛阳令令人除雪，发现他在屋里僵卧，问他为什么不出来，他说："大雪人皆饿，不宜于人。"此公憨得可爱，自己饿，料想别人也饿。我相信袁安僵卧的时候一定吟不出"风吹雪片似花落"之类的句子。晋王子猷居山阴，夜雪初霁，月色清朗，忽然想起远在剡的朋友戴安道，即便夜乘小舟就之，经宿方至，造门不前而返。假如没有那一场大雪，他固然不会发此奇兴，假如他自己馇粥不继，他也不会风雅到夜乘小船去空走一遭。至于谢安石一门风雅，寒雪之日与儿女吟诗，更是富贵人家事。

一片雪花含有无数的结晶，一粒结晶又有好多好多的面，每个面都反射着光，所以雪才显着那样的洁白。我年轻时候听说从前有烹雪论茗的故事，一时好奇，便到院里就新降的积雪掬起表面的一层，放在甑里融成水，煮沸，走七步，用小宜兴壶，沏大红袍，倒在小茶盅里，细细品啜之，举起喝干了的杯子就鼻端猛嗅三两下——我一点也不觉得两腋生风，反而觉得舌本闲强。我再检视那剩余的雪水，好像有用矾打的必要！空气污染，雪亦不能保持其清白。有一年，我在汴洛道上行役，途中车坏，时值大雪，前不巴村后不着店，饥肠辘辘，乃就路边草棚买食，主人飨我以挂面，我大喜过望。但是煮面无水，主人取洗脸盆，舀路旁积雪，以混沌沌的雪水下面。虽说饥者易为食，这样的清汤挂面也不是顶容易下咽的。从此我对于雪，觉得只可远观，不可亵玩。苏武饥吞毡渴饮雪，那另当别论。

雪的可爱处在于它的广被大地，覆盖一切，没有差别。冬夜拥被而眠，觉寒气袭人，蜷缩不敢动，凌晨张开眼皮，窗棂窗帘隙处有强光闪映大异往日，起来推窗一看——啊！白茫茫一片银世界。竹枝松叶顶着一堆堆的白雪，杈芽老树也都镶了银边。朱门与蓬户同样地蒙受它的沾被，雕栏玉砌与瓮牖桑枢没有差别待遇。地面上的坑穴洼溜，冰面上的枯枝断梗，路面上的残刍败屑，全都罩在天公抛下的一件鹤氅之下。雪就是这样的大公无私，装点了美好的事物，也遮掩了一切的芜秽，虽然不能遮掩太久。

雪最有益于人之处是在农事方面。我们靠天吃饭，自古以来就看上天的脸色，“上天同云，雨雪雰雰……既沾既足，生我百谷。”俗语所说“瑞雪兆丰年”，即今冬积雪，明年将丰之谓。不必“天大雪，至于牛目”，盈尺就可成为足够的宿泽。还有人说雪宜麦而辟蝗，因为蝗遗子于地，雪深一尺则入地一丈，连虫害都包治了。我自己也有过一点类似的经验，堂前有芍药两栏，书房檐下有玉簪一畦，冬日几场大雪扫积起来，堆在花栏花圃上面，不但可以使花根保暖，而且来春雪融成了天然的润溉，大地回苏的时候果然新苗怒发，长得十分茁壮，花团锦簇。我当时觉得比堆雪人更有意义。

据说有一位枭雄吟过一首咏雪的诗：“黄狗身上白，白狗身上肿，出门一啊喝，天下大一统。”俗话说：“官大好吟诗。”何况一位枭雄在夤缘际会踌躇满志的时候？这首诗不是没有一点巧思，只是趣味粗犷得可笑，这大概和出身与气质有关。相传法国皇帝路易十四写了一首三节联韵诗，自鸣得意，征求诗人、批评家布洼娄的意见，布洼娄说：“陛下无所不能，陛下欲做一首歪诗，果然做成功了。”我们这位枭雄的咏雪，也应该算是很出色的一首歪诗。

白猫王子及其他

第1节 序

有一天菁清在香港买东西，抱着夹着拎着大包小笼的在街上走着，突然啪的一声有物自上面坠下，正好打在她的肩膀上。低头一看，毛茸茸的一个东西，还直动弹，原来是一只黄鸟，不知是从什么地方落下来的，黄口小雏，振翅乏力，显然是刚学起飞而力有未胜。菁清勉强腾出手来，把它放在掌上，它身体微微颤动，睁着眼睛痴痴地望。她不知所措，丢下它于心不忍。《颜氏家训》有云："穷鸟入怀，亡人所悯。"仓促间亦不知何处可以买到鸟笼。因为她正要到银行去有事，就捧着它进了银行，把它放在柜台上面，行员看了奇怪，攀谈起来，得知银行总经理是一位爱鸟的人，他家里用整间的房屋做鸟笼。当即把总经理请了出来，他欣然承诺把鸟接了过去。路边孤雏总算有了最佳归宿，不知如今羽毛丰满了未？

有一天夜晚在台北，菁清在一家豆浆店消夜后步行归家，瞥见一条很小的跛脚的野狗，一瘸一拐地在她身后亦步亦趋。跟了好几条街。看它瘦骨嶙嶙的样子大概是久矣不知肉味，她买了两个包子喂它，狼吞虎咽如风卷残云，索性又喂了它两个。从此它就跟定了她，一直跟到家门口。她打开街门进来，狗在门外用爪子挠门，大声哭叫，它也想进来。我们家在七层楼上，相当逼仄，不宜养犬。但是过了一小时再去探望，它仍守在门口不去。无可奈何托一位朋友把它抱走，以后下落就不明了。

以上两桩小事只是前奏，真正和我们结了善缘的是我们的白猫王子。

普通人家养猫养狗都要起个名字，叫起来方便，而且豢养的不止一只，没有名字也不便识别。我们的这只猫没有名字，我们就叫它猫咪或咪咪。白猫王子是菁清给它的封号，凡是封号都不该轻易使用，没有人把谁的封号整天价挂在嘴边乱嚷乱叫的。

白猫王子到我们家里来是很偶然的。

一九七八年三月三十日，我的日记本上有这样的一句："菁清抱来一只小猫，家中将从此多事矣。"缘当日夜晚，风狂雨骤，菁清自外归来，发现一只很小很小的小猫局局缩缩地蹲在门外屋檐下，身上湿漉漉的，叫的声音细如游丝，她问左邻右舍这是谁家的猫，都说不知道。于是因缘凑合，这只小猫就成了我们家中的一员。

惭愧家中无供给，那一晚只能飨以一碟牛奶，像外国的小精灵扑克似的，它把牛奶舐得一干二净，舐饱了之后它用爪子洗洗脸，伸胳膊拉腿地倒头便睡，真是粗豪之至。我这才有机会端详它的小模样。它浑身雪白（否则怎能赐以白猫王子之嘉名？），两个耳朵是黄的，脑顶上是黄的中间分头路，尾巴是黄的。它的尾巴可有一点怪，短短的而且是弯曲的，里面的骨头是弯的，永远不能伸直。起初我们觉得这是畸形，也许是受了什么伤害所致，后来听兽医告诉我们这叫作麒麟尾，一万只猫也难得遇到一只有麒麟尾。麒麟是什么样子，谁也没见过，不过图画中的麒麟确是卷尾巴，而且至少卷一两圈。没有麒麟尾，它还称得上是白猫王子么？

在外国，猫狗也有美容院。我在街上隔着窗子望进去，设备堂皇，清洁而雅致，服务项目包括梳毛、洗澡、剪指甲以及马杀鸡之类。开发中的国家当然不至荒唐若是。第一桩事需要给我的小猫做的便是洗个澡。菁清问我怎个洗法，我也不知道。我只知道猫怕水，扔在水里会淹死，所以必须干洗。记得从前家里洗羊毛袄的皮筒子，是用黄豆粉麝樟脑，在毛皮上干搓，然后梳刷。想来对猫亦可如法炮制。黄豆粉不可得，改用面粉，效果不错。只是猫不知道我们对它要下什么毒手，拼命抗拒，在一人按捺一人搓洗之下勉强竣事，我对镜一看我自己几乎像是“打面缸”里的大老爷！后来我们发现洗猫有专用的洗粉，不但洗得干净，而且香喷喷的。猫也习惯，察知我们没有恶意，服服帖帖地让菁清给它洗，不需要我在一边打下手了。

国人大部分不爱喝牛奶，我国的猫亦如是。小时候“有奶便是娘”，稍大一些便不是奶所能满足。打开冰箱煮一条鱼给它吃，这一开端便成了例。小鱼不吃，要吃大鱼；陈鱼不吃，要吃鲜鱼；隔夜冰冷的剩鱼不吃，要现煮的温热的才吃……起先是什么鱼都吃，后来有挑有拣，现在则专吃新鲜的沙丁鱼。兽医说，喂鱼要先除刺，否则鲠在喉里要开刀，扎在胃里要出血。记得从前在北平也养过猫，一天买几个铜板的熏鱼担子上的猪肝，切成细末拌入饭中，猫吃得痛痛快快。大概现在时代不同了，好多人只吃菜不吃饭，猫也拒食碳水化合物了。可是飨以外国的猫食罐头以及开胃的猫零食，它又觉得不对胃口，别的可以洋化，吃则仍主本位文化。偶然给了它一个茶叶蛋的蛋黄，它颇为欣赏，不过掰碎了它不吃，它要整个的蛋黄，用舌头舐得团团转，直到舐得无可再舐而后止。夜晚一点钟街上卖茶叶蛋的老人沙哑的一声“五香茶叶蛋”，它便悚然以惊，竖起耳朵喵喵叫。铁石心肠也只好披衣下楼买来给它消夜。此外我们在外宴会总是不会忘记带回一包烤鸭或炸鸡之类作为它的打牙祭。

吃只是问题的一半，吃下去的东西会消化，消化之后剩余的渣滓要排出体外，这问题就大了。白猫王子有四套卫生设备，楼上三套，楼下一套。猫比小孩子强得多，无须教就会使用它的卫生设备。街上稍微偏僻一点的地方常见有人“脚向墙头八字开”，红砖道上星棋罗布的狗屎更是无人不知的。我们的猫没有这种违警行为，它知道在什么地方做什么事。只是它的洁癖相当烦人，四个卫生设备用过一次便需清理现场，换沙土，否则它会呜呜地叫。不过这比起许多人用过马桶而不冲水的那种作风似又不可同日而语。为了保持清洁，我们在设备上里里外外喷射猫狗特用的除臭剂，它表示满意。

猫长得很快，食多事少，焉得不胖？运动器材如橡皮鼠、不倒翁、小布人，都玩过了。它最感兴趣的是乒乓球，在地毯上追逐翻滚身手矫健。但是它渐渐发福了，先从腹部胖起，然后有了双下巴颏，脑勺子后面起了一道肉轮。把乒乓球抛给它，它只在球近身时用爪子拨一下，像打高尔夫的大老爷之需要一个球童。它不到一岁，已经重到九公斤，抱着它上下楼，像是抱着一个大西瓜。它吃了睡，睡了吃，不做任何事——可是猫能做什么呢？家里没有老鼠，所以它无用武之地，好像它不安于饱食终日无所用心的境界，于是偶尔抓蟑螂、抓蚰蜒、抓苍蝇、抓蚊蚋。此外便是舐爪子抹脸了。

有人看见我养猫就忠告我说，最好不要养猫，猫的寿命大概十五六年，它也有生老病死。它也会给人带来悲欢离合的感触。一切苦恼皆由爱生。所以最好是养鱼，鱼在水里，人在水外，几曾听说过人爱鱼，爱到摩它、抚它、抱它、亲他的地步？养鱼只消喂它，侍候它，隔着鱼缸欣赏它，看它悠然而游，人非鱼亦知鱼之乐。一旦鱼肚翻白，也不会有太多的伤痛。这番话是对的，可惜来得太晚了。白猫王子已成为家里的一分子，只是没有报户口。

白猫王子的姿势很多，平伸前腿昂首前视，有如埃及人面狮身像谜一样的庄严神秘。侧身卧下，弓腰蜷腿，活像是一颗大虾米。缩颈眯眼，藏起两只前爪，又像是老僧入定。睡时常四脚朝天，露出大肚子做坦腹东床状，睡醒伸懒腰，将背拱起，像骆驼。有时候它枕着我的腿而眠，压得我腿发麻。有时候躲在门边墙角，露出半个脸，斜目而视，好像是逗人和它捉迷藏。有时候突然出人不意跳过来抱我的腿咬——假咬。有时候体罚不能全免，菁清说不可以没有管教，在毛厚肉多的地方打几巴掌，立见奇效，可是它会一两天不吃饭，以背向人，菁清说是伤了它的自尊。

一九七九年三月三十日是猫来我家一周岁的纪念日，不可不饮宴，以为庆祝。菁清一年的辛劳换来不少温馨与乐趣，而兽医辜泰堂先生维护它的健康，大德尤不可忘，乃肃之上座，酌以醴浆。我并且写了一个小条幅送给他，文曰：

是乃仁心仁术

泽及小狗小猫

第2节　白猫王子五岁

五年前的一个夜晚，菁清从门外檐下抱进一只小白猫，时蒙雨凄其，春寒尚厉。猫进到屋里，仓皇四顾，我们先飨以一盘牛奶，他舔而食之。我们揩干了他身上的雨水，他便呼呼地倒头大睡。此后他渐渐肥胖起来，菁清又不时把他刷洗得白白净净，戏称之为白猫王子。

他究竟生在哪一天，没人知道，我们姑且以他来我家的那一天定为他的生日（三月三十日），今天他五岁整，普通猫的寿命据说是十五六岁，人的寿命则七十就是古稀之年了，现在大概平均七十。所以猫的一岁在比例上可折合人的五岁。白猫王子五岁相当于人的二十五岁，正是青春旺盛的时候。

凡是我们所喜欢的对象，我们总会觉得他美。白猫王子并不一定是怎样的美丰姿，可是他眉清目秀，蓝眼睛、红鼻头、须眉修长，而又有一副楚楚可怜的样子。腰臀一部分特别硕大，和头部不成比例，腹部垂腴，走起来摇摇摆摆，有人认为其状不雅，我们不以为嫌。去年七月二十日报载，“二十四日在美国佛罗里达州巴马布耳所举行的一九八一年‘全美迷人小猫竞赛’中，一只名叫邦妮贝尔的小猫得了首奖。可是他虽然顶着后冠，却不见得很高兴。”高兴不是猫，是猫的主人。我们不会教白猫王子参加任何竞赛，他已经有了王子的封号，还急着需要什么皇冠？他就是我们的邦妮贝尔。

刘克庄有一首《诘猫诗》，有句云：饭有溪鱼眠有毯，忍教鼠啮案头书？

我们从来没有要求过猫做什么事。他吃的不只是溪鱼，睡的也不只是毛毯，我们的住处没有鼠，他无用武之地，顶多偶然见了蟑螂而惊叫追逐，菁清说这是他对我们的服务。我们吃饭的时候他常蹲在餐桌上，虎视眈眈，但是他不伸爪，顶多走近盘边闻闻。喂他几块鱼虾鸡鸭之类，他浅尝辄止。他从不偷嘴。他吃饱了，抹抹脸就睡，弯着腰睡，趴着睡，仰着睡，有时候爬到我们床上枕着我们的臂腿睡。他有二十六七磅重，压得人腿脚酸麻，我们外出，先把他安顿好，鱼一钵，水一盂，有时候给他盖一床被，或是搭一个篷。等我们回来，门锁一响，他已窜到门口相迎。这样，他便已给了我们很大的满足。

“花如解语还多事，石不能言最可人。”猫相当的解语，我们喊他一声“猫咪”“胖胖”他就喵的一声。我耳聋，听不见他那细声细气的一声喵，但是我看见他一张嘴，腹部一起落，知道他是回答我们的招呼。他不会说话，但是菁清好像略通猫语，她能辨出猫的几种不同的鸣声。例如：他饿了，他要人给他开门，他要人给他打扫卫生设备，他因寂寞而感到烦躁，都有不同的声音发出来。无论有什么体己话，说给他听，或是被他听见，他能珍藏秘密不泄露出去。不过若是以恶声叱责他，他是有反应的，他不回嘴，他转过身去趴下，作无奈状。

有人不喜欢猫。我的一位朋友远道来访，先打电话来说：“听说府上有猫，请先把他藏起来，我怕猫。”真的，有人一见了猫就会昏倒。有人见了老鼠也会昏倒，何况猫？据《民生报》七十一年四月二十三日一篇文章报道，法国国王亨利三世一见到猫就会昏倒。法国国王查理九世时的大诗人龙沙有这样的诗句：

当今世上谁也没我那么厌恶猫
我厌恶猫的眼睛、脑袋，还有凝视的模样
一看见猫，我掉头就跑

人之好恶本不相同。我不否认猫有一些短处，诸如倔强、自尊、自私、缺乏忠诚，等等。不过，猫，和人一样，总不免有一点脾气，一点自私，不必计较了。家里有装潢，有陈设，有家具，有花草，再有一只与虎同科的小动物点缀其间来接受你的爱抚，不是很好么？

菁清对于苦难中小动物的怜悯心是无止境的，同时又觉得白猫王子太孤单，于是去年又抱进来一个小黑猫。这个“黑猫公主”性格不同，活泼善斗、体态轻盈、白须黄眼，像是评剧中的“开口跳”。两只猫在一起就要斗，追逐无已时。不得已我们把黑猫关在笼子里，或是关在一间屋里，实行黑白隔离政策。可是黑猫隔着笼子还要伸出爪子撩惹白猫，白猫也常从门缝去逗黑猫。相见争如不见，无情还似有情。我想有一天我们会逐渐解除这个隔离政策的。

白猫倏已五岁，我们缘分不浅，同时我亦不免兴起春光易老之感。多少诗人词人唤取春留驻，而春不肯留！我们只好“片时欢乐且相亲”，愿我的猫长久享受他的鱼餐锦被，吃饱了就睡，睡足了就吃。

一九八三年三月三十日

第3节　猫的故事

猫很乖，喜欢偎傍着人；有时候又爱蹭人的腿，闻人的脚。唯有冬尽春来的时候，猫叫春的声音颇不悦耳。呜呜的一声一声的吼，然后突然的哇咬之声大作，稀里哗啦的，铿天地而动神祇。这时候你休想安睡。所以有人不惜昏夜起床持大竹竿而追逐之。祖传有一位和尚作过这样的一首诗：“猫叫春来猫叫春，听他愈叫愈精神，老僧亦有猫儿意，不敢人前叫一声。”这位师父富同情心，想来不至于抡大竹竿子去赶猫。

我的家在北平的一个深巷里。有一天，冬夜荒寒，卖水萝卜的，卖硬面饽饽的，都过去了，除了值更的梆子遥远的响声可以说是万籁俱寂。这时候屋瓦上嗥的一声猫叫了起来，时而如怨如诉，时而如诟如詈，然后一阵跳踉，窜到另外一间房上去了，往返跳跃，搅得一家不安。如是者数日。

北平的窗子是糊纸的，窗棂不宽不窄正好容一只猫儿出入，只消他用爪一划即可通往无阻。在春暖时节，有一夜，我在睡梦中好像听到小院书房的窗纸响，第二天发现窗棂上果然撕破了一个洞，显然的是有野猫钻了进去。大概是饿极了，进去捉老鼠。我把窗纸补好，不料第二天猫又来，仍从原处出入，这就使我有些不耐烦，一之已甚岂可再乎？第三天又发生同样情形，而且把书桌书架都弄得凌乱不堪，书桌上印了无数的梅花印，我按捺不住了。我家的厨师是一个足智多谋的人，除了调和鼎鼎之外还贯通不少的左道旁门，他因为厨房里的肉常常被猫拖拉到灶下，鱼常被猫叼着上了墙头，怀恨于心，于是殚智竭力，发明了一个简单而有效的捕猫方法。他用铁丝一根，在窗棂上猫经常出入之处钉一个铁钉，铁丝一端系牢在铁钉之上，另一端在铁丝上做一活扣，使铁丝作圆箍形，把圆箍伸缩到适度放在窗棂上，便诸事完备，静待活捉。猫窜进屋的时候前腿伸入之后身躯势必触到铁丝圆箍，于是正好套在身上，活生生悬在半空，愈挣扎则圆箍愈紧。厨师看我为猫所苦无计可施，遂自告奋勇为我在书房窗上装置了这么一个机关。我对他起初并无信心，姑妄从之。但是当天夜里居然有了动静，早晨起来一看，一只瘦猫奄奄一息的赫然挂在那里！

厨师对于捉到的猫向来执法如山，不稍宽假，我看了猫的那副可怜相直为她缓颊。结果是从轻发落予以开释，但是厨师坚持不能不稍予膺惩，即在猫身上用原来的铁丝系上一只空罐头，开启街门放她一条生路。只见猫一溜烟似的稀里哗啦的拖着罐头绝尘而去，像是新婚夫妻的汽车之离教堂去度蜜月。跑得愈快，罐头响声愈大，猫受惊乃跑得更快，惊动了好几条野狗跟在后面追赶，黄尘滚滚，一瞬间出了巷口往北而去。她以后的遭遇如何我不知道，我心想她吃了这个苦头以后绝对不会再光顾我的书房。窗户纸从新糊好，我准备高枕而眠。

当天夜里，听见铁罐响，起初是在后院砖地上哗啷哗啷的响，随后像是有东西提着铁罐猱升跨院的枣树，终乃在我的屋瓦上作响。屋瓦是一垅一垅的，中有小沟，所以铁罐越过瓦垅的声音是咯噔咯噔的清晰可辨。我打了一个冷战：难道是那只猫的阴魂不散？她拖着铁罐子跑了一天，藏躲在什么地方，终于夤夜又复光临寒舍，我家究竟有什么东西值得使她这样的念念不忘？

哗啷一声，铁罐坠地，显然的是铁丝断了。几乎同时，噗的一声，猫顺着我窗前的丁香树也落了地。她低声地呻吟了一声，好像是初释重负后的一声叹息。随后我的书房窗纸又撕破了——历史重演。

这一回我下了决心，我如果再度把她活捉，要用重典，不是系一个铁罐就能了事。我先到书房里去查看现场，情况有一些异样，大书架接近顶棚最高的一格有几本书洒落在地上。

倾耳细听，书架上有呼噜呼噜的声音。怎么猫找到了这个地方来酣睡？我搬了高凳爬上去窥视，吓我一大跳，原来是那只瘦猫拥着四只小猫在喂奶！

四只小猫是黑白花的，咕咕哝哝地在猫的怀里乱挤，好像眼睛还没有睁开，显然是出生不久。在车船上遇到有妇人生产，照例被视为喜事，母子好像都可以享受好多的优待。我的书房里如今喜事候门，而且一胎四个，原来的一腔怒火消去了不少。天地之大德曰生，这道理本该普及于一切有情。猫为了她的四只小猫，不顾一切地冒着危险回来喂奶，伟大的母爱实在是无以复加！

猫的秘密被我发现，感觉安全受了威胁，一夜的功夫她把四只小猫都叼离书房，不知运到什么地方去了。

第4节　白猫王子六岁

今年三月三十日是白猫王子六岁生日。要是小孩子，六岁该上学了。有人说猫的年龄，一年相当于人的五年，那么他今年该是三十而立了。

菁清和我，分工合作，把他养得这么大，真不容易。我负责买鱼，不时地从市场背回十斤八斤重的鱼，储在冰柜里；然后是每日煮鱼，要少吃多餐，要每餐温热合度，有时候一汤一鱼，有时候一汤两鱼，鲜鱼之外加罐头鱼；煮鱼之后要除刺，这是遵兽医辜泰堂先生之嘱！小刺若是鲠在猫喉咙里开刀很麻烦。除了鱼之外还要找地方拔些青草给他吃，“人无横财不富，马无夜草不肥”，猫儿亦然。菁清负责猫的清洁，包括擦粉洗毛，剪指甲，掏耳朵，最重要的是随时打扫他的粪便，这份工作不轻。六年下来，猫长得肥肥胖胖，大腹便便，走路摇摇晃晃，蹲坐的时候昂然不动，有客见之叹曰：“简直像是一位董事长！”

猫和人一样，有个性。白猫王子不是属于“招之即来，挥之即去”的那个类型。他好像有他的尊严。有时候我喊他过来，他看我一眼，等我喊过三数声之后才肯慢慢地踱过来，并不一跃而登膝头，而是卧在我身边伸手可抚摩到的地方。如果再加催促，他也有时移动身体更靠近我。大多时他是不理会我的呼唤的。他卧如弓，坐如钟，自得其乐，旁若无人。至少是和人保持距离。

他也有时自动来就我，那是他饿了。他似乎知道我耳聋，听不见它的“咪噢”叫，就用他的头在我脚上摩擦。接连摩擦之下，我就要给他开饭。如果我睡着了，他会跳上床来拱我三下。猫有吃相，从不吃得杯盘狼藉，总是顺着一边吃去，每餐必定剩下一小撮，过一阵再来吃干净。每日不止三餐，餐后必定举行那有名的“猫儿洗脸”，洗脸未完毕，他不会走开，可是洗完之后他便要呼呼大睡了。这一睡可能四五小时甚至七八九个小时，并不一定只是“打个盹儿”（catnap）。我看他睡得那么安详舒适的样子，从不忍心惊动他。吃了睡，睡了吃，这生活岂不太单调？可是我想起王阳明答人问道诗：“饥来吃饭倦来眠，唯此修行玄又玄。说与世人浑不信，偏向身外觅神仙”，猫儿似乎修行得相当到家了。几个人能像猫似的心无牵挂，吃时吃，睡时睡，而无闲事挂心头？

猫对我的需求有限，不过要食有鱼而已。英国十八世纪的约翰孙博士，家里除了供养几位寒士一位盲人之外还有一只他所宠爱的猫，他不时地到街上买牡蛎喂他。看着猫（或其他动物）吃他所爱吃的东西，是一乐也，并不希冀报酬。犬守门，鸡司晨，猫能干什么？捕鼠么？我家里没有鼠。猫有时跳到我的书桌上，在我的稿纸上趴着睡着了，或是蹲在桌灯下面借着灯泡散发的热气而呼噜呼噜地假寐，这时节我没有误会，我不认为他是有意地来破我寂寥。是他寂寞，要我来陪他，不是看我寞寂而他来陪我。猫儿寿命有限，老人余日无多。“片时欢乐且相亲。”今逢其六岁生日，不可不记。

一九八四年三月三十日

第5节　白猫王子七岁

白猫王子大概是已到中年。人到中年发福，脖梗子后面往往隆起几条肉，形成几道沟，尤其是那些饱食终日的高官巨贾。白猫的脖子上也隐隐然有了两三道肉沟的痕迹。他腹上的长毛脱落了，原以为是季节性的，秋后会复生，谁知道寒来暑往又过了一年，腹上仍是光秃秃的，只有一层茸毛。他的眉头深锁，上面有直竖的皱纹三数条，抹也抹不平，难道是有什么心事不成?

他比从前懒了。从前一根绳子，一个线团，可以逗他狼奔豕突，可以引他鼠步蛇行，可以诱他翻筋斗竖蜻蜓，玩好大半天，直到他疲劳而后止。抛一个乒乓球给他，他会抱着球翻滚，他会和你对打一阵，非球滚到沙发底下去不肯罢休。菁清还喜欢和他玩捕风捉影的游戏，她拿起一个衣架之类的东西，在灯光下摇晃，墙上便显出一个活动的影子，这时候白猫便窜向墙边，跳起好几尺高，去捕捉那个影子。

如今情况不同了。绳子线团不复引起他的兴趣。乒乓球还是喜欢，但是要他跑几步路去捡球，他就觉得犯不着，必须把球送到他的跟前，他才肯举爪一击，就好像打高尔夫的大人先生们之必须携带球童或是乘坐小型机车才肯于一切安排妥帖之后挥棒一击。捕风捉影的事他不再屑为。《山海经》:“夸父不量力，欲追日影。”白猫未必比夸父聪明，其实是他懒。

哪有猫儿不爱腥的?锅里的鱼刚煮熟，揭开锅盖，鱼香四溢，白猫会从楼上直奔而来，但是他蹲在一旁，并不流涎三尺，也不凑上前来做出迫不及待的样子。他静静地等着我摘刺去骨，一汤一鱼，不冷不热，送到他的嘴边，然后他慢条斯理地进餐。他有吃相，他从盘中近处吃起，徐徐蚕食，他不挑挑拣拣。他吃完鱼，喝汤；喝完汤，洗脸；洗完脸，倒头大睡。他只要吃鱼，沙丁鱼、鲑鱼，天天吃也不腻。有时候胃口不好也流露一些“日食万钱无下箸处”的神情，闻一闻就望望然去之，这时候对付他的方法就是饿他一天。菁清不忍，往往给他开个罐头番茄汁鲣鱼之类，让他换换口味。

白猫王子不是可以呼之即来挥之即去的。他高兴的时候偎在人的身边卧着，接受人的抚摩，他不高兴的时候任你千呼万唤他也相应不理。你把他抱过来，他也会纵身而去。菁清说他骄傲。我想至少是倔强。猫的性格，各有不同。有人说猫性狡诈，我没有发现白猫有这样的短处。唐朝武后朝中有一个权臣小人李义府（《唐书·列传第三十二》），“貌状温柔，与人语必嬉怡微笑，而褊忌阴贼。既处权要，欲人附己，微忤意者，辄加倾陷。故时人言义府笑中有刀。又以其柔而害物，亦谓之李猫。”李猫这个绰号似乎不恰。白猫王子柔则有之，但丝毫没有害物的意思。他根本不笑，自然不会笑中有刀，他的掌中藏着利爪，那是他自卫的武器。他时常伸出利爪在沙发上抓挠，把沙发抓得稀烂，我们应该在沙发上钉一块皮子什么的，让他抓。

猫愿有固定的酣睡静卧的所在，有时候他喜欢居高临下的地方，能爬多高就爬多高；有时候又喜欢窝藏在什么旮旯儿里，令人找都找不到。他喜欢孤独。能不打扰他最好不要打扰他，让他享受那份孤独。有时候他又好像不甘寂寞，我正在伏案爬格，他会飕的一下子窜上书桌，不偏不倚地趴在我的稿纸上，我只好暂停工作。我随后想到两全的办法，在书桌上给他设备一分铺垫，他居然了解我的用意。从此我可以一面拍抚着他，一面写我的稿。我知道，他不是有意来陪伴我，他是要我陪伴他。有时候我一站起身，走到书架去取书，他立刻就从桌上跳下占据我的座椅，安然睡去。他可以在我椅上睡六七个小时，我由他高卧。

猫最需要的伴侣是猫。黑猫公主的性格很泼辣刁钻，所以一向不是关在楼上寝室便是关在笼子里，黑白隔离。后来渐渐弛禁，两个猫也可以放在一起了，追逐翻滚一阵之后也能并排而卧相安无事。小花进门之后，我们怕他和白猫不能相容，也隔离了很久，现在这两只猫也能在一起共存，不争座位，不抢饭碗。

三月三十日是白猫王子七岁的生日，菁清给他预备了一分礼物——市场买菜用的车子，打算在天气晴朗惠风和畅的时候把他放在车里推着他在街上走走。这样，他总算是于“食有鱼”之外还“出有车”了。

黑猫公主

白猫王子今年四岁，胖嘟嘟的，体重在十斤以上，我抱他上下楼两臂觉得很吃力，他吃饱伸直了躯体侧卧在地板上足足两尺开外（尾巴不在内）。没想到四年的工夫他有这样长足的进展。高信疆、柯元馨伉俪来，说他不像是猫，简直是一头小豹子。按照猫的寿命年龄，四岁相当于我们人类弱冠之年，也许不会再长多少了吧。

白猫王子饱食终日，吃饱了洗脸，洗完脸倒头大睡。家里没有老鼠可抓，他无用武之地。凭他的嗅觉，他不放过一只蟑螂，见了蟑螂他就紧迫追踪，又想抓又害怕，等到菁清举起苍蝇拍子打蟑螂时，他又怕殃及池鱼藏到一个角落里去了。我们晚间外出应酬，先把他的晚餐备好，鲜鱼一钵，清汤一盂，然后给他盖上一床被毯，或是给他搭一个蒙古包似的帐篷。等我们回家的时候，他依然蜷卧原处。他的那床被毯颇适合他的身材。菁清在一个专卖儿童用物的货柜上选购那被毯的时候，精挑细选，不是嫌大就是嫌小，店员不耐地问："几岁了？"菁清说："三岁多。"店员说："不对，不对，三岁这个太小了。"菁清说："是猫。"店员愣住了，她没卖过猫被。陆放翁《赠粉鼻》诗有句："问渠何似朱门里，日饱鱼餐睡锦茵。"寒舍不比朱门，但是鱼餐锦茵却是具备了。

白猫王子足不出户，但是江湖上已薄有小名。修漏的工人、油漆的工人、送货的工人，看见猫蹲在门口，时常指着他问：“是白猫王子吧？”我说是，他就仔细端详一番，夸奖几句，猫并不理会，大摇大摆而去。猫若是人，应该说声谢谢。这只猫没有闲事挂心头，应该算是幸福的，只是没有同类的伴侣，形单影只，怕不免寂寞之感。菁清有一晚买来一只泰国猫，一身棕色毛，小脸乌黑，跳跳蹦蹦十分活跃，菁清唤她作“小太妹”。白猫王子也许是以为非我族类其心必异，相处似不投机，双方都常呜呜地吼，作蓄势待发状。虽然是两个恰恰好，双份的供养还是使人不胜负荷。我取得菁清同意，决计把小太妹举以赠人。陈秀英的女儿乐滢爱猫如命，遂给她带走了。白猫王子一直是孤家寡人一个。

有一天我们居住的大厦门前有两只小猫光临，一白一黑，盘旋不去，瘦骨嶙嶙，蓬首垢面，不知是谁家的遗弃。夜寒风峭，十分可怜。菁清又动了恻隐之心。“我们给抱上来吧？”我说不，家里有两只猫，将要喧宾夺主。菁清一声不响端着白猫王子吃剩的鱼加上一点米饭送到楼下去了。两只猫如饿虎扑食，一霎间风卷残雪，她顾而乐之。于是由一天送鱼一次，而二次，而三次，而且抽暇给两只猫用干粉洁身。我不由自主地也参加了送猫饭的行列。人住十二层楼上，猫在道边门口，势难长久。其中黑的一只，两只大蓝眼睛，白胡须，两排白牙，特别讨人欢喜。好不容易我们给黑猫找到了可以信赖的归宿。我们认识的廖先生，他和他一家人都爱猫，于是菁清把黑猫装在提笼里交由廖先生携去。事后菁清打了两次电话，知道黑猫情况良好，也就放心了。只剩下一只白猫独自卧在门口。看样子他很忧郁，突然失去伴侣当然寂寞。

事有凑巧，不知从哪里又来了一只小黑猫。这只小黑猫大概出生有六个月，看牙齿就可以知道。除了浑身漆黑之外，四爪雪白，胸前还有一块白斑，据说这种猫名为“踏雪寻梅”，还蛮有名堂的。又有人说，本地有些人认为黑猫不吉利。在外国倒是有此一说，以为黑猫越途，不吉。哀德加·阿兰·坡有一篇恐怖小说，题名就是《黑猫》，这篇小说我没读过，不知黑猫在里面扮的是什么角色。无论如何白猫又有了伴侣，我们楼上楼下一天三次照旧喂两只猫，如是者约两个星期。

有一夜晚，菁清面色凝重地对我说："楼下出事了！"我问何事惊慌，她说据告白猫被汽车轧死了。生死事大，命在须臾，一切有情莫不如此，但是这只白猫刚刚吃饱几天，刚刚洗过一两次，刚刚失去一黑猫又得到一黑猫为伴，却没来由地粉身碎骨死在车轮之下！我半晌无语，喉头好像有哽结的感觉。缘尽于此，没有说的。菁清又徐徐地说："事已到此，我别无选择，把小猫抱上来了。"好像是若不立刻抱上来，也会被车辗死。在这情形之下，我也不能反对了。

"猫在哪里？"

"在我的浴室里。"

我走进去一看，黑暗的角落里两只黄色的亮晶晶的眼睛在闪亮，再走近看，白须、白下巴颏儿、白爪子，都显露出来了。先喂一钵鱼，给她压压惊。我们决定暂时把她关在一间浴室里，驯服她的野性，择吉再令她和白猫王子见面。菁清问我："给她起个什么名字呢？"我想不出。她说："就叫黑猫公主吧。"

黑猫公主的个性相当泼辣，也相当灵活，头一天夜晚她就钻到藏化妆品的小柜橱里。凡是有柜门的地方她都不放过。我说这样淘气可不行，家里瓶瓶罐罐的东西不少，哪禁得她横冲直撞？菁清就说："你忘了？白猫王子初来我家不也是这样么？"她的意思是，慢慢管教，树大自直。要使这黑猫长久居留，菁清有进一步的措施，给公主做体格检查。兽医辜泰堂先生业务极忙，难得有空出来门诊，可是他竟然肯来。在他检查之下，证明黑猫公主一切正常，临行时给她打了两针预防霍乱之类的药剂。事情发展到此，黑猫公主的户籍就算暂时确定了。她与白猫王子以后是否能够相处得如鱼得水，且待查看再说。

针砭时弊——爱之深时，便有恨之切处

我小时候只知道上兵操时才排队。曾路过大栅栏同仁堂，柜台占两间门面，顾客经常是里三层外三层挤得水泄不通，多半是仰慕同仁堂丸散膏丹的大名而来办货的乡巴佬。他们不知排队犹可说也。奈何数十年后，工业已经起飞，都市人还不懂得这生活方式中极为重要的一个项目？难道真需要那一条鞭子才行么？

垃圾

人吃五谷杂粮，就要排泄。渣滓不去，清虚不来。家庭也是一样，有了开门七件事，就要产生垃圾。看一堆垃圾的体积之大小，品质之精粗，就可以约略看出其阶级门第，是缙绅人家还是暴发户，是书香人家还是买卖人，是忠厚人家还是假洋鬼子。吞纳什么样的东西，不免即有什么样的排泄物。

如何处理垃圾，是一个问题。最简便的方法是把大门打开，四顾无人，把一筐垃圾往街上一丢，然后把大门关起，眼不见心不烦。垃圾在黄尘滚滚之中随风而去，不干我事。真有人把烧过的带窟窿的煤球平平正正地摆在路上，他的理由是等车过来就会辗碎，正好填上路面的坑洼，像这样好心肠的人到处皆有。事实上每一个墙角，每一块空地，都有人善加利用倾倒垃圾。多少人在此随意便溺，难道不可以丢些垃圾？行路人等有时也帮着生产垃圾，一堆堆的甘蔗渣，一条条的西瓜皮，一块块的橘子皮，随手抛来，潇洒自如。可怜老牛拉车，路上遗矢，尚有人随后铲除，而这些路上行人食用水果反倒没有人跟着打扫！

我的住处附近有一条小河，也可以说是臭水沟，据说是什么圳的一个支流，当年小桥流水，清可见底，可以游泳其中，年久失修，渐渐壅淤，水流愈来愈窄而且表面上常漂着五彩的浮渣。这是一个大好的倾倒垃圾之处，邻近人家焉有不知之理。于是穿着条纹睡衣的主妇清早端着便壶往河里倾注，蓬头跣足的下女提着畚箕往河里倒土，还有仪表堂堂的先生往里面倒字纸篓，多少信笺信封都缓缓地漂流而去，那位先生顾而乐之。手面最大的要算是修缮房屋的人家，把大批的灰泥砖瓦向河边倒，形成了河埔新生地。有时还从上流漂来一只木板鞋，半个烂文旦，死猫死狗死猪涨得鼓溜溜的！不知是受了哪一位大人先生的恩典，这一条臭水沟被改为地下水道，上面铺了柏油路，从此这条水沟不复发生承受垃圾的作用，使得附近居民多么不便！

在较为高度开发的区域，家门口多置垃圾箱。在应该有两个石狮子或上马蹬的地方站立着一个四四方方的乌灰色的水泥箱子，那样子也够腌臜的。这箱子有门有盖，设想周到，可是不久就会门盖全飞，里面的宝藏全部公开展览。不设垃圾箱的左右高邻大抵也都不分彼此惠然肯来，把一个垃圾箱经常弄得脑满肠肥。结果是谁安设垃圾箱，谁家门口臭气四溢。箱子虽说是钢骨水泥做的，经汽车三撞五撞，也就由酥而裂而破而碎而垮。

有人独出心裁，在墙根上留上一窦穴，装入铁门，门上加锁，墙里面砌垃圾箱，独家专门，谢绝来宾。但是亦不可乐观，不久那锁先被人取走，随后门上的扣环也不见了，终于是门户洞开，左右高邻仍然是以邻为壑。

对垃圾最感兴趣的是拾烂货的人。这一行夙兴夜寐，满辛苦的，每一堆垃圾都要加上一番爬梳的功夫，看有没有可以抢救出来的物资。人弃我取，而且取不伤廉。但是在那一爬一梳之下，原状不可恢复，堆变成了摊，狼藉满地，惨不忍睹。家门以内尽管保持清洁，家门以外不堪闻问。

世界上有许多问题永久无法解决，垃圾可能是其中之一，闻说有些国家有火化垃圾的设备，或使用化学品蚀化垃圾于无形，听来都像是天方夜谭的故事。我看了门口的垃圾，常常想到朝野上下异口同声地所谓起飞，所谓进步，天下物无全美，留下一点缺陷，以为异日起飞进步的张本不亦甚善？同时我又想，难以处理的岂只是门前的垃圾，社会上各阶层的垃圾滔滔皆是，又当如何处理？

暴发户

暴发户，外国也有，叫作Parvenu或nouveau riche，义为新贵新富。这一种人，有鲜明的特征，在人群中自成一格，令人一眼就可以辨认出来。旧戏里有一个小丑曾说过这样的一句话：“树小墙新画不古，此人必是内务府。”挖苦暴发户，入木三分。

内务府是前清的一个衙门，掌管大内的财务出纳，以及祭礼、宴飨、膳馐、衣服、赐予、刑法、工作、教习，职务繁杂，组织庞大，下分七司三院，其长官名为总理大臣。凡能厕身其间者，无不被人艳羡，视为肥缺。“三年清知府，十万雪花银”，何况是给皇帝佬儿办总务？经手三分肥，内务府当差的几乎个个暴发。

人在暴发之后，第一桩事多半是求田问舍。锯木头，盖房子，叱咤立办；山节藻棁，玉砌雕栏，亦非难致。唯独想在庭院之中立即拥有三槐五柳，婆娑掩映于朱门绣户之间，则非人力财力所能立即实现。十年树木，还是保守的说法，十年过后也许几株龙柏可以不再需要木架扶持，也许那些七杈八杈韵味毫无的油加利猛蹿三两丈高，时间没有成熟之前，房子尽管富丽堂皇，堂前也只好放四盆石榴树，几棵夹竹桃，南墙脚摆几盆秋海棠。树，如果有，一定是小的。新盖的房子，墙也一定是新的，丹、青、赭、垩，光艳照人，还没来得及风雨剥蚀，还没来得及接受行人题名、顽童刻画、野狗遗溺。此之谓树小墙新。

暴发户对于室内装潢是相当考究的。进得门来，迎面少不得一个特大号的红地洒金的福字斗方，是倒挂着的，表示福到了。如果一排五个斗方当然更好，那是五福临门。室内灯饰，不比寻常。通常是八盏粗制滥造的仿古宫灯，因为楠木框花毛玻璃已不可得，象牙饰丝线穗更不必说。此外墙上、柱上、梁上、天花板上，还有无数的大大小小的电灯，甚至还有一串串的跑灯、霓虹灯，略似电视综艺节目之豪华场面。墙上也许还挂起一两幅政要亲笔题款的玉照，主人借以对客指点曰："某公厚我，某公厚我。"但是墙上没有画是不行的，乃斥巨资定绘牡丹图，牡丹是五色的，象征五福临门，未放的花苞要多，象征多子多孙，题曰："富贵满堂。"如果这一幅还不够，可再加一幅猫蝶图，或是一幅"鹤鹿同春"，鹤要红顶，鹿要梅花。总之是画不古，顶多也许有一张仇十洲的仕女或是郑板桥的墨竹，好像稍微为古一点点，但是谁愿说穿是真迹还是赝品？

新屋落成而不宴宾客，那简直是衣锦夜行。于是詹吉折简，大张盛筵，席开三桌，座位次序都经过审慎的考虑安排，中间一桌是政界，大小首长；右边一桌是商界，公司大亨；左边一桌只能算是"各界"，非官非商的一些闲杂人等。整套的银器出笼，也许是镀银，光亮耀眼，大型的器皿都是下有保温的热水屉，上有覆罩的碗盖。如果是鸡鸭，碗盖雕塑成鸡鸭形，如果是鱼，则成鱼形。碗足上、筷子上都刻有题字曰"某某自置"。一旁伺候的男女用人，全穿制服，白布长衫旗袍，领口、袖口、下摆还绲着红边。至于席上的珍馐，则觳旅重叠，燔炙满案。客人连声夸好，主人则忙不迭地说："家常便饭不成敬意。"

饭前饭后少不得要引导宾客参观新居，这是宴客的主要项目。先从客厅看起，长廊广庑，敞豁有容，中间是一块大地毯，主人说明是波斯制品，可是很明显的图案不像。几套皮垫大沙发之外，有一套远看像是楠木雕花长案、小几、太师椅之类的古老家具。长案之上有百古架、玉如意、百鹿敦、金钟、玉磬，挤得密密杂杂。小几前面居然还有蓝花白瓷的痰盂。旁边可能有一大箱热带鱼，另一边可能有大型立体音响。至于电视机，那就一定不止一台了。寝室里四壁至少有两面全是镜子，花灯照耀之下，有如置身水晶宫中。高广大床，锦帱绣帐，松软的弹簧床垫像是一大块天使蛋糕。浴缸则像是小型游泳池。书房也有一间，几净窗明，文房四宝罗列井然。书柜里有廿五史、百科全书，以及六法全书，一律布面烫金，金光熠熠。后院有温室一间，里面挂着几盆刚开败了的洋兰。众宾客参观完毕，啧啧称赞，可是其中也有一位冷冷地低声地说："这全是邓闲之功！"人问其语出何典，他说："不记得《水浒传》王婆贪贿说风情，有所谓五字诀么？"众皆粲然，主人也似懂非懂地跟着大家哈、哈、哈。

主人在仰着头打哈哈的时候，脖梗子上明显地露出三道厚厚的肥肉折叠起来的沟痕。大腹便便，虽不至"垂腴尺余"，也够瞧老大半天。"乐然后笑"，心里欢畅，自然就面团团，不时地輾然而笑。常言道："人非横财不富，马无青草不肥。"横财自何处来？没有人事前知道，只能说是逼人而来，说得玄虚一点便是自来处来。不过事后分析，也可找出一些蛛丝马迹，不会没有因缘。大抵其人投机冒险，而又遭逢时会，遂令竖子暴发。"君子之泽，五世而斩"。暴发户呢？其兴也暴，很可能"眼看他起高楼，眼看他宴宾客，眼看他楼塌了"！

“旁若无人”

在电影院里，我们大概都常遇到一种不愉快的经验。在你聚精会神地静坐着看电影的时候，会忽然觉得身下坐着的椅子颤动起来，动得很匀，不至于把你从座位里掀出去，动得很促，不至于把你颠摇入睡，颤动之快慢急徐，恰好令你觉得他讨厌。大概是轻微地震吧？左右探察震源，忽然又不颤动了。在你刚收起心来继续看电影的时候，颤动又来了。如果下决心寻找震源，不久就可以发现，毛病大概是出在附近的一位先生的大腿上。他的足尖踏在前排椅撑上，绷足了劲，利用腿筋的弹性，很优游地在那里发抖。如果这拘挛性的动作是由于羊癫疯一类的病症的暴发，我们要原谅他，但是不像，他嘴里并不吐白沫。看样子也不像是神经衰弱，他的动作是能收能发的，时作时歇，指挥如意。若说他是有意使前后左右两排座客不得安生，却也不然。全是陌生人无仇无恨，我们站在被害人的立场上看，这种变态行为只有一种解释，那便是他的意志过于集中，忘记旁边还有别人，换言之，便是“旁若无人”的态度。

“旁若无人”的精神表现在日常行为上者不只一端。例如欠伸，原是常事，“气乏则欠，体倦则伸”。但是在稠人广众之中，张开血盆巨口，做吃人状，把口里的獠牙显露出来，再加上伸胳臂伸腿如演太极，那样子就不免吓人。有人打哈欠还带音乐的，其声呜呜然，如吹号角，如鸣警报，如猿啼，如鹤唳，音容并茂，《礼记》：“侍坐于君子，君子欠伸，撰杖屦，视日蚤莫，侍坐者请出矣。”是欠伸合于古礼，但亦以“君子”为限，平民岂可援引，对人伸胳臂张嘴，纵不吓人，至少令人觉得你是在逐客，或是表示你自己不能管制你自己的肢体。

邻居有叟，平常不大回家，每次归来必令我闻知。清晨有三声喷嚏，不只是清脆，而且洪亮，中气充沛，根据那声音之响我揣测必有异物入鼻，或是有人插入纸捻，那声音撞击在脸盆之上有金石声！随后是大排场的漱口，真是排山倒海，犹如骨鲠在喉，又似苍蝇下咽。再随后是三餐的饱嗝，一串串的嗝声，像是下水道不甚畅通的样子。可惜隔着墙没能看见他剔牙，否则那一份刮垢磨光的钻探工程，场面也不会太小。

这一切“旁若无人”的表演究竟是偶然突发事件，经常令人困恼的乃是高声谈话。在喊救命的时候，声音当然不嫌其大，除非是脖子被人踩在脚底下，但是普通的谈话似乎可以令人听见为度，而无须一定要力竭声嘶地去振聋发聩。生理学家告诉我们，发音的器官是很复杂的，说话一分钟要有九百个动作，有一百块筋肉在弛张，但是大多数人似乎还嫌不足，恨不得嘴上再长一个扩大器。有个外国人疑心我们国人的耳鼓生得异样，那层膜许是特别厚，非扯着脖子喊不能听见，所以说话总是像打架。这批评有多少真理，我不知道。不过我们国人会嚷的本领，是谁也不能否认的。电影场里电灯初灭的时候，总有几声“哎哟，小三儿，你在哪儿哪？”。在戏院里，演员像是演哑剧，大锣大鼓之声依稀可闻，主要的声音是观众鼎沸，令人感觉好像是置身蛙塘。在旅馆里，好像前后左右都是庙会，不到夜深休想安眠，安眠之后难免没有响皮底的大皮靴，毫无惭愧地在你门前踱来踱去。天未大亮，又有各种市声前来侵扰。一个人大声说话，是本能；小声说话，是文明。以动物而论，狮吼、狼嗥、虎啸、驴鸣、犬吠，即是小如促织蚯蚓，声音都不算小，都不会像人似的有时候也会低声说话。大概文明程度愈高，说话愈不以声大见长。群居的习惯愈久，愈不容易存留“旁若无人”的幻觉。我们以农立国，乡间地旷人稀，畎亩阡陌之间，低声说一句“早安”是不济事的，必得扯长了脖子喊一声“你吃过饭啦？”。可怪的是，在人烟稠密的所在，人的喉咙还是不能缩小。更可异的是，纸驴嗓、破锣嗓、喇叭嗓、公鸡嗓，并不被一般地认为是缺陷，而且麻衣相法还公然地说，声音洪亮者主贵！

叔本华有一段寓言：

一群豪猪在一个寒冷的冬天挤在一起取暖；但是它们的刺毛开始互相击刺，于是不得不分散开。可是寒冷又把它们驱在一起，于是同样的事故又发生了。最后，经过几番的聚散，它们发现最好是彼此保持相当的距离。同样地，群居的需要使得人形的豪猪聚在一起，只是他们本性中的带刺的令人不快的刺毛使得彼此厌恶。他们最后发现的使彼此可以相安的那个距离，便是那一套礼貌；凡违犯礼貌者便要受严词警告——用英语来说——请保持相当距离。用这方法，彼此取暖的需要只是相当的满足了；可是彼此可以不至互刺。自己有些暖气的人情愿走得远远的，既不刺人，又可不受人刺。

逃避不是办法。我们只是希望人形的豪猪时常地提醒自己：这世界上除了自己还有别人，人形的豪猪既不止我一个，最好是把自己的大大小小的刺毛收敛一下，不必像孔雀开屏似的把自己的刺毛都尽量地伸张。

幸灾乐祸

有人问“幸灾乐祸”一语，如何英译。英语中好像没有现成的字辞可用，只好累赘一些译其大意。德文里有一个字，schaden-freud，似尚妥切，schaden，是灾祸，freud是乐，看到别人的灾祸而引以为乐。

“幸灾乐祸”一语出自《左传·僖公十四年》：“背施无亲，幸灾不仁。”及庄公二十：“歌舞不倦，是乐祸也。”原说的是国与国之间的关系，现在人与人之间也常使用这个成语，表示同情心之缺乏，甚至冷酷自私的态度。

其实，幸灾乐祸不一定是某个人品行上的缺点，实在是人性某方面的通性之一。人在内心上很少不幸灾乐祸的。有人明白地表示了出来，有人把它藏在心里，秘而不宣，有人很快地消除这种心理，进而表示出悲天悯人慷慨大方的态度。

最近报上有这样一段新闻：

> ……违建户大火，烈焰映红了半边天，也映出了两种截然不同的心态。
>
> 在火场邻近的屋顶上，挤满了人。左边的消防人员手拿送

水带，卖力地想要将火尽速扑灭。一名队员还从屋顶上摔下来，幸而只受轻伤。

右边的一群人却“隔岸观火”，有几个还悠闲地蹲坐下来。别人的灾难竟被他们当成热闹好戏。

旁边附刊了照片，可惜模糊了一点，没有显示出……那几位“悠闲地蹲坐下来”的先生们的面目。助桀为虐，照例有人看热闹，除非那一火起自或烧到你自己的家宅，那时候那一场热闹就只好留给别人看。不过我有一点疑问：假使离府上相当远的地方发生火警，不论是违章建筑还是高楼大厦，浓烟直冒，火舌四伸，消防队的救火车纷纷到来施救，居民忙着抢搬家私，现场一片混乱，这时节，你怎么办？当然你不会去趁火打劫。你也不会若无其事地闭门家中坐。你是否要提着一铅铁桶水前去帮着施救呢？你不会这样做，人家也不准你这样做，这样做只有越帮越忙，而且无济于事。遇到此等事，只好交给消防队去处理，闲杂人等请站开。站开了看是可以，爬到屋顶上看也可以，如果你不怕摔下来。千万不可站累了蹲下来坐着看，因为蹲坐表示“悠闲”，人家有灾难，你怎么可以悠闲看热闹？悠闲地看热闹便至少有隔岸观火之嫌。如果你心里想“这火势怎么这样小”，或“这场火怎么这样就扑灭了”，那你就是十足的幸灾乐祸了。

我看过几场大火。第一次是在民元，北京兵变火烧东安市场。市场离我家不远，隔一条大街，火势映红了半边天，那时候我还小，童子何知，躬逢巨劫。我当时只觉得恐怖，只觉得那么多好吃好玩的物资付之一炬，太可惜了。第二次看到大火是在重庆遭遇五四大轰炸，我逃难到海棠溪沙洲上，坐卧在沙滩上仰观重庆闹区火光冲天，还听得一阵阵爆竹响（因为房屋多为竹制），真个的是隔岸观火，心里充满了悲愤。又一次观火是在北碚的一个夏天，晚饭后照例搬出两张沙发放在门前平台上，啜茗乘凉。忽然看见对面半山腰上有房屋起火，先是一缕炊烟似的慢慢升起，俄而变成黑黑的一股烽燧狼烟，终乃演成焰焰大火。我坐下来，一面品茗，一面隔着一个山谷观火。非观不可，难道闭起眼睛非礼勿视？而且非悠闲不可，难道要顿足太息，或是双手合十，口呼："善哉！善哉！"

有时候听说舟车飞机发生意外，多人殉亡，而自己阴差阳错偏偏临时因故改变行程，没有参加那一班要命的行旅，不免私下庆幸。这不是幸灾乐祸。对于那些在劫难逃的人，纵不恫伤，至少总有一些同情。对于自己的侥幸，当然大为高兴，但是这一团高兴并非建立在别人的痛苦之上。法国十七世纪的作家拉饶施福谷（La Rochefoucauh）的《箴言集》里有这样的一句名言："在我们的至交的灾难中，我们会发现一点点并不使我们不高兴的东西。"（"Dams I'adversite de nos meilleurs amis noust rouvons quelque chose, qui ne nous deplaist pas."）这一点点并不使我们不高兴的东西，就是我们才说到的那种侥幸心理吧？

灾难如果发生在我们的敌人头上，我们很难不幸灾乐祸。民国三十四年两颗原子弹投落在广岛、长崎，造成很大的伤害，当时饱尝日寇荼毒的我国民众几乎没有不欢欣鼓舞的，认为那是天公地道的膺惩。想想日军在南京的大屠杀，在珍珠港的偷袭，他们不该付出一点代价么？此之谓自作孽，不可活。也许有人以为我们应该如曾子所说的"哀矜而勿喜"，可是那种修养是很难得的。

鸦片

罂粟是我们早就有的，见本草：“阿芙蓉，一名阿片，俗作鸦片，是罂粟花之津液也。”罂粟花十分美丽，花朵很大，有红、白、粉红等色，四瓣或多瓣，花茎有茸毛，叶有锯齿。花苞下垂，花开则仰举，婉仰多姿，艳冠群芳。其果实内有种子如粟粒，故名。果实未成熟时，划割之则流出白浆如乳汁，煎熬成黑色黏膏，名曰芙蓉膏，即鸦片。可供药用，有止痛安眠之效。在美国，有些家庭院内花圃中偶亦可见罂粟花丛粲然触目。我每驻足赏玩不忍离去。不意如此艳丽之花竟含有如此之剧毒，为害人群如此之深远。

英国人运印度鸦片到广州，始自清初，至道光时而输入大增，终于酿成鸦片战争。战争结束后虽然鸦片依然倾销不已，但清廷于同治光绪年间亦纵容我内地栽种鸦片。英国输入者谓之洋药，本土生产者谓之土药。而土药之中，以产于云南者为最优，称之为云土，其品质远在北方行销之陕甘土之上，通常压缩成长方形块状，以纸包之，每块约重一斤。

英国人服鸦片者，例如著名文学家陶玛斯·狄昆西，著有《食鸦片者之忏悔》，他不是吸鸦片烟，食吞服鸦片酊。酊是tincture的译音，凡药物溶于酒精或其他液体者皆谓之酊。鸦片酊名为Laudanum，食用之法系以数滴鸦片酊滴入水内而吞服之。济慈作《夜莺歌》，所谓“emptied some dull opiate to drains”也就是说举杯喝干鸦片酊而不留一点渣。这种仰着脖子吞饮的服法当然收镇静之效，也许更有急效，但是未能充分发挥鸦片之徐徐麻醉的愉快的效果。吸鸦片是我们中国人的发明，除了止痛镇定之外还附带着有一套令人心荡神怡的轻松享受。

从前北平（不知别处是否也是如此）缙绅之家没有不备鸦片待客的，客来即延之上炕（或后炕）或短榻，相对横陈，吞烟吐雾一番。全套烟具颇不简单。主要是烟枪，长短粗细各不相同，虽是竹子一根，装饰花样甚多。烟枪的嘴可以是翡翠的，可以是白玉的，也可以是玛瑙的。烟枪上面可以包上一层镂刻的银花，也有细针密缝加上一个布套的。通常有一个或大或小的烟盘子，黑漆螺钿，光彩夺目，至少有两根烟枪放在盘里。此外就是烟斗了。烟斗形状不一，方的圆的扁的尖的都有，平常陈列在一个硬木架上，像兔儿爷摊子似的列为三层，至少有一二十个。烟斗安在烟枪上要垫一小块蘸湿了的珠罗纱，用力一拧便牢不透气。再就是烟灯，通常是麻油棉捻，配以或大或小或高或矮的玻璃灯罩。细高的灯罩，吸起来格外响。烟签子，烟罐子，烟灰盒子，清理烟斗的曲钩，通烟枪的通条，还有一把小铜扇子似的用以滚制烟泡的家伙——通通放在烟盘子里。这些物事要揩得锃光大亮，所以往往需有专人料理其事。

由烟土制成烟膏，手续很繁，而且需要在家里自己炮制才有味道。大小红泥火炉摆成阵势，用上好缸炭燃起熊熊烈火，大小红铜锅都是揩得光可鉴人。不能用铁锅，一定要用红铜锅。锅里加水，投入烟土猛煮。煮到相当时候，要随煮随搅，用木质长柄铲来搅。煮成浓汁，倒在一个覆有两整张金高纸的竹笊篱上，那金高纸要先烤得焦黄，浓汁倒上去才会慢慢地渗漏在下面的瓷钵里。这是第一货，还要再加水煮第二货。煮好也是如法渗漏在第二只瓷钵里。这煮好的鸦片汁，倒在锅里再度熬煮，不停地搅和，直到浓汁越来越浓，变成了膏状，比川贝枇杷膏还要再浓一些，便可以倒在罐里储藏，或是放烟盘子里备用了。这最后一道手续叫“收膏”。收膏的时候人不能离开锅，火候要拿得稳，要恰到好处，太老太嫩均无是处。煮烟的时候不要忘记加一撮烟灰，然后熬出来的膏才有强烈的刺激力。那用过的金高纸不可丢弃，因为把纸熬煮一下还多少可以得到一点浆汁。抽鸦片的人珍视鸦片，一点也不肯糟蹋。

吸抽鸦片又另是一套功夫。一定要躺着抽，短榻不够深，脚底下垫一个凳子，这是标准姿势。先取烟签子在手，一根两根都成，一手一根也行，用签子挑取烟膏，就灯上烧之，烟遇热嘶嘶冒泡，变黄褐色，急入烟缸再裹烟膏，再烧之，如是三数次则烟泡形成，有如小小的蜂巢，在小铜扇上反复滚压使之光平坚固，俟冷却可贮存于玻璃罐内，或趁热安在烟斗上立即吸食。吸鸦片时，以口对枪嘴，用口吸，其声呼呼轰轰，善吸者能吸出节奏，烟自口入，自鼻孔出，其中一部分当然要在肺里走了一遭。吸时一手持枪，一手持签，斗塞则以签刺之，使之畅通无阻。善吸者不需用签，一口气把一个烟泡完全吸进斗去。一个泡不足，再来一个，视烟瘾大小而定。有人连吸三五个面不改色。

吸过烟后不立即起身，一定要躺片刻，闭上眼睛一声不响。这时节会觉得飘飘摇摇，昏昏沉沉，如腾云驾雾，如羽化而登仙。一股麻醉的感觉贯彻了四肢五脏，好像是打通了任督二脉，浑身通泰。然后渐渐醒转过来，伸伸腿挺挺腰，顺手拿起宜兴壶就着嘴喝两口酽茶。微觉胸口有点发热，不妨吃些水果，然后就可以点起一支香烟或雪茄，和朋友高谈阔论了。说也奇怪，香烟雪茄是另一种刺激，和鸦片是两码子事，不冲突。

吸食鸦片的效果不仅是胃痛腹泻之类的毛病立刻停止，它还能麻醉人的头脑使之忘忧。什么烦恼痛苦尴尬羞辱的事情，在鸦片的毒雾熏蒸下都到九霄云外去了。就是这股令人浑然忘忧，种种痛疼爽然若失的力量，诱使人沉湎在鸦片里面而难以自拔。

抽鸦片的人懒，本来不懒的也会变成懒，懒到自己煮烟烧烟都不肯做。舅爷、姨太太、婢女甚至于娈童，都是身边伺候鸦片的理想人物。一人抽烟要连累好几个人成为废物。曾见巨贾，店铺奥处辟有精舍，二三娈童，粉黛妖娆，专为客人奉烟，诗人某，初涉此地，乐不可支，叹为人间仙境，又视为中国文化之最高成就！

凡是毒物，先是令人兴奋，最后陷于麻醉。故在某一阶段必觉意志高扬，潜能必现。所以伶界人物皆有此项癖好，临上场之前过足烟瘾，则精神抖擞。旧式文人亦染有此癖好者，夜深秉笔，非此不能文思泉涌。但是吸烟一旦成瘾，难以摆脱，而且意志消沉，不思振作。有些富贵之家，故意诱使子弟吸烟，令株守家园，不至在外拈花惹草。殊不知家赀不足恃，家道可能中落，纨绔子弟会变成乞儿。我记得一位富家公子，烟瘾很深，家败后无以为生，一日来到一位友家门前，鸠形鹄面，衣衫褴褛，涕泣哀求乞讨鸦片少许。告以家中早无此物，他仍哀求不已，他说："求您给我咔嚓咔嚓。"所谓咔嚓是指用曲钩清理烟斗，将其中之烟渣掏取出来。此种烟渣，名为烟灰，不但在煮烟土时为必需之物，如取少量用水服下，也能立刻止瘾。可怜烟灰尚未取来，他已瘾发倒地口吐白沫，如患羊痫。我知道许多小康之家，只因鸦片为祟，把家产整个荡尽，抗战胜利之初，北平烟土价格是一两土抵一两黄金。多少瘾君子不惜典当衣物、家具，拆天棚卖木料，只为了填那烟斗上的无底深渊。最后的结局是家败人亡男盗女娼！贫困的人民也多不能免于此厄。我参观过一个烟窟，陋巷中重重小门，曲径通幽，忽然进入一间大室。沿墙一排排的短榻，室内烟雾蒙蒙，隐隐约约的看见短榻上各有一具烟灯，微光荧荧，有如鬼火，再细看每个榻上躺着一个人，三分像人七分像鬼，各个瘦得皮包骨，都在“短笛无腔信口吹”。弥尔顿《失乐园》卷一所描写的地狱——

> 环顾四周，好可怕的一个地窟
> 像是一个大烘炉；但是那火
> 没有光，只是一片可辨的黑暗，
> 刚好可以令人看出种种的惨象，
> 好一个悲惨阴森的地方，
> 没有和平与安息，没有人人享有的
> 希望，只有无穷的煎熬苦痛
> 不住地袭来，一片火海，
> 永不熄灭的硫黄火在燃烧。

只有人间地狱的鸦片烟窟可和这个想象中的地狱相比拟！

鸦片烟是充满了诱惑的，如果是精品，单是那股气味就令人难以抵御。一家煮烟三家香。熬烟膏的时候，一缕异香会荡漾过墙，会令邻人大叫“好香好香啊”。酒后吸之可以解醒，劳累之后吸之可以解乏，寂寞时吸之可以解闷，身体无论哪一部分不舒适，吸之可以觉得飘然不药而愈。唯因为如此，过去不知有多少人堕入其陷阱。戒烟很难，硬断（英文所谓cold turkey），那份罪不好受。只有坚强的意志，逐渐减少吸食的分量，才可以脱离苦海。

大部分年轻人不知道鸦片如何为害，常有人问起我到底鸦片如何抽法，我略知一二，在此一起作答如上述。

废话

常有客过访，我打开门，他第一句话便是："您没有出门？"我当然没有出门，如果出门，现在如何能为你启门？那岂非是活见鬼？他说这句话也不是表讶异。人在家中乃寻常事，何惊诧之有？如果他预料我不在家才来造访，则事必有因，发现我竟在家，更应该不露声色，我想他说这句话，只是脱口而出，没有经过大脑，犹如两人见面不免说一句"今天天气……"之类的话，聊胜于两个人都绷着脸一声不吭而已。没有多少意义的话就是废话。

人不能不说话，不过废话可以少说一点。十一世纪时罗马天主教会在法国有一派僧侣，专主苦修冥想，是圣·伯鲁诺所创立，名为Carthusians，盖因地而得名，他的基本修行方法是不说话，一年到头的不说话。每年只有到了将近年终的时候，特准交谈一段时间，结束的时刻一到，尽管一句话尚未说完，大家立刻闭起嘴巴。明年开禁的时候，两人谈话的第一句往往是"我们上次谈到……"一年说一次话，其间准备的时光不少，废话一定不多。

梁武帝时，达摩大师在嵩山少林寺，终日面壁，九年之久，当然也不会随便开口说话，这种苦修的功夫实在难能可贵。明莲池大师《竹窗随笔》有云："世间酽醯醅醴，藏之弥久而弥美者，皆繇封锢牢密不泄气故。古人云：'二十年不开口说话，向后佛也奈何你不得。'旨哉言乎！"一说话就怕要泄气，可是这一口气憋二十年不泄，真也不易。监狱里的重犯，常被判处独居一室，使无说话机会，是一种惩罚。畜牲没有语言文字，但是也会发出不同的鸣声表示不同的情意。人而不让他说话，到了寂寞难堪的时候真想自言自语，甚至说几句废话也是好的。

可是有说话自由的时候，还是少说废话为宜。"群居终日，言不及义，难矣哉！"那便是废话太多的意思。现代的人好像喜欢开会，一开会就不免有人"致辞"，而致辞者常常是长篇大论，直说得口燥舌干，也不管听者是否恹恹欲睡欠伸连连。《孔子家语》："庙堂右阶之前，有金人焉，三缄其口，而铭其背曰：'古之慎言人也。'"能慎言，当然于慎言之外不会多说废话。三缄其口只是象征，若是真的三缄其口，怎么吃饭？

串门子闲聊天，已不是现代社会所允许的事，因为大家都忙，实在无暇闲嗑牙。不过也有在闲聊的场合而还侈谈本行的正经事者，这种人也讨厌。最可怕的是不经预先约定而闯上门来的长舌妇或长舌男，他们可以把人家的私事当作座谈的资料。某人资产若干，月入多少，某人芳龄几何，美容几次，某人帷薄不修，某人似有外遇，说得津津有味，实则有伤口业的废话而已。

行文也最忌废话。《朱子语类》里有两段文字：

"欧公文，亦多是修改到妙处。顷有人买得他醉翁亭稿。初说滁州四面有山，凡数十字，末后改定，只曰：'环滁皆山也'五字而已。如寻常不经思虑，信意所作言语，亦有绝不成文理者，不知如何。"

"南丰过荆襄，后山携所作以谒之。南丰一见爱之，因留款语。适欲作一文字，事多，因托后山为之，且授以意。后山文思亦涩，穷日之力方成，仅数百言，明日以呈南丰。南丰云：‘大略也好，只是冗字多，不知可为略删动否？’后山因请改窜。但见南丰就座，取笔抹数处，每抹处连一两行，便以授后山，凡削去一二百字。后山读之，则其意尤完，因叹服，遂以为法，所以后山文字简洁如此。”

前一段说的是欧阳修的《醉翁亭记》。开端第一句“环滁皆山也”，不说废话，开门见山，是从数十字中删汰而来。后一段记的是陈后山为文数百言，由曾巩削去一二百个冗字，而文意更为完整无瑕。凡为文者皆须知道文字须要简练，简言之，就是少说废话。

排队

“民权初步”讲的是一般开会的法则，如果有人撰一续编，应该是讲排队。

如果你起个大早，赶到邮局烧头炷香，柜台前即使只有你一个人，你也休想能从容办事，因为柜台里面的先生小姐忙着开柜子、取邮票文件、调整邮戳，这时候就有顾客陆续进来，说不定一位站在你左边，一位站在你右边，也许是衣冠楚楚的，也许是破衣邋遢的，总之是会把你夹在中间。夹在中间的人未必有优先权，所以，三个人就挤得很紧，胳膊粗、个子大、脚跟稳的占便宜。夹在中间的人也未必轮到第二名，因为说不定又有人附在你的背上，像长臂猿似的伸出一只胳膊，越过你的头部拿着钱要买邮票。人越聚越多，最后像是橄榄球赛似的挤成一团，你想钻出来也不容易。

三人曰众，古有明训。所以三个人聚在一起就要挤成一堆。排队是洋玩意儿，我们所谓“鱼贯而行”都是在极不得已的情形之下所做的动作。《晋书 · 范汪传》：“玄冬之月，沔汉干涸，皆当鱼贯而行，推排而进。”水不干涸谁肯循序而进，虽然鱼贯，仍不免于推排。我小时候，在北平有过一段经验，过年父亲常带我逛厂甸，进入海王村，里面有旧书铺、古玩铺、玉器摊，以及临时搭起的几个茶座儿。我父亲如入宝山，图书、古董都是他所爱好的，盘旋许久，乐此不疲，可是人潮汹涌，越聚越多。等到我们兴尽欲返的时候，大门口已经壅塞了。门口只有一个，进也是它，出也是它，而且谁也不理会应靠左边行，于是大门变成瓶颈，人人自由行动，卡成一团。也有不少人故意起哄，哪里人多往哪里挤，因为里面有的是大姑娘、小媳妇。父亲手里抱了好几包书，顾不了我。为了免于被人践踏，我由一位身材高大的警察抱着挤了出来。我从此没再去过厂甸，直到我自己长大有资格抱着我自己的孩子冲出杀进。

中国地方大，按说用不着挤，可是挤也有挤的趣味。逛隆福寺、护国寺，若是冷清清的凄凄惨惨戚戚，那多没有味儿！不过时代变了，人几乎天天到处要像是逛庙赶集。长年挤下去实在受不了，于是排队这洋玩意儿应运而兴。奇怪的是，这洋玩意儿兴了这么多年，至今还没有蔚成风气。长一辈的人在人多的地方横冲直撞，孩子们当然认为这是生存技能之一。学校不能负起教导的责任，因为教师就有许多是不守秩序的好手。法律无排队之明文规定，警察管不了这么多。大家自由活动，也能活下去。

不要以为不守秩序、不排队是我们民族性，生活习惯是可以改的。抗战胜利后我回到北平，家人告诉我许多敌伪横行霸道的事迹，其中之一是在前门火车站票房前面常有一名日本警察手持竹鞭来回巡视，遇到不排队就抢先买票的人，就一声不响高高举起竹鞭“嗖”的一声着着实实地抽在他的背上。挨了一鞭之后，他一声不响地排在队尾了。前门车站的秩序从此改良许多。我对此事的感想很复杂。不排队的人是应该挨一鞭子，只是不应该由日本人来执行。拿着鞭子打我们的人，我真想抽他十鞭子！但是，我们自己人就没有人肯对不排队的人下那个毒手！好像是基于同胞爱，开始是劝，继而还是劝，不听劝也就算了，大家不伤和气。谁也不肯扬起鞭子去取缔，觍颜说是“于法无据”。一条街定为单行道、一个路口不准向左转，又何所据？法是人定的，要什么样的生活方式便应该有什么样的法。

洋人排队另有一套，他们是不拘什么地方都要排队。邮局、银行、剧院无论矣，就是到餐厅进膳，也常要排队听候指引一一入座。人多了要排队，两三个人也要排队。有一次要吃比萨饼，看门口队伍很长，只好另觅食处。为了看古物展览，我参加过一次二千人左右的长龙，我到场的时候才有千把人，顺着龙头往下走，拐弯抹角，走了半天才找到龙尾，立定脚跟，不久回头一看，龙尾又不知伸展得何处去了。我仔细观察发现了一个秘密：洋人排队，浪费空间，他们排队占用一里，由我们来排队大概半里就足够。因为他们每个人与另一个人之间通常保持相当距离，没有肌肤之亲，也没有摩肩接踵之事。我们排队就亲热得多，紧迫盯人，唯恐脱节，前面人的胳膊肘会戳你的肋骨，后面人喷出的热气会轻拂你的脖颈。其缘故之一，大概是我们的人丁太旺而场地太窄。以我们的超级市场而论，实在不够超级，往往近于迷你，遇上八折的日子，付款处的长龙摆到货架里面去，行不得也。洋人的税捐处很会优待主顾，设备充分，偶然有七八个人排队，排得松松的，龙头走到柜台也有五步六步之遥。办起事来无左右受夹之烦，也无后顾催迫之感，从从容容，可以减少纳税人胸中许多戾气。

我们是礼仪之邦，君子无所争，从来没有鼓励人争先恐后之说。很多地方我们都讲究揖让，尤其是几个朋友走出门口的时候，常不免于拉拉扯扯礼让了半天，其实鱼贯而行也就够了。我不太明白为什么到了陌生人聚集在一起的时候，便不肯排队，而一定要奋不顾身。

我小时候只知道上兵操时才排队。曾路过大栅栏同仁堂，柜台占两间门面，顾客经常是里三层外三层挤得水泄不通，多半是仰慕同仁堂丸散膏丹的大名而来办货的乡巴佬。他们不知排队犹可说也。奈何数十年后，工业已经起飞，都市人还不懂得这生活方式中极为重要的一个项目？难道真需要那一条鞭子才行么？

国文国语——同一种文化，同一种根

我们中国文字，因为是单音，有一种特别优异的功能，几个字适当地连缀起来，可以获致巧妙的声韵音节的效果。单就这一点而论，西方文字，无论是讲究音量的或重音的，都不能和我们的文字比。

国文与国语

国文与国语是两件东西。会说国语的人，可能还是文盲。文字是书写阅读的，语言是口说耳听的。

但是国文与国语的关系仍然是很密切的。先有语言，后有文字，这是一般的通例。语言是随时在变的，所以文字一定也跟着变。如果文字固定不变，只能书写阅读，不能口说耳听，则是死文字，如希腊文拉丁文等是。

我们中国的文字，是活文字，不是死文字，至少不像希腊拉丁文那样的死。可是，由于几千年来教育未能普及，识字的人太少，而少数的知识分子又格于形势，偏于保守，动起笔来不是效法周秦，便是模拟汉唐，以至于所谓国文与国语脱节，只能供少数人的使用赏玩。儿童学语，不消一年半载，便能牙牙上口。若是要文字精通，便非积年累月痛下苦功不可。传统的国文和日常的语言，其间的距离太远了一点。其距离至少是和“古英文”或“中古英文”与现代英语之距离一样的远。这是很不幸的，而且也是不必要的。“言文一致”原是一个理想，事实上是不可能的，我还不知道世界上有哪一个国家在任何时代能言文一致。言与文虽然不能一致，不过也不可距离太远。距离太远，则为大多数人想，甚不方便。会说本国语而还要花费好多年的时光去学习本国文，实在是冤枉。所以白话文运动是确乎合于时宜的。

“白话文”者，乃是接近白话之文。白话文仍然是文，并非白话，并非是把口说的白话逐字逐句地写在纸上之谓。如谓嘴里说的话，笔录下来，即能成文，恐天下无此便宜事。“出口成章”，那是要传为美谈的。白话文既仍然是文，当然还是要具备“文”的条件，章法、句法、声调、辞藻仍然是要考究的。所以白话文仍然是要学的，不过学起来要比学唐宋古文便利得多。

不要以为话是人人会说的。有许多人硬是不会说话。有人说话啰唆，不中肯綮，有人说话颠三倒四，语无伦次，有人说话滥用名词，有人说话词不达意，说话而能清楚明白简洁了当，并非是易事。“言为心声”，头脑清楚，然后才能说话清楚，思想周到，然后才能说话周到。会说话，然后就比较容易会写白话文了。所以白话文运动，一方面要把文从传统的古文的藩篱里解放出来，一方面也要努力把一般人的说话方式尽量地予以训练，使之较接近于文（我并不鄙视俗俚的语言，有时这样的语言还很能传神，经过选择后亦可被吸收成为文字中的用语，不过文究竟是文）。

白话文运动不是偶然的。清末，八股废，学校兴，浅近的文言一时成为风尚。我还记得，我小时候读的国文教科书，是“一人，二手。开门，见山。大山，小石。水落，石出……”这和“人之初，性本善……”已经大大不同了。到“五四”运动以后，也许是受了一点外国的影响，这才有“小猫叫，小狗跳……”“来，来，来上学”之类的课文。小学生学国文，宜先从学说话起。说话的训练实在即是思想的训练。

古文还是要读的。其中的章法句法辞藻都是很有价值的。不过要在白话文通了之后再读为宜。这是一个程序的问题。对于专门研究中国文学的人，古书古文读得越多越好，因为这是他的专门的学问；对于一般的人，当适可而止，匀出工夫来做别的事情。白话文通了之后再读古文，可以增加许多行文的技巧，使白话文变得简洁些，使白话文更像文。试看许多白话文的作家，写出文章如行云流水，清楚明白，或委婉多姿，或干脆利落，其得力处不在白话，而在于文。胡适之先生常自谦地说，他的文章像是才解放的小脚，受过过多的束缚，一时无法回复自然。这完全是他的谦虚。有几个人能写出像他那样的清莹透底的文章？依我看，小学及初中完全读白话文，高中完全读古文，应该是最妥当的办法。小学注意语言，初中注重文字，循序渐进。

讲到国文教学，在教材教法方面，均应随时研究改良。最要紧的是，要认清国文教学的目的是什么。我以为其目的是在训练学生使用本国的语言文字以求有效地表达思想。如果这个目的不错，那么在国语国文课程之内，应采取纯粹与这目的有关的材料做教材。有人常把“国学”与“国文”连在一起。我不轻视“国学”，虽然我不大清楚“国学”是什么。如果“国学”即是中国的文学、历史、哲学的话，那么“国学”一词实无存在之必要，应分列为“中国文学”、“中国历史”、“中国哲学”。国文当然也要有内容，本国文史的古典作品正不妨作为国文的资料，这话当然也有道理，不过如果我们不忘记国文的目的，则这些古典作品似应加以改写，使之简化，然后再编为国文资料。例如，在英美，荷马的故事，中古的传奇，对于每一高等学校的学生都耳熟能详，但并非是由于直接地读过那些古典原作，读的乃是经过重写改编的古典作品。我们的国文教学，也应该认清目标，慎选教材。我们中国古代的文化，确实值得我们珍视，确实值得令每一国民都有相当的认识，但是方法尽有的是，似不可令“国学”占去国文的一部分的地位。以高中及大一而言，与其选读深奥的古典作品，不如选读与现代生活有关的资料。有一个时期，国语与常识合编，我觉得那方向是对的，后来不知怎么又改变了。

教学方法，对于低年级的教学最宜讲究。这一套方法应求其现代化、科学化。英美学校之教英文，亦即他们的国文，在方法上我想一定有足资我们借鉴的地方。这有待于开明的专家们去努力研究。

中国语文的三个阶段

语文和其他的人类行为一样，因人而异，并不能是到处完全一致的。我们的国语国文，有其基本的法则，无论在读法、语法、句法，各方面都已约定俗成，通行无碍。但是我们若细按其内容，便会发现在成色上并不尽同，至少可以分为三个阶段：粗俗的、标准的、文学的。

所谓粗俗的语文，即是指一般文盲以及没有受过多少教育的民众所使用的语文而言。从前林琴南先生攻击白话文，斥为“引车卖浆者流”所使用的语文，实即指此而言。这一种语文，字汇很贫乏，一个字可以当许多字用，而且有些字有音无字，没法写出来。但是在词汇方面相当丰富，应事实之需要随时有新词出现。这种语文，一方面固然粗俗、鄙陋、直率、浅薄，但在另一方面有时却也有朴素的风致、活泼的力量和奇异的谐趣。方言土语也是属于此一范畴。

粗俗的语文尽管是由民众广泛地在使用着，究竟不足为训。所谓语文教育的目的，大部分在于标准语文的使用之训练。所谓标准语文，异于方言土语，是通行全国的，而其词句语法皆合于一般公认的标准，并且语句雅驯，不包括俚语鄙语在内。我们承认北平区域的语言为国语，这只是说以北平区域的发音为国语的基准，并不包括北平的土语在内。

一个北平的土著，他的国语发音的能力当然是没有问题的，但是他的每个字的读音未必全是正确，因为他有许多土音夹杂在内。有人勉强学习国语，在不该加“儿”字的地方也加“儿”，实在是画蛇添足。

标准语写出来不一定就是好的标准文，语与文中间还是有一点距离的。心里怎样想，口里怎样说，笔下怎样写——这道理是对的，但是由语变成文便需有剪裁的功夫。很少的人能文不加点，更少的人能出口成章。说话杂七杂八，行文拖泥带水，是我们最容易犯的毛病。语体文常为人所诟病，以为过于粗俗，纵能免于粗俗，仍嫌平庸肤浅，甚至啰唆无味。须知标准语文本身亦有高下不同的等级，未可一概而论。“引车卖浆者流”的粗俗语文，固无论矣，受过教育的人，其说话作文，有的简截了当，有的冗沓枝节，有的词不达意，有的气盛言宜。语文训练便是教人一面怎样说话，一面怎样作文，话要说得明白清楚，文要写得干净利落。

语文而达到文学的阶层便是最高的境界了。文学的语文是供人欣赏的，其本身是经过推敲的，其措辞用字千锤百炼以能充分而适当地表达情意为主。如何使声调保有适当的节奏之美，如何巧妙地使用明譬与暗喻，如何用最经济的手法描写与陈述，这都是应在随时考虑之中的课题。一个文学作家如果缺乏一个有效的语文工具，只能停滞在“清通”的阶段，那将是很大的缺憾。因为“清通”的语文只能算是日常使用的标准语文，不能符合文学的需要。固然，绚烂至极趋于平淡。但是那平不是平庸之平，那淡不是淡而无味之淡，那平淡乃是不露斧斫之痕的一种艺术韵味，与那稀松平常的一览无遗的标准语文是大不相同的。文学的语文之造诣，有赖于学力，亦有赖于天才。而且此种语文亦只求其能适当，雕琢过分则又成了毛病。

这三种语文虽有高下之不同，却无优劣之判。在哪一种环境里便应使用哪一种语文。事实上也没有一个人能永远使用某一阶层的语文，除非那一个人永远是文盲。粗俗的语文在文学作品里有时候也有它的地位，例如在小说里要描写一个市井无赖，最好引用他那种粗俗的对话。优美的文学用语如果用在日常生活的谈吐中间，便要令人觉得不亲切、不自然，甚至是可笑。对语文训练感兴趣的人，似应注意到下列三点：粗俗的方言俚语应力求避免，除非在特殊的机缘偶一使用；标准语文应力求其使用纯熟；文学的语文则有志于文艺创作者必须痛下功夫勤加揣摩。

作文的三个阶段

我们初学为文，一看题目，便觉一片空虚，搔首踟蹰，不知如何落笔。无论是以“人生于世……”来开始，或以“时代的巨轮……”来开始，都感觉得文思枯涩难以为继，即或搜索枯肠，敷衍成篇，自己也觉得内容贫乏索然寡味。胡适之先生告诉过我们：“有什么话，说什么话；话怎么说，就怎么说。”我们心中不免暗忖：本来无话可说，要我说些什么？有人认为这是腹笥太俭之过，疗治之方是多读书。“读万卷书，行万里路”，固然可以充实学问增广见闻，主要的还是有赖于思想的启发，否则纵然腹笥便便，搜章摘句，也不过是饾饤之学，不见得就能做到“文如春华，思若涌泉”的地步。想象不充，联想不快，分析不精，辞藻不富，这是造成文思不畅的主要原因。

渡过枯涩的阶段，便又是一种境界。提起笔来，有个我在，“纵横自有凌云笔，俯仰随人亦可怜。”对于什么都有意见，而且触类旁通，波澜壮阔，有时一事未竟而枝节横生，有时逸出题外而莫知所届，有时旁征博引而轻重倒置，有时作翻案文章，有时竟至“骂题”，洋洋洒洒，拉拉杂杂，往好听里说是班固所谓的“下笔不能自休”。也许有人喜欢这种“长江大河一泻千里”式的文章，觉得里面有一股豪放恣肆的气魄。不过就作文的艺术而论，似乎尚大有改进的余地。

作文知道割爱，才是进入第三个阶段的征象。须知敝帚究竟不值珍视。不成熟的思想，不稳妥的意见，不切题的材料，不扼要的描写，不恰当的词字，统统要大刀阔斧地加以削删。芟除枝蔓之后，才能显着整洁而有精神，清楚而有姿态，简单而有力量。所谓“绚烂之极趋于平淡”，就是这种境界。

文章的好坏，与长短无关。文章要讲究气势的宽阔、意思的深入，长短并无关系。长短要求其适度，性质需要长篇大论者不宜过于简略；性质需要简单明了者不宜过于累赘，如是而已。所以文章之过长过短，不以字数计，应以其内容之需要为准。常听见人说，近代人的生活忙碌，时间特别宝贵，对于文学作品都喜欢短篇小说、独幕剧之类，也许有人是这样的。不过我们都知道，长篇小说还是有更多的人看的；多幕剧也有更多的观众。人很少忙得不能欣赏长篇作品，倒是冗长无谓的文字，哪怕只是一两页，恹恹无生气，也令人难以卒读。

文章的好坏与写作的快慢无关。顷刻之间成数千言，未必斐然可诵，吟得一个字拈断数根须，亦未必字字珠玑。我们欣赏的是成品，不是过程。袁虎倚马草露布，“手不辍笔，俄得七纸”，固然资为美谈，究非常人轨范。文不加点的人，也许是早有腹稿。我们为文还是应该刻意求工，千锤百炼，虽不必“掷地作金石声”，总要尽力洗除一切肤泛猥杂的毛病。

文章的好坏与年龄无关。姜愈老愈辣，但“辣手作文章”的人并不一定即是耆耇。头脑的成熟，艺术的造诣，与年龄时常不成正比。不过就一个人的发展过程而言，总要经过上面所说的三个阶段。

漫谈读书

我们现代人读书真是幸福。古者，“著于竹帛谓之书”，竹就是竹简，帛就是缣素。书是稀罕而珍贵的东西。一个人若能垂于竹帛，便可以不朽。孔子晚年读《易》，韦编三绝，用韧皮贯联竹简，翻来翻去以至于韧皮都断了，那时候读书多么吃力！后来有了纸，有了毛笔，书的制作比较方便，但在印刷之术未行以前，书的流传完全是靠抄写。我们看看唐人写经，以及许多古书的钞本，可以知道一本书得来非易。自从有了印刷术，刻版、活字、石印、影印，乃至于显微胶片，读书的方便无以复加。

物以稀为贵。但是书究竟不是普通的货物。书是人类的智慧的结晶，经验的宝藏，所以尽管如今满坑满谷的都是书，书的价值不是用金钱可以衡量的。价廉未必货色差，畅销未必内容好。书的价值在于其内容的精到。宋太宗每天读《太平御览》等书二卷，漏了一天则以后追补，他说：“开卷有益，朕不以为劳也。”这是“开卷有益”一语之由来。《太平御览》采集群书一千六百余种，分为五十五门，历代典籍尽萃于是，宋太宗日理万机之暇日览两卷，当然可以说是“开卷有益”。如今我们的书太多了，纵不说粗制滥造，至少是种类繁多，接触的方面甚广。

我们读书要有抉择，否则不但无益而且浪费时间。

那么读什么书呢？这就要看各人的兴趣和需要。在学校里，如果能在教师里遇到一两位有学问的，那是最幸运的事，他能适当指点我们读书的门径。离开学校就只有靠自己了。读书，永远不恨其晚。晚，比永远不读强。有一个原则也许是值得考虑的：作为一个地道的中国人，有些部书是非读不可的。这与行业无关。理工科的、财经界的、文法门的，都需要读一些蔚成中国文化传统的书。经书当然是其中重要的一部分，史书也一样的重要。盲目地读经不可以提倡，意义模糊的所谓“国学”亦不能餍现代人之望。一系列的古书是我们应该以现代眼光去了解的。

黄山谷说：“人不读书，则尘俗生其间，照镜则面目可憎，对人则语言无味。”细味其言，觉得似有道理。事实上，我们所看到的人，确实是面目可憎语言无味的居多。我曾思索，其中因果关系安在？何以不读书便面目可憎语言无味？我想也许是因为读书等于是尚友古人，而且那些古人著书立说必定是一时才俊，与古人游不知不觉受其熏染，终乃收改变气质之功，境界既高，胸襟既广，脸上自然透露出一股清醇爽朗之气，无以名之，名之曰书卷气。同时在谈吐上也自然高远不俗。反过来说，人不读书，则所为何事，大概是陷身于世网尘劳，困厄于名缰利锁，五烧六蔽，苦恼烦心，自然面目可憎，焉能语言有味？

当然，改变气质不一定要靠读书。例如，艺术家就另有一种修为。“伯牙学琴于成连先生，三年不成。成连言吾师方子春今在东海中，能移人情。乃与伯牙偕往，到蓬莱山，留伯牙宿，曰：‘子居习之，吾将迎师。’刺船而去，旬时不返。伯牙延望无人，但闻海水澒洞崩坼之声，山林窅冥，群鸟悲号，怆然叹曰：‘先生将移我情。’乃援琴而歌，曲成，成连刺船迎之而返。伯牙之琴，遂妙天下。”这一段记载，写音乐家之被自然改变气质，虽然神秘，不是不可理解的。禅宗教外别传，根本不立文字，靠了顿悟即能明心见性。这究竟是生有异禀的人之超绝的成就。以我们一般人而言，最简便的修养方法还是读书。

书，本身就有情趣，可爱，大大小小形形色色的书，立在架上，放在案头，摆在枕边，无往而不宜。好的版本尤其可喜。我对线装书有一分偏爱。吴稚晖先生曾主张把线装书一律丢在茅厕坑里，这偏激之言令人听了不大舒服。如果一定要丢在茅厕坑里，我丢洋装书，舍不得丢线装书。可惜现在线装书很少见了，就像穿长袍的人一样的稀罕。几十年前我搜求杜诗版本，看到古逸丛书影印宋版蔡孟弼《草堂诗笺》，真是爱玩不忍释手，想见原本之版面大，刻字精，其纸张墨色亦均属上选。在校勘上笺注上此书不见得有多少价值，可是这部书本身确是无上的艺术品。

读书苦？读书乐？

从开蒙说起

读书苦？读书乐？一言难尽。

从前读书自识字起。开蒙时首先是念字号，方块纸上写大字，一天读三五个，慢慢增加到十来个，先是由父母手写，后来书局也有印制成盒的，背面还往往有画图，名曰看图识字。小孩子淘气，谁肯沉下心来一遍一遍地认识那几个单字？若不是靠父母的抚慰，甚至糖果的奖诱，我想孩子开始识字时不会有多大的乐趣。

光是认字还不够，需要练习写字，于是以描红模子开始，“上大人，孔乙己，化三千……”，再不就是“一去二三里，烟村四五家，亭台六七座，八九十枝花”，或是“王子去求仙，丹成上九天，洞中才一日，世上几千年”。手搦毛笔管，硬是不听使唤，若不是先由父母把着小手写，多半就会描出一串串的大黑猪。事实上，没有一次写字不曾打翻墨盒砚台弄得满手乌黑，狼藉不堪。稍后写小楷，白折子乌丝栏，写上三五行就觉得很吃力。大致说来，写字还算是愉快的事。

进过私塾或从“人，手，足，刀，尺”读过初小教科书的人，对于体罚一事大概不觉陌生。念背打三部曲，是我们传统的教学法。一目十行而能牢记于心，那是天才的行径；普通智商的儿童，非打是很难背诵如流的。英国十八世纪的约翰孙博士就赞成体罚，他说那是最直截了当的教学法，颇合于我们所谓“扑作教刑”之意。私塾老师大概都爱抽旱烟，一二尺长的旱烟袋总是随时不离手的，那烟袋锅子最可怕，白铜制，如果孩子背书疙疙瘩瘩的上气不接下气，当心那烟袋锅子敲在脑袋壳上，“砰”的一声就是一个大包。谁疼谁知道。小学教室讲台桌子抽屉里通常藏有戒尺一条，古所谓榎楚，也就是竹板一块，打在手掌上其声清脆，感觉是又热又辣又麻又疼。早年的孩子没尝过打手板的滋味的大概不太多。如今体罚悬为禁例，偶一为之便会成为新闻。现代的孩子比较有福了。

从前的孩子认字，全凭记忆，记不住便要硬打进去。如今的孩子读书，开端第一册是先学注音符号，这是一大改革。本来是，先有语言，后有文字。我们的文字不是拼音的，虽然其中一部分是形声字，究竟无法看字即能读出声音，或是发音即能写出文字。注音符号（比反切高明多了）是帮助把语言文字合而为一的一种工具，对于儿童读书实在是无比的方便。我们中国的文字不是没有严密的体系，所谓六书即是一套提纲挈领的理论，虽然号称“小学”，小学生谁能理解其中的道理？《说文解字》五百四十个部首就会使得人晕头转向。章太炎编了一个《部首歌》，“一、上、三、示、王、玉、珏……”煞费苦心，谁能背得上来？陈独秀编了一部《小学识字读本》（台湾印行改名为《文字新论》），是文字学方面一部杰出的大作，但是显然不是适合小学识字的读本。我们中国的语言文字，说难不难，说易不易，高本汉说过这样一段话——

北京语实在是一种最可怜的方言，总共只有四百二十个音缀；普通的语词不下有四千个，这四千多个的语词，统须支配

于四百二十个音缀当中。同音语词的增进，使听受者受了极大的困难，于此也可以想见了……（见《中国语与中国文》）

这是外国人对外国人所说的话，我们中国儿童国语娴熟，四声准确，并不觉得北京语“可怜”。我们的困难不在语言，在语言与文字之间的不易沟通。所以读书从注音符号开始，这方法是绝对正确的。

《三字经》《百家姓》《千字文》是旧式的启蒙教材。《百家姓》有其实用价值，对初学并不相宜，且置勿论。《三字经》《千字文》都编得不错，内容丰富妥当，而且文字简练，应该是很好的教材，所以直到今日还有人怀念这两部匠心独运的著作，但是对于儿童并不相宜。孩子懂得什么“人之初，性本善”，“天地玄黄，宇宙洪荒”？民国初年，我在北平陶氏学堂读过一个时期的小学，记得国文一课是由老师领头高吟“击鼓其镗，踊跃用兵，土国城漕，我独南行……”，全班一遍遍地循声朗诵，老师喉咙干了，就指派一个学生（班长之类）代表他领头高吟。朗诵一个小时，下课。好多首《诗经》作品就是这样地注入我的记忆，可是过了五六十年之后自己摸索才略知那几首诗的大意。小时候多少时间都浪费掉了。教我读《诗经》的那位老师的姓名已不记得，他那副不讨人敬爱的音容道貌至今不能忘！

新式的语文教科书顾及儿童心理及生活环境，读起来自然较有趣味。民初的国文教科书，“一人二手，开门见山，山高日小，水落石出……”，“一老人，入市中，买鱼两尾，步行回家……”这一类课文还多少带有一点文言的味道。后来仿效西人的作风，就有了“小猫叫，小狗跳……”一类的句子，为某些人所诟病。其实孩子喜欢小动物，由此而入读书识字之门，亦未可厚非。抗战初期我曾负责主编一套中小学教科书，深知其中艰苦，大概越是初级的越是难于编写，因为牵涉到儿童心理与教学方法。现在台湾使用的“国立编译馆”编印的中小学教科书，无论在内容上或印刷上较前都日益进步，学生面对这样的教科书至少应该不至于望而生畏。

纪律与兴趣

高中与大学一二年级是读书求学的一个很重要阶段。现在所谓读书，和从前所谓“读圣贤书”意义不同，所读之书范围较广，学有各门各科，书有各种各类。但是国、英、算是基本学科，这三门不读好，以后荆棘丛生，一无是处。而这三门课，全无速成之方，必须按部就班，耐着性子苦熬。读书是一种纪律，谈不到什么兴趣。

梁启超先生是我所敬仰的一位学者，他的一篇《学问与兴趣》广受大众欢迎，很多人读书全凭兴趣，无形中受了此文的影响。我也是他所影响到的一个。我在清华读书，窃自比附于“少小爱文辞”之列，对于数学不屑一顾，以为性情不近，自甘暴弃，勉强及格而已。留学国外，学校当局强迫我补修立体几何及三角二课。我这才知道发愤补修。可巧我所遇到的数学老师，是真正循循善诱的一个人，他讲解一条定律一项原理，不厌其详，远譬近喻地要学生彻底理解而后已。因此我在这两门课中居然培养出兴趣，得到优异的成绩，蒙准免予参加期终考试。我举这一个例，为的说明一件事，吾人读书上课，无所谓性情近与不近，无所谓有无兴趣。读书上课就是纪律，越是自己不喜欢的学科，越要加倍鞭策自己努力钻研。克制自己欲望的这一套功夫，要从小时候开始锻炼。读书求学，自有一条正路可循，由不得自己任性。梁启超先生所倡导趣味之说，是对有志研究学问的人士说教，不是对读书求学的青年致辞。

一般人称大学为最高学府，易令人滋生误解，大学只是又一个读书求学的阶段，直到毕业之日才可称之为做学问的“开始”。大学仍然是一个准备阶段，大学所讲授的仍然是基本知识。所以大学生在读书方面没有多少选择的自由，凡是课程规定的以及教师指定的读物是必须读的。青年人常有反抗的心理，越是规定必须读的，越是不愿去读，宁愿自己去海阔天空地穷搜冥讨。到头来是枉费精力自己吃亏，五四时代而不知所从。张之洞的《书目答问》不足以餍所望。有一天几个同学和我以《清华周刊》记者的名义进城去就教于北大的胡适之先生，胡先生慨允为我们开一个最低的国学必读书目，后来就发表在《清华周刊》上。内容非常充实，名为最低，实则庞大得惊人。梁启超先生看到了，凭他渊博的学识开了一个更详尽的书目。没有人能按图索骥地去读，能约略翻阅一遍认识其中较重要的人名书名就很不错了。吴稚晖先生看到这两个书目，气得发出一切线装书都丢进茅坑里去的名言！现在想想，我们当时惹出来的这个书目风波，倒也不是什么坏事，只是好高骛远不切实际罢了。我们的举动表示我们不肯枯守学校规定的读书纪律，而对于更广泛更自由的读书的要求开始展露了天真的兴趣。

书到用时方恨少

我到三十岁左右开始以教书为业的时候，发现自己学识不足，读书太少，应该确有把握的题目东一个窟窿西一个缺口，自己没有全部搞通，如何可以教人？既已荒疏于前，只好恶补于后，而恶补亦非易事。我忘记是谁写的一副对联：“书有未曾经我读，事无不可对人言！”很有意思，下句好像是左宗棠的，上句不知是谁的。这副对联表面上语气很谦逊，细味之则自视甚高。以上句而论，天下之书浩如烟海，当然无法遍读，而居然发现自己尚有未曾读过之书，则其已经读过之书必已不在少数，这口气何等狂傲！我爱这句话，不是因为我也感染了几分狂傲，而是因为我确实知道自己的谫陋，许多该读而未读的书太多，故此时时记挂着这句名言，勉励自己用功。

我自三十岁才知道自动地读书恶补。恶补之道首要的是先开列书目，何者宜优先研读，何者宜稍加参阅，版本问题也是非常重要。此时我因兼任一个大学的图书馆长，一切均在草创，经费甚为充足，除了国文系以外各系申请购书并不踊跃，我乃利用机会在英国文学图书方面广事购储。标准版本的重要典籍以及参考用书乃大致齐全。有了书并不等于问题解决，要逐步一本一本地看。我哪里有充分时间读书？我当时最羡慕英国诗人弥尔顿，他在大学卒业之后听从他父亲的安排到郝尔顿乡下别墅下帷读书五年之久，大有董仲舒三年不窥园之概，然后他才出而问世。我的父亲也曾经对我有过类似的愿望，愿我苦读几年书，但是格于环境，事与愿违。我一面教书，一面恶补有关的图书，真所谓是困而后学。例如莎士比亚剧本，我当时熟悉的不超过三分之一，例如弥尔顿，我只读过前六卷。这重大的触失，以后才得慢慢弥补过来。至于国学方面更是多少年茫然不知如何下手。

读书乐

读书好像是苦事，小时嬉戏，谁爱读书？即读书，还要经过无数次的考试，面临威胁，担惊害怕。长大就业之后，不想奋发精进则已，否则仍然要继续读书。我从前认识一位银行家，镇日价筹划盈虚，但是他床头摆着一套英译法朗士全集，每晚翻阅几页，日久读毕全书，引以为乐。宦场中、商场中有不少可敬的人物，品位很高，嗜读不倦，可见到处都有读书种子，以读书为乐，并非全是只知道争权夺利之辈。我们中国自古就重视读书，据说秦始皇日读一百二十斤重的竹简公文才就寝。《鹤林玉露》载："唐张参为国子司业，手写九经，每言读书不如写书。高宗以万乘之尊，万幾之繁，乃亦亲洒宸翰，遍写九经，云章烂然，始终如一，自古帝王所未有也。"从前没有印刷的时候讲究抄书，抄书一遍比读书一遍还要受用。如今印刷发达，得书容易，又有缩印影印之术，无辗转抄写之烦，读书之乐乃大为增加。想想从前所谓"学富五车"，是指以牛车载竹简，仅等于今之十万字弱。纪元前一千年以羊皮纸抄写一部《圣经》需要三百只羊皮！那时候图书馆里的书是用铁链锁在桌上的！《听雨纪谈》有一段话：

> 苏文忠公作《李氏山房藏书记》曰："予犹及见老儒先生言其少时，欲求《史记》《汉书》而不可得，幸而得之，皆手自书，日夜诵读，唯恐不及。近岁，市人转相摹刻诸子百家之书，日夜传万纸，学者之于书，多且易致如此，其文词学术当倍蓰于昔人。而后学之士皆束书不观，游谈无根。"苏公此言切中今时学者之病，盖古人书籍既少，凡有藏者率皆手录。盖以其得之之难故，其读亦不苟。到唐世始有板刻，至宋而益盛，虽云便于学者，然以其得之之易，遂有蓄之而不读，或读之而不灭裂，则以有板刻之故。

无怪乎今之不如古也。其言虽似言之成理，但其结论今不如古则非事实。今日书多易得，有便于学子，读书之乐岂古人之所能想象。今之读书人所面临之一大问题乃图书之选择。开卷有益，实未必然，即有益之书其价值亦大有差别，罗斯金说得好："所有的书可分为两大类：风行一时的书与永久不朽的书。"我们的时间有限，读书当有选择。各人志趣不同，当读之书自然亦异，唯有一共同标准可适用于我们全体国人。凡是中国人皆应熟读我国之经典，如《诗》《书》《礼》，以及《论语》《孟子》，再如《春秋左氏传》《史记》《汉书》以及《资治通鉴》或近人所著通史，这都是我国传统文化之所寄。如谓文字艰深，则多有今注今译之版本在。其他如子集之类，则各随所愿。

人生苦短，而应读之书太多。人生到了一个境界，读书不是为了应付外界需求，不是为人，是为己，是为了充实自己，使自己成为一个明白事理的人，使自己的生活充实而有意义。吾故曰：读书乐。我想起英国十八世纪诗人一句诗——

"Stuff the head
With all such reading as was never read."

大意是："把从未读过的书籍，赶快塞进脑袋里去。"

散文的朗诵

我们中国文字，因为是单音，有一种特别优异的功能，几个字适当地连缀起来，可以获致巧妙的声韵音节的效果。单就这一点而论，西方文字，无论是讲究音量的或重音的，都不能和我们的文字比。

《诗经·关雎·序》:“吟咏性情”，疏:“动声曰吟，长言曰咏。”诗不仅供阅读，还要发出声音来吟，而且要拉长了声音来咏，这样才能陶冶性情。吟咏也就是朗诵。

诗歌朗诵有不可言传的妙趣。好多年前我到美国科罗拉多去念书，当地有一位热爱中国的老太太，招待我们几个中国学生先到她的家里落脚。晚饭过后闲坐聊天，老太太开口了:“我好久没有听到中国人念诗了，我真喜欢听那种抑扬顿挫的声调。今晚你们哪一位读一首诗给我听。”她不懂中国语文，可是她很诚恳，情不可却，大家推选我表演。我一时无奈，吟了贺知章的《回乡偶书》:“少小离家老大回，乡音无改鬓毛衰。儿童相见不相识，笑问客从何处来。”她听了微笑摇头说:“不对，不对，这不是中国式的吟诗。”我当时就明白了，她是要我摇头晃脑，拉长了某几个字的尾音，时而“龙吟方泽，虎啸山丘”，时而“余音绕梁，不绝如缕”，总之是要靠声音的高下疾徐表达出一种意境。我于是按照我们传统的吟诗方式，并且稍微加以夸大，把这首诗再度朗诵了一遍。老太太鼓掌不已，心神领会，好像得到很大满足的样子。我问她要不要解释一下诗中的含义，她说："没关系，解释一下也好，不过我欣赏的是其中音乐的部分。"

英文诗的朗诵，情形不同。一九二五年我在波士顿听过一次美国诗人弗罗斯特朗诵他自己的诗。入场券五元，会场可容二三百人，听众只有二三十人，多半是上了年纪的人。在冷冷清清的气氛中，弗罗斯特在台上出现了。他生于一八七四年，这时候该是五十左右，但是头上一团蓬松的头发已经斑白了。他穿着礼服，向众一鞠躬，举起他的诗集开始朗诵。他的声音是沙哑的，声调是平平的，和平常说话的腔调没有两样，时而慢吞吞的，时而较为急促，但总是不离正常的语调。他读了六七首最传诵一时的诗，包括《赤杨》《雪夜林边小驻》《补墙》等。观众也有人点名一两首要他朗诵，他也照办。历时一小时余。我想其他当代诗人，即使不同作风的如林赛德，如桑德堡，若是朗诵他们的诗篇，情形大概也差不太多。至少我知道，莎士比亚的戏剧在台上演出时，即使是诗意很浓的独白，读起来还是和平常说话一般，并不像我们的文明戏或后来初期话剧演员之怪声怪气。

以上谈的是诗的朗诵。散文也可以朗诵吗？为什么不？事实上我们的散文一直是被朗诵着的。记得小时候，老师教我们读《古文观止》，选中一篇古文之后并不立刻开讲，而是先行朗诵一遍。我的中学老师当中有两位特别长于此道，一位是徐镜澄先生，一位是陈敬侯先生，前者江北人，后者天津人，前者朗诵咬牙切齿，声震屋瓦，后者朗诵轻描淡写，如行云流水。但是两位都能朗诵出文章的韵味。我们细心聆听，在理解文章的内容之前，已经相当体会到文章的美妙。老师讲解之后，立即要我们朗诵，于是全班高唱，如鼎沸，如蛙鸣，如鸟喧，如蝉噪。下课后我们还要在自修时低声诵读若干遍，因为下次上课还要默写。

大概文章不经朗诵，难以牢记在心。像贾谊的《过秦论》，从一开端“秦孝公……有席卷天下，包举宇内，囊括四海之意，并吞八荒之心”起，波澜壮阔地推论下去，直到最后“一夫作难而七庙隳，身死人手为天下笑者何也？仁义不施而攻守之势异也”。真是痛快淋漓，大气磅礴，小时候背诵，到老不忘。而且古今之文，熟读之后，我们作文虽不必套用它的笔调，但其起承转合的章法、据辞摛藻的功夫，是永远值得我们参考的。

诗讲究平仄，到了沈约写《四声谱》的时候而格外明朗起来。文学和音乐本来有密切关系，《诗经》很大部分是被诸管弦的，《乐府》更不必说。诗而讲究四声八病，那就是表示诗与音乐要渐渐分家了，诗要在文字本身上寻求音乐之美。而文字之音乐成分不外音韵与四声。散文不押韵，但是平仄还是不能完全不顾的，虽然没有一定的律则可循。精致的散文永远是读起来铿锵有致。赋，介于诗与散文之间的一个型类，是我们中国文学所特有的一项成就。晋孙绰作《游天台山赋》，很是得意，对他的朋友说：“卿试掷地，当作金石声。”这个比喻很妙。文字而可以作金石声，其精美挺拔可以想见。我很喜欢研读庾子山的《哀江南赋》，每朗诵到“孙策以天下为三分，众才一旅，项籍用江东之子弟，人惟八千，遂乃分裂山河，宰割天下，岂有百万义师，一朝卷甲，芟夷斩伐，如草木焉”，不禁为其激昂慷慨之文笔，引发无穷之感叹。“词虽骈偶，而格取浑成”，不仅是后来的“骈四骊六，锦心绣口”。

古文八大家，没有一篇精心结构不是可以朗朗上口的。大抵好的文章，必定简练，字斟句酌！期于至当。《朱子语类》提起欧阳修《醉翁亭记》就是一例，说：“顷有人买得他醉翁亭记稿，初说滁州四面有山，凡数十字，末后改定，只曰：‘环滁皆山也’五字而已。”这五个字朗诵起来多么响亮简洁！《朱子语类》又说：“向尝闻东坡作韩文公庙碑，一日，思得颇久，忽得两句云：‘匹夫而为百世师，一言而为天下法’，遂扫将去。”这两句确是笔力万钧，诵将下去，有奔涛澎湃之势。散文不要排偶，然有时也自然的有骈骊的句子，不必有一定的格律；然有时也自然有平仄的谐调和声韵的配合。使用文字到了纯熟的化境，诗与散文很难清楚地划分界限。我们朗诵古文有时也就和朗诵诗歌的腔调颇为近似。

白话文可以朗诵吗？这是个问题。

很多人一直相信，白话文就是“以手写我口”，口里怎么说，笔下就怎么写。很多人也确实这样做，写出的文字和口说的话并无二致，避免用典，少用成语，不求排偶，不顾平仄，清清楚楚，明明白白。当然，说话也是颇有艺术的，有人说话有条有理，用字准确，也有人说话杂乱无章，滥用字词。所以白话文也有不同的成色，或简洁明了，或冗劣啰唆。不过其为白话文，则其特点是尽量明白清楚地表达作者的情思。白话散文既然是这样的明白清楚，一泻无遗，还有加以朗诵的必要吗？听人朗诵韩愈的《祭十二郎文》，几曾听过人朗诵朱自清的《背影》？

但是古文散文既可朗诵，白话文似也无妨朗诵。且举《水浒传》第二十二回武松打虎一段：

> 武松提了哨棒，大着步，自过景阳冈来。约行了四五里路，来到冈子下……放翻身体，却待要睡，只见发起一阵狂风。那一阵风过去了，只听得乱树背后“扑”的一声响，跳出一只吊睛白额大虫来。……那大虫又饥又渴，把两只爪在地下略按一按，和身往上一扑，从半空里蹿将下来。武松被那一惊，酒都做冷汗出了。说时迟，那时快，武松见大虫扑来，只一闪，闪在大虫背后。那大虫背后看人最难，便把前爪搭在地下，把腰胯一掀，掀将起来。武松只一闪，闪在一边。大虫见掀他不着，吼一声，却似半天里起个霹雳，震得那山冈也

动，把铁棒也似的虎尾倒竖起来，只一剪，武松却又闪在一边。……

这一段十分精彩，大家都读过，但是有谁朗诵过？我相信，若是朗诵，其趣味当不在听山东大汉说“快书”之下。精致的小说文字，都可以朗诵。我们民间的说书，就很近于朗诵，不过不是很忠于原文。英国的狄更斯的小说很受大众欢迎，他不止一次远赴美洲旅游朗诵他的小说中的精彩片段，风靡一时。他的朗诵，相当的戏剧化，也有人对他做不利的批评。

自从新文学运动以来，我们的散文一部分可以说是一枝独秀，因为白话文运动本来是以散文为主。三十多年来，散文作者辈出，或善描述，或长抒情，或精讽刺，据我看往往高出所谓“三十年代”的诸家之上。这是因为现代作者对于当年所谓“文学革命”的浪潮已经渐少热心，转而对于文学传统有较多的认识，于是散文艺术更上层楼，趋于成熟的阶段。究竟成熟到了什么程度也很难说。《联副》主编痖弦先生提议举办一次散文朗诵，实在是很有意义的一项活动，因为经过一番公开朗诵，不但可使我们领略许多作者的散文之不同的趣味，而且也许可以略观我们的现代散文是否可以上承文言文的传统，进而发展到一个辉煌灿烂的境界。

国外生活——开眼看世界，月是故乡明

我回到车上，点燃了那支雪茄。在吞烟吐雾之中，我心里纳闷，这位老者为什么不收餐费？为什么奉送雪茄？大概他在夏安开个小餐馆，很久没看到中国人，很久没看到一群中国青年，更很久没看到来读书的中国青年人。我们的出现点燃了他的同胞之爱。事隔数十年，我不能忘记和我们做简短笔谈的那位唐人。

双城记

这“双城记”与狄更斯的小说《二城故事》无关。

我所谓的双城是指我们的台北与美国的西雅图。对这两个城市，我都有一点粗略的认识。在台北我住了三十多年，搬过六次家，从德惠街搬到辛亥路，吃过拜拜，挤过花朝，游过孔庙，逛过万华，究竟所知有限。高阶层的灯红酒绿，低阶层的褐衣蔬食，接触不多，平素交游活动的范围也很狭小，疏慵成性，画地为牢，中华路以西即甚少涉足。西雅图（简称西市）是美国西北部一大港口，若干年来我曾访问过不下十次，居留期间长则三两年，短则一两月，闭门家中坐的时候多，因为虽有胜情而无济胜之具，即或驾言出游，也不过是浮光掠影。所以我说我对这两个城市，只有一点粗略的认识。

我向不欲侈谈中西文化，更不敢妄加比较。只因所知不够宽广，不够深入。中国文化历史悠久，不是片言可以概括；西方文化也够博大精深，非一时一地的一鳞半爪所能代表。我现在所要谈的只是就两个城市，凭个人耳目所及，一些浅显的感受或观察。“贤者识其大，不贤者识其小”，如是而已。

两个地方的气候不同。台北地处亚热带，又是一个盆地，环市皆山。我从楼头俯瞰，常见白茫茫的一片，好像有“气蒸云梦泽”的气势。到了黄梅天，衣服被褥总是湿漉漉的。夏季午后常有阵雨，来得骤，去得急，雷电交掣之后，雨过天晴。台风过境，则排山倒海，像是要耸散穹隆，应是台湾一景，台北也偶叨临幸。西市在美国西北隅海港内，其纬度相当于我国东北之哈尔滨与齐齐哈尔，赖有海洋暖流调剂，冬天虽亦雨雪霏霏而不至于酷寒，夏季则早晚特凉，夜眠需拥重毯。也有连绵的淫雨，但晴时天朗气清，长空万里。我曾见长虹横亘，作一百八十度，罩盖半边天。凌晨四时，暾出东方，日薄崦嵫要在晚间九时以后。

我从台北来，着夏季衣裳，西市机场内有暖气，尚不觉有异，一出机场大门立刻觉得寒气逼人，家人乃急以厚重大衣加身。我深吸一口大气，沁人肺腑，有似冰心在玉壶。我回到台北去，一出有冷气的机场，熏风扑面，遍体生津，俨如落进一镬热粥糜。不过人各有所好，不可一概而论。我认识一位生长台北而长居西市的朋友，据告非常想念台北，想念台北的一切，尤其是想念台北夏之黏湿燠热的天气！

西市的天气干爽，凭窗远眺，但见山是山，水是水，红的是花，绿的是叶，轮廓分明，纤微毕现，而且色泽鲜艳。我们台北路边也有树，重阳木、霸王椰、红棉树、白千层……都很壮观，不过树叶上，蒙了一层灰尘，只有到了阳明山才能看见像打了蜡似的绿叶。

西市家家有烟囱，但是个个烟囱不冒烟。壁炉里烧着火光熊熊的大木橛，多半是假的，是电动的机关。晴时可以望见积雪皑皑的瑞尼尔山，好像是浮在半天中；北望喀斯开山脉若隐若现。台北则异于是。很少人家有烟囱，很多人家在房顶上、在院子里、在道路边烧纸、烧垃圾，东一把火西一股烟，大有“夜举烽、昼燔燧”之致。凭窗亦可看山，我天天看得见的是近在咫尺的蟾蜍山。近山绿，远山青。观音山则永远是淡淡的一抹花青，大屯山则更常是云深不知处了。不过我们也不可忘记，圣海伦斯火山爆发，如果风向稍偏一点，西市也会变得灰头土脸。

对于一个爱花木的人来说，两城各有千秋。西市有著名的州花山杜鹃，繁花如簇，光艳照人，几乎没有一家庭园间不有几棵点缀。此外如茶花、玫瑰、辛夷、球茎海棠，也都茁壮可喜。此地花厂很多，规模大而品类繁。最难得的是台湾气候养不好的牡丹，此地偶可一见。友人马逢华伉俪精心培植了几株牡丹，黄色者尤为高雅，我今年来此稍迟，枝头仅余一朵，蒙剪下见贻，案头瓶供，五日而谢。严格讲，台北气候、土壤似不特宜莳花，但各地名花荟萃于是。如台北选举市花，窃谓杜鹃宜推魁首。这杜鹃不同于西市的山杜鹃，体态轻盈小巧，而又耐热耐干。台北艺兰之风甚盛，洋兰、蝴蝶兰、石斛兰都穷极娇艳，到处有之，唯花美叶美而又有淡淡幽香者为素心兰，此所以被人称为“君子之香”而又可以入画。水仙也是台北一绝，每适新年，岁朝清供之中，凌波仙子为必不可少之一员。以视西市之所谓水仙，路旁泽畔一大片一大片的临风招展，其情趣又大不相同。

夜不闭户，路不拾遗，乃想象中的大同世界，古今中外从来没有过一个地方真正实现过。人性本有善良一面、丑恶一面，故人群中欲其“不稂不莠”，实不可能。大体上能保持法律与秩序，大多数人民能安居乐业，就算是治安良好，其形态、其程度在各地容有不同而已。

台北之治安良好是举世闻名的。我于三十几年之中，只轮到一次独行盗公然登堂入室，抢夺了一只手表和一把钞票，而且他于十二小时内落网，于十二日内伏诛。而且，在我奉传指证人犯的时候，他还对我说了一声“对不起”。至于剪绺扒窃之徒，则何处无之？我于三十几年中只失落了三支自来水笔，一次是在动物园看蛇吃鸡，一次是在公共汽车里，一次是在成都路行人道上。都怪自己不小心。此外家里蒙贼光顾若干次，一共只损失了两具大同电锅，也许是因为寒舍实在别无长物。

“大搬家”的事常有所闻，大概是其中琳琅满目值得一搬。台北民房窗上多装铁栅，其状不雅，火警时难以逃生，久为中外人士所诟病。西市的屋窗皆不装铁栏，而且没有围墙，顶多设短栏栅防狗。可是我在西市下榻之处，数年内即有三次昏夜中承蒙嬉皮之类的青年以啤酒瓶砸烂玻璃窗，报警后，警车于数分钟内到达，开一报案号码由事主收执，此后也就没有下文。衙门机关的大扇门窗照砸，私人家里的窗户算得什么！银行门口大型盆树也有人夤夜搬走。不过说来这都是癣疥之疾。明火抢银行才是大案子，西市也发生过几起，报纸上轻描淡写，大家也司空见惯，这是台北所没有的事。

台北市虎，目中无人，尤其是拼命三郎所骑的嘟嘟响冒青烟的机车，横冲直撞，见缝就钻，红砖道上也常如虎出柙。谁以为斑马线安全，谁可能吃眼前亏。有人说这里的交通秩序之乱甲于全球，我没有周游过世界，不敢妄言。西市的情形则确是两样，不晓得一般驾车的人为什么那样的服从成性，见了“停”字就停，也不管前面有无行人车辆。时常行人过街，驾车的人停车向你点头挥手，只是没听见他说：“您请！您请！”我也见过两车相撞，奇怪的是两方并未骂街，从容地交换姓名、住址及保险公司的行号，分别离去，不伤和气。也没有聚集一大堆人看热闹。可是谁也不能不承认，台北的计程车满街跑，呼之即来，方便至极。虽然这也要靠运气，可能司机先生蓬首垢面、跣足拖鞋，也可能嫌你路程太短而怨气冲天，也可能他的车座年久失修而坑洼不平，也可能他烟瘾大发而火星烟屑飞落到你的胸襟，也可能他看你可欺而把车开到荒郊野外掏出一把起子而对你强……不过这是难得一遇的事。在台北坐计程车还算是安全的，比行人穿越马路要安全得多。西市计程车少，是因为私有汽车太多，物以稀为贵，所以清早要雇车到飞机场，需要前一晚就要洽约，而且车费也很高昂，不过不像我们桃园机场的车那样的乱。

吃在台北，一说起来就会令许多老饕流涎三尺。大小餐馆林立，各种口味都有。有人说中国的烹饪艺术只有在台湾能保持于不坠。这个说起来话长。目前在台北的厨师，各省籍的都有，而所谓北方的、宁浙的、广东的、四川的等餐馆掌勺的人，一大部分未必是师承有自的行家，很可能是略窥门径的二把刀。点一个辣子鸡、醋溜鱼、红烧鲍鱼、回锅肉……立即就可以品出其中含有多少家乡风味。也许是限于调货，手艺不便施展。例如烤鸭，就没有一家能够水准，因为根本没有那种适宜于烤的鸭。大家思乡嘴馋，依稀仿佛之中觉得聊胜于无而已。整桌的酒席，内容丰盛近于奢靡，可置不论。平民食物，事关大众，才是我们所最关心的。台北的小吃店大排档常有物美价廉的各地食物。一般而论，人民食物在质量上尚很充分，唯在营养、卫生方面则尚有待改进。一般的厨房炊具、用具、洗涤储藏，都不够清洁。有人进餐厅，先察看其厕所及厨房，如不满意，回头就走，至少下次不再问津。我每天吃油条烧饼，有人警告我："当心烧饼里有老鼠屎！"我翌日细察，果然不诬，吓得我好久好久不敢尝试，其实看看那桶既浑且黑的洗碗水，也就足以令人趑趄不前了。

美国的食物，全国各地无大差异。常听人讥评美国人，文化浅，不会吃，有人初到美国留学，穷得日以罐头充饥，遂以为美国人的食物与狗食无大差异。事实上，有些嬉皮还真是常吃狗食罐头，以表示其箪食瓢饮的风度。美国人不善烹调，也是事实，不过以他们的聪明才智，如肯下工夫于调和鼎鼐，恐亦未必逊于其他国家。他们的生活紧张，凡事讲究快速和效率，普通工作的人，午餐时间由半小时至一小时，我没听说过身心健全的人还有所谓午睡。他们的吃食简单，他们也有类似便当的食盒，但是我没听说过蒸热便当再吃。他们的平民食物是汉堡三文治、热狗、炸鸡、炸鱼、比萨等，价廉而快速简便，随身有五指钢叉，吃过抹抹嘴就行了。说起汉堡三文治，我们台北也有，但是偷工减料，相形见绌。麦唐奴的大型汉堡（“BigMac”），里面油多肉多菜多，厚厚实实，拿在手里滚热，吃在口里喷香。我吃过两次赫尔飞的咸肉汉堡三文治，体形更大，双层肉饼，再加上几条部分透明的咸肉、番茄、洋葱、沙拉酱，需要把嘴张大到最大限度方能一口咬下去。西市滨海，蛤王、蟹王、各种鱼、虾，以及江瑶柱，等等，无不鲜美。台北有蚵仔煎，西市有蚵羹，差可媲美。堪塔基炸鸡，面糊有秘方，台北仿制像是东施效颦一无是处。西市餐馆不分大小，经常接受清洁检查，经常有公开处罚勒令改进之事，值得令人喝彩，卫生行政人员显然不是尸位素餐之辈。

台北的牛排馆不少，但是求其不像是皮鞋底而能咀嚼下咽者并不多觏。西市的牛排大致软韧合度而含汁浆。居民几乎家家后院有烤肉的设备，时常一家烤肉三家香，不必一定要到海滨、山上去燔炙，这种风味不是家居台北者所能领略。

西雅图地广人稀，历史短而规模大，住宅区和商业区有相当距离。五十多万人口，就有好几十处公园。市政府与华盛顿大学共有的植物园就在市中心区，真所谓闹中取静，尤为难得可贵。海滨的几处公园，有沙滩，可以掘蛤，可以捞海带，可以观赏海鸥飞翔，渔舟点点。义勇兵公园里有艺术馆（门前立着的石兽翁仲是从中国搬去的），有温室（内有台湾的兰花）。到处都有原始森林保存剩下的参天古木。西市是美国北部荒野边陲开辟出来的一个现代都市。我们的台北是一个古老的城市，突然繁荣发展，以致到处有张皇失措的现象。房地价格在西市以上。楼上住宅，楼下可能是乌烟瘴气的汽车修理厂，或是铁工厂，或是洗衣店。横七竖八的市招令人眼花缭乱。

大街道上摊贩云集，是台北的一景，其实这也是古老传统“市集”的遗风。古时日中为市，我们是入夜摆摊。警察来则哄然而逃，警察去则蜂然复聚。买卖双方怡然称便。有几条街的摊贩已成定型，各有专营的行当，好像没有人取缔。最近，一些学生也参加了行列，声势益发浩大。西市没有摊贩之说，人穷急了抢银行，谁肯搏此蝇头之利？不过海滨也有一个少数民族麇集的摊贩市场，卖鱼鲜、菜蔬、杂货之类，还不时地有些大胡子青年弹吉他唱曲，在那里助兴讨钱。有一回我在那里的街头徘徊，突闻一缕异香袭人，发现街角有摊车小贩，卖糖炒栗子，要二角五分一颗，他是意大利人。这和我们台北沿街贩卖烤白薯的情形颇为近似。也曾看见过推车子卖油炸圈饼的。夏季，住宅区内，偶有三轮汽车叮哨铃响地缓缓而行，逗孩子们从家门飞奔出来买冰激凌。除此以外，住宅区一片寂静，巷内少人行，门前车马稀，没听过汽车喇叭响，哪有我们台北热闹？

西市盛产木材，一般房屋都是木造的，木料很坚实，围墙栅栏也是木造的居多。一般住家都是平房，高楼公寓并不多见。这和我们的四层公寓七层大厦的景况不同。因此，家家都有前庭后院，家家都割草莳花，而很难得一见有人在阳光下晒晾衣服。讲到衣服，美国人很不讲究，大概只有银行职员、政府官吏、公司店伙才整套西装打领结。如果遇到一个中国人服装整齐，大概可以料想他是刚从台湾来。从前大学校园里，教授的特殊标志是打领结，现亦不复然，也常是随随便便的一副褦襶相。所谓“汽车房旧物发卖”或“慈善性义卖”之类，有时候五角钱可以买到一件外套，一元钱可以买到一身西装，还相当不错。

西市的垃圾处理是由一家民营公司承办。每星期固定一日有汽车挨户收取，这汽车是密闭的，没有我们台北垃圾车之“少女的祈祷”的乐声，司机一声不响跳下车来把各家门前的垃圾桶扛在肩上往车里一丢，里面的机关发动就把垃圾辗碎了。在台北，一辆垃圾车配有好几位工人，大家一面忙着搬运一面忙着做垃圾分类的工作，塑胶袋放在一堆，玻璃瓶又是一堆，厚纸箱又是一堆。最无用的垃圾运到较偏僻的地方摊堆开来，还有人做第二梯次的爬梳工作。

西市的人喜欢户外生活，我们台北的人好像是偏爱室内的游戏。西市湖滨游艇蚁聚，好多汽车顶上驮着机船满街跑。到处有人清晨慢跑，风雨无阻。滑雪、爬山、露营，青年人趋之若鹜。山难之事似乎大不听说。

不知是谁造了“月亮外国的圆”这样一句俏皮的反语，挖苦盲目崇洋的人。偏偏又有人喜欢搬出杜工部的一句诗“月是故乡圆”，这就有点画蛇添足了。何况杜诗原意也不是说故乡的月亮比异地的圆，只是说遥想故乡此刻也是月圆之时而已。我所描写的双地，瑕瑜互见，也许，揭了自己的疮疤，长了他人的志气，也许，没有违反见贤思齐闻过则喜的道理，唯读者谅之。

饭前祈祷

读过查尔斯·兰姆那篇《饭前祈祷》小品文的人，一定会有许多感触。六十年前我在美国科罗拉多泉念书的时候，和闻一多在瓦萨赤街一个美国人家各赁一间房屋。房东太太密契尔夫人是典型的美国主妇，肥胖、笑容满面、一团和气，大约有六十岁，但是很硬朗，整天操作家务，主要的是主中馈，好像身上永远系着一条围裙，头戴一顶荷叶边的纱帽。房东先生是报馆排字工人，昼伏夜出，我在圣诞节才得和他首次晤面。他们有三个女儿，大女儿陶乐赛已进大学，二女儿葛楚德念高中，小女儿卡赛尚在小学，他们一家五口加上我们两个房客，七个嘴巴都要由密契尔夫人负责喂饱，而且一日三餐，一顿也少不得。房东先生因为作息时间和我们不同，永不在饭桌上和我们同时出现。每顿饭由三个女孩摆桌上菜，房东太太在厨房掌勺，看看大家都已就位，她就急忙由厨房溜出来，抓下那顶纱帽，坐在主妇位上，低下头做饭前祈祷。

我起初对这种祈祷不大习惯。心想我每月付你四五十元房租，包括膳食在内，我每月公费八十元，多半付给你了，吃饭的时候还要做什么祈祷？感恩么？感谁的恩？感上帝赐面包的恩么？谁说面包是他所赐？……后来我想想，入乡随俗，好在那祈祷很短，嘟嘟囔囔地说几句话，也听不清楚说什么。有时候好像是背诵那滚瓜烂熟的“主祷文”，但是其中只有一句与吃有关：“赐给我们每天所需的面包。”如果这“每天”是指今天，则今天的吃食已经摆在桌上了，还祈祷什么？如果“每天”是指明天，则吃了这顿想那顿，未免想得远了些。若是表示感恩，则其中又没有感激的话语。尤其是，这饭前祈祷没有多少宗教气息，好像具文。我偷眼看去，房东太太闭着眼低着头，口中念念有词，大女儿陶乐赛也还能聚精会神，卡赛则常扮鬼脸逗葛楚德，葛楚德用肘撞卡赛。我和一多面面相觑，不知所措。

兰姆说得不错。珍馐罗列案上，令人流涎三尺，食欲大振，只想一番饕餮，全无宗教情绪，此时最不宜祈祷。倒是维持生存的简单食物，得来不易，于庆幸之余不由得要感谢上苍。我另有一种想法，尤其是在密契尔夫人家吃饭的那一阵子，我们的胃习惯于大碗饭、大碗面，对于那轻描淡写的西餐只能感到六七分饱。家常便饭没有又厚又大的煎牛排。早餐是以半个横剖的橘柑或葡萄柚开始，用茶匙挖食其果肉，再不就是薄薄一片西瓜，然后是一面焦的煎蛋一枚。外国人吃煎蛋不像我们吸溜一声一口吞下那个嫩蛋黄，而是用刀叉在盘里切，切得蛋黄乱流，又不好用舌去舔。两片烤面包，抹一点牛油。一杯咖啡灌下去，完了。午饭是简易便餐，两片冷面包，一点点肉菜之类。晚饭比较丰盛，可能有一盂热汤，然后不是爱尔兰炖肉，就是肉末炒番薯泥，再加上一道点心如西米布丁之类，咖啡管够。倒不是菜色不好，密契尔夫人的手艺不弱，只是数量不多，不够果腹。星期日午饭有烤鸡一只，当场切割，每人分得一两片，大匙大匙的番薯泥浇上鸡油酱汁。晚饭就只有鸡骨架剥下来的碎肉烩成稠糊糊的酱，放在一片烤面包上，名曰鸡派。其他一概全免。若是到了感恩节或是圣诞节，则卡赛出出进进地报喜：“今天有火鸡大餐！”所谓火鸡，肉粗味淡，火鸡肚子里面塞的一坨一坨黏糊糊的也不知是什么东西。一多和我时常踱到街上补充一个汉堡肉饼或热狗之类。在这种情形下，饭前祈祷对于我没有什么太大的意义，就是饭后祈祷恐也不免带有怨声，而不可能完全是谢主的恩典。

我小时候，母亲告诉我，碗里不可留剩饭粒，饭粒也不可落在桌上地上，否则将来会娶麻脸媳妇。这个威吓很能生效，真怕将来床头人是麻子。稍长，父亲教我们读李绅《悯农》诗："锄禾日当午，汗滴禾下土。谁知盘中餐，粒粒皆辛苦。"因此更不敢糟蹋粮食。对于农民老早地就起了感激之意。养猪养鸡的、捕鱼捕虾的，也同样地为我服务，我凭什么白白地受人供养？吃得越好，越惶恐，如果我在举箸之前要做祈祷，我要为那些胼手胝足为大家生产食粮、供应食物的人祈福。

如今我每逢有美味的饮食可以享受的时候，首先令我怀想的是我的双亲。我父亲对于饮膳非常注意，尤嗜冷饮，酸梅汤要冰镇得透心凉，山里红汤微带冰碴儿，酸枣汤、樱桃水等都要冰得入口打哆嗦。可惜我没来得及置备电冰箱，先君就弃养了。我母亲爱吃火腿、香蕈、蚶子、蛏干、笋尖、山核桃之类的所谓南货，我好后悔没有尽力供养。美食当前，辄兴风木之思，也许这些感受可以代替所谓饭前祈祷了吧？

唐人自何处来

我二十二岁清华学校毕业，是年夏，全班数十同学搭杰克孙总统号由沪出发，于九月一日抵达美国西雅图。登陆后，暂息于青年会宿舍，一大部分立即乘火车东行，只有极少数的同学留下另行候车。预备到科罗拉多泉的有王国华、赵敏恒、陈肇彰、盛斯民和我几个人。赵敏恒和我被派在一间寝室里休息。寝室里有一张大床，但是光溜溜的没有被褥，我们二人就在床上闷坐，离乡背井，心里很是酸楚。时已夜晚，寒气袭人。突然间孙清波冲入室内，大声地说：

"我方才到街上走了一趟，我发现满街上全是黄发碧眼的人，没有一个黄脸的中国人了！"

赵敏恒听了之后，哀从衷来，哇的一声大哭，趴在床上抽噎。孙清波回头就走。我看了赵敏恒哭的样子，也觉得有一股凄凉之感。二十几岁的人，不算是小孩子，但是初到异乡异地，那份感受是够刺激的。午夜过后，有人喊我们出发去搭火车，在车站看见黑人车侍提着煤油灯摇摇晃晃地喊着："全都上车啊！全都上车啊！"

车过夏安，那是怀欧明州的都会，四通八达，算是一大站。从此换车南下便直达丹佛和科罗拉多泉了。我们在国内受到过警告，在美国火车上不可到餐车上用膳，因为价钱很贵，动辄数元，最好是沿站购买零食或下车小吃。在夏安要停留很久，我们就相偕下车，遥见小馆便去推门而入。我们选了一个桌子坐下，侍者送过菜单，我们拣价廉的菜色各自点了一份。在等饭的时候，偷眼看过去，见柜台后面坐着一位老者，黄脸黑发，像是中国人，又像是日本人。他不理我们，我们也不理他。

我们刚吃过了饭，那位老者踱过来了。他从耳朵上取下半截长的一支铅笔，在一张报纸的边上写道："唐人自何处来？"

果然，他是中国人，而且他也看出我们是中国人。他一定是广东台山来的老华侨。显然他不会说国语，大概是也不肯说英语，所以开始和我们笔谈。

我接过了铅笔，写道："自中国来。"

他的眼睛瞪大了，而且脸上泛起一丝笑容。他继续写道："来此何为？"

我写道："读书。"

这下子，他眼睛瞪得更大了，他收敛起笑容，严肃地向我们翘起了他的大拇指，然后他又踱回到柜台后面他的座位上。

我们到柜台边去付账。他摇摇头、摆摆手，好像是不肯收费，他说了一句话好像是："统统是唐人呀！"

我们称谢之后刚要出门，他又喂喂地把我们喊住，从柜台下面拿出一把雪茄烟，送我们每人一支。

我回到车上，点燃了那支雪茄。在吞烟吐雾之中，我心里纳闷，这位老者为什么不收餐费？为什么奉送雪茄？大概他在夏安开个小餐馆，很久没看到中国人，很久没看到一群中国青年，更很久没看到来读书的中国青年人。我们的出现点燃了他的同胞之爱。事隔数十年，我不能忘记和我们做简短笔谈的那位唐人。

哈佛的嬉皮少年

在西雅图的街头，偶然有三五成群的青年披着土黄色的粗布袈裟，穿着破烂的胶鞋，头上剃得光光的，顶上蓄留一小撮毛发梳成细细的小辫，有时候脸上还抹几条油彩，手敲着一面小鼓，摇摇摆摆跳跳蹦蹦的，口中念念有词。行人并不注意他们，他们也不干扰行人。他们拿着一些传单，但是也不热心散发。我觉得好奇怪，士耀告诉我："他们是模仿越南僧徒的服装，他们是反战分子。"

在华盛顿大学校园里，我看见一个青年大汉，胳膊底下夹着几本书，从图书馆门前石阶上走了下来，昂首阔步，旁若无人，但是他的鼻隼上抹了一条白灰，印堂上涂了一朵紫色小花，像是一位刚要下山"出草"的山胞。文蔷告诉我："这不稀奇，前些日子图书馆门前平台上有一位女生脱得一丝不挂，玉体横陈，任人拍照。"

所谓嬉皮也者，我久耳其名，以我所知他们是一个组织并不严密的团体，提倡泛爱，反对传统的社会、习俗、礼法，装束诡异，玩世不恭，向往的是原始的自然的生活。假如他们像梭罗（Thoreau）似的遁迹山林，远离尘嚣，甚至抗税反战，甘愿坐牢，那种浪漫的个人主义不是不可以了解的。假如他们像刘伶似的"以天地为栋宇，屋室为裈衣"，在屋里“脱衣裸形”，我们也可认为无伤大雅，不必以世俗的礼法绳之。不过我在西雅图街头校园所见所闻，似乎尚非正宗嬉皮,只是一些浅薄的东施效颦者流，以诡异的服装行径招摇于世罢了。

哈佛大学是我旧游之地，四十余年之后旧地重游，馆舍仍旧，人事全非。哈佛广场仍然是那样的逼仄，魏德纳图书馆旁边添了一道中国学生捐赠的石碑。最令人触目惊心的是哈佛校园里里外外有形似嬉皮的男男女女。他们的头发很长，不是“髧彼两髦”美而且鬈的样子，而是满头蓬松，有时候难分男女。男的满脸络腮胡子；有蓬首垢面而谈诗书的神气。女的有穿破烂裤子者，故意地在裤腿的上方留一两个三角破绽，里面没有内裤，做局部的裸裎。穿袜子的很少，穿凉鞋的很多。我不知道四十几年前的吉退之教授（Kittredge）和白璧德教授（Babbitt）若是现在还活着，看了这种样子将有何等感想。四十几年前哈佛校园以内是不准吸烟的，瘾君子们只能趁两堂课中间休息的十分钟跑到哈佛街上，一面倚墙晒太阳，一面吞烟吐雾。如今校园里到处是烟蒂。从前哈佛是一个最保守的学校，如今成了嬉皮型的学生们的大本营，比起我在西雅图街头校园所见所闻，有如小巫见大巫了。

有人说，嬉皮也有嬉皮的哲学。近代西方文明的发展使得社会人生机械化，人的生活被科学技术所支配，失掉了自由和个性，失掉了人生的情趣。所以嬉皮思想就是要在科学技术高度发达的社会里激起反抗，反抗一切传统礼法习俗，以求返回自然，恢复自我的存在。这一番话当然有一部分道理，不过据我看，反抗传统的思想在历史上是常有的，并不是一定在某时某地某种环境下才能突发的现象。文明的发展一直在进行，反抗文明也一直地有人在提倡。我们中国的《世说新语》记载着好多狂放任诞的故事，类似的情形亦不仅以六朝人为然，前前后后何代无之？在西洋从希腊的犬儒之玩世不恭，以至于十九世纪末的颓废主义者的震世骇俗的作风，也都是传统的反动。文明是时常呈现病态的，社会上是不乏不合理的现象，有心人应该对症下药，治本治标。若是逃避现实，消极地隐遁，甚至愤世嫉俗，玩世不恭，也可称之为洁身自好，仍不失为君子。唯有所见所闻的嬉皮少年，则徒袭嬉皮之皮毛，长发蓄须，鹑衣百结，恐怕只是惹人讨人厌的人中渣滓而已。

火山！火山！

美国的火山不多，不过离西海岸不远有一条山脉，由加拿大哥伦比亚境内向南延伸，直到加州境，蜿蜒约七百里，是为加斯凯山脉，其中有一个山峰名圣海伦斯，位于华盛顿州南部，邻近奥瑞冈州，却是一座时醒时睡的火山。圣海伦斯并不太高，只有九千六百七十七尺，比起和它并峙的更为有名的瑞尼尔山之一万四千四百一十尺，要矮很大一截。圣海伦斯外表很好看，有火山之标准的圆锥体形，而且光光溜溜的。山上有长年不化的积雪，山坡上有茂密的森林，山脚下有滢瀫的湖沼河流，其间也有拦水的堤坝若干座。这火山是活火山，但是最近一百二十三年之中一直在睡，有时候伸伸胳膊伸伸腿，呻吟几声，不曾大翻身，不曾大吼叫，不曾滋生事端。因为它乖，所以附近居民对它无所恐惧，彼此相安无事。春夏之交，天气晴朗，喜欢滑雪的，喜欢爬山的，喜欢露营的，从四面八方赶来享受大自然的乐趣。

但是从今年三月二十日起情形有点不对了。下午三时四十八分发生地震，四点一级，此后三天继续地震增强到四点四级，有山崩的现象。科学家认为有爆发的可能，不过不敢确定，因为火山和人一样。每座火山也有它的个性，没人敢说圣海伦斯内心在打什么主意。为了安全，森林管理局撤退了山区工作人员。三月二十六日，联邦政府州政府及地方官集会商讨应变之策，决定封闭通往鬼湖的州公路五〇四号。三月二十七日午间山上发生巨响，有一股浓黑的水汽和灰尘喷出，高达山巅以上七千尺的高空。地震高至四点五级。烟尘散后从飞机上可以窥见山巅上出现了一个新的火山口，直径二百到二百五十尺，深约一百五十尺。火山醒了！

以后数日，天天有地震，天天有烟尘喷射，表示有熔岩在火山腹内澎湃。这是火山大爆发的前奏。观光游客突然增加，谁都想要看看这自然的奇景。四月三日州长逖克西李瑞女士派出约六十名国民兵拦阻观光客进入危险地区。这时候火山口已经扩大到直径一千七百尺，深八百五十尺。每日地震平均三十三次，最严重的是山巅的北面凸出了约三百二十尺，这说明地下熔岩激荡有随时大爆发的可能。如果爆发，首当其冲的当是鬼湖及五〇四公路。到了五月九日，有五级地震，地质观察人员奉命从四千三百尺高处的营地撤退。

有一个八十三岁的老人哈利·杜鲁门，他是当地唯一的长久居留的人，他坚决不肯离开他的“鬼湖小屋”。小屋是他亲手盖起来的，一椽一木都是他自己劈的锯的，而且他居住了五十四年之久。小屋距离山顶约有七里，占地却有四十亩之广。斯卡曼尼亚郡的警长毕尔·克劳斯纳在五月十七日，即事发之前一日警告他必须撤离，他曾对一个记者说：“如果山没有了，我要与之同归于尽。我要留在这里，我要正告他：‘你这个老杂种，我已挣扎了五十四年，我要再挣扎五十四年。’”他养了十六只猫，他拥有自己的一个天地。他不是不知道处境的危险，他有一个陈旧的矿穴可以藏身，他准备事急的时候携带一瓶威斯忌酒去躲避一下，可是他没有想到那矿穴离他住处有一二里路，烟泥沙石猛然泛滥之际他无法能逃，何况他又跑不快。所以事后直升机前去察视，只见鬼湖小屋一带整个的埋在三十尺深的泥灰之中，哈利·杜鲁门无影无踪地消失了。

他有一位六十八岁的朋友荷尔斯幸免于难，他说：“我高兴得要命，我居然活着看到了，可是我很为罹难的人难过。”

大爆发是在五月十八日上午八时三十二分十秒。山顶北坡之凸出处突然崩裂，轰然一声，像原子弹爆发后的蕈状浓烟直射天空，约有六万三千尺高，山巅约有一千二百尺的尖端一下子完全被炸掉了，圣海伦斯顿时矮了一大截，没有熔岩流出，流出的是滚烫的泥浆，顺着山坡往下流，流向鬼湖。碎石自天降落，远及于瑞尼尔山，然后变成大股的灰沙落在雅奇玛，变成为微尘撒落在斯波肯，然后由风吹送大片的灰尘飘过蒙塔那州，覆盖了黄石公园，进入了怀俄明州，直趋美国东部，全国境内完全未被波及的仅有十一二州。圣海伦斯的灾害，和西元七十九年意大利威苏威火山爆发不同，因为圣海伦斯没有熔岩溢出，喷的只是沙石，羼上融雪而成为泥浆。而且山上居民很少，故生命损失不太大，截至最近报告，确实失踪的有五十八人，由直升机查获的尸体有二十二具。其中有一具是摄影记者，他尚端坐在汽车驾驶座上，显然是被灼死或窒息而死，灰尘堆到了车子的窗口。如果能把他的照相机取出，其中必有珍贵的底片。

灰尘的降落其灾害之大是一般人难以想象的。一个人从祸区附近开车走过，忽见天边黑暗下来，远远的彤云密布，还有电闪，以为是山雨欲来，随后听见车顶上砰砰响，以为是雨打车篷。猛然间挡风玻璃模糊了，能见度几等于零，伸手车外才知道不是下雨，是漫天撒落沙石。他算是幸运的，向前急驶，脱离了险境。其他在危险区内活动的人就活活地被热达摄氏八百度的泥浆、灰尘、气体，给灼死、呛死、窒死、烫死，埋在几尺以至几十尺的泥尘之下了。

热气热尘把数以千亩计的森林完全铲平，好多大树连根拔起，直而长的杉木一根根躺下，没有一片树叶存留，光秃秃的像是无数根火柴横七竖八地平铺着。有些木头顺着河流冲走，壅塞在桥边或是水湾之内。据估计，木材一项的损失约在五亿美元之数。野生动物也遭一大劫，据林管局的估计，死难者有两千头黑尾鹿，三百只麋鹿，二十只黑熊，十二只山羊。这个时候正是鲑鱼鳟鱼从海里溯河而上前来产卵的季节，尽管有人说这些鱼十分聪明，发现情形不对便掉头而去寻求较安全的地方，据估计被水烫死的被灰尘噎死的仍然不在少数，损失当在二百五十万元以上。有些鱼从水中跳到岸上，还是不免于死。物资的损失无法估计，单是清洗路面恢复交通一项就要两亿元。总统卡特前来巡视的时候，州长狄克西李瑞向他说："华盛顿州现在需要联邦政府帮助的是钱、钱、钱！"事实上，人力也很需要，州长曾下令动员民兵四千余人，在公路上协助铲灰，像铲雪似的。报纸上居然还有人批评，说民兵只能在保卫治安的时候使用，不该教他们做这种劳动的工作！据估计洗刷各地路面及公共设施要用两亿元以上的经费。

灰尘对农产的影响难于估计。我们知道雅奇玛一带是著名的水果产区。苹果产量占全国四分之一以上，灰尘落在苹果树上为害不小，果农要用喷杀虫剂的方法喷水上去冲洗，这工程之巨可以想见。樱桃正在开始收成，自然也成了大问题。有人刊登广告说今年水果经火山尘的培养特别硕大可口，这当然是瞎扯。据农业家说，火山尘大部分为矽，即细碎的玻璃，加上其他矿质，纵无大害，绝无益处。希望有大雨冲洗，若是小雨则灰成为稀泥，在树上和在地上均属不利。灰尘的酸性成分为四点七。事实上爆发后连日小雨连绵。

我于五月二十四日抵达西雅图，是日圣海伦火山发生第二度爆发，这次刮的是东南风，往西北吹，灰尘擦着西雅图的边缘飘向奥仑比亚半岛，塔科玛飞机场都受到了影响，有人脑筋动得快，收集火山尘，装进儿童玩具的沙漏之中，当作纪念品出售，看那灰黑色的细沙也颇有异趣。我没有机会到现场巡礼，可是那石破天惊的恐怖情形，可以想象中得之。卡特总统说："看了这里的样子，月亮像是高尔夫球场。"我从前看过一部影片《庞贝之末日》，遂鼓起兴趣读伯华·李顿的小说原著，对于火山爆发有了一点初步认识，没有想到居然能在报章刊物读到火山爆发的报道。火山的研究是一门专门的学问，火山学家和别的专家不同，他不可能有实验室，火山本身就是他的实验室。为了研究，他会觉得火山爆发的次数愈多愈好，虽然他并不是幸灾乐祸。

大块文章，忽然也会变成人间地狱！灾异不祥，未必就是上天示儆，但于“天地不仁以万物为刍狗”，却庶几近之。

附录——那些年，那些流浪的人

其实，在秋高气爽的风光里，在满眼黄花红叶的山头，饮着菊花酒，插着茱萸的兄弟们，也更会忆起“独在异乡为异客”的王维，他们并户站在山上遥望天涯，也会不约而同地怅忆着异乡的游子，恨不得这时也有他在内，和大家一起度过这欢乐的时光。

藤野先生

——鲁迅

东京也无非是这样。上野的樱花烂漫的时节，望去确也像绯红的轻云，但花下也缺不了成群结队的“清国留学生”的速成班，头顶上盘着大辫子，顶得学生制帽的顶上高高耸起，形成一座富士山。也有解散辫子，盘得平的，除下帽来，油光可鉴，宛如小姑娘的发髻一般，还要将脖子扭几扭。实在标致极了。

中国留学生会馆的门房里有几本书买，有时还值得去一转；倘在上午，里面的几间洋房里倒也还可以坐坐的。但到傍晚，有一间的地板便常不免要咚咚咚地响得震天，兼以满房烟尘斗乱；问问精通时事的人，答道，“那是在学跳舞。”

到别的地方去看看，如何呢?

我就往仙台的医学专门学校去。从东京出发，不久便到一处驿站，写道：日暮里。不知怎地，我到现在还记得这名目。其次却只记得水户了，这是明的遗民朱舜水先生客死的地方。仙台是一个市镇，并不大；冬天冷得厉害；还没有中国的学生。

大概是物以稀为贵罢。北京的白菜运往浙江，便用红头绳系住菜根，倒挂在水果店头，尊为“胶菜”；福建野生着的芦荟，一到北京就请进温室，且美其名曰“龙舌兰”。我到仙台也颇受了这样的优待，不但学校不收学费，几个职员还为我的食宿操心。我先是住在监狱旁边一个客店里的，初冬已经颇冷，蚊子却还多，后来用被盖了全身，用衣服包了头脸，只留两个鼻孔出气。在这呼吸不息的地方，蚊子竟无从插嘴，居然睡安稳了。饭食也不坏。但一位先生却以为这客店也包办囚人的饭食，我住在那里不相宜，几次三番，几次三番地说。我虽然觉得客店兼办囚人的饭食和我不相干，然而好意难却，也只得别寻相宜的住处了。于是搬到别一家，离监狱也很远，可惜每天总要喝难以下咽的芋梗汤。

从此就看见许多陌生的先生，听到许多新鲜的讲义。解剖学是两个教授分任的。最初是骨学。其时进来的是一个黑瘦的先生，八字须，戴着眼镜，挟着一叠大大小小的书。一将书放在讲台上，便用了缓慢而很有顿挫的声调，向学生介绍自己道：

“我就是叫作藤野严九郎的……”

后面有几个人笑起来了。他接着便讲述解剖学在日本发达的历史，那些大大小小的书，便是从最初到现今关于这一门学问的著作。起初有几本是线装的；还有翻刻中国译本的，他们的翻译和研究新的医学，并不比中国早。

那坐在后面发笑的是上学年不及格的留级学生，在校已经一年，掌故颇为熟悉的了。他们便给新生讲演每个教授的历史。这藤野先生，据说是穿衣服太模糊了，有时竟会忘记戴领结；冬天是一件旧外套，寒颤颤的，有一回上火车去，致使管车的疑心他是扒手，叫车里的客人大家小心些。

他们的话大概是真的，我就亲见他有一次上讲堂没有戴领结。

过了一星期，大约是星期六，他使助手来叫我了。到得研究室，见他坐在人骨和许多单独的头骨中间，——他其时正在研究着头骨，后来有一篇论文在本校的杂志上发表出来。

“我的讲义，你能抄下来么？”他问。

“可以抄一点。”

“拿来我看！”

我交出所抄的讲义去，他收下了，第二三天便还我，并且说，此后每一星期要送给他看一回。我拿下来打开看时，很吃了一惊，同时也感到一种不安和感激。原来我的讲义已经从头到末，都用红笔添改过了，不但增加了许多脱漏的地方，连文法的错误，也都一一订正。这样一直继续到教完了他所担任的功课：骨学、血管学、神经学。

可惜我那时太不用功，有时也很任性。还记得有一回藤野先生将我叫到他的研究室里去，翻出我那讲义上的一个图来，是下臂的血管，指着，向我和蔼地说道：

“你看，你将这条血管移了一点位置了。——自然，这样一移，的确比较的好看些，然而解剖图不是美术，实物是那么样的，我们没法改换它。现在我给你改好了，以后你要全照着黑板上那样的画。”

但是我还不服气，口头答应着，心里却想道：

“图还是我画的不错；至于实在的情形，我心里自然记得的。”

学年试验完毕之后，我便到东京玩了一夏天，秋初再回学校，成绩早已发表了，同学一百余人之中，我在中间，不过是没有落第。这回藤野先生所担任的功课，是解剖实习和局部解剖学。

解剖实习了大概一星期，他又叫我去了，很高兴地，仍用了极有抑扬的声调对我说道：

“我因为听说中国人是很敬重鬼的，所以很担心，怕你不肯解剖尸体。现在总算放心了,没有这回事。”

但他也偶有使我很为难的时候。他听说中国的女人是裹脚的，但不知道详细，所以要问我怎么裹法，足骨变成怎样的畸形，还叹息道：“总要看一看才知道。究竟是怎么一回事呢？”

有一天，本级的学生会干事到我寓里来了，要借我的讲义看。我检出来交给他们，却只翻检了一通，并没有带走。但他们一走，邮差就送到一封很厚的信，拆开看时，第一句是：

“你改悔罢！”

这是《新约》上的句子罢，但经托尔斯泰新近引用过的。其时正值日俄战争，托老先生便写了一封给俄国和日本的皇帝的信，开首便是这一句。日本报纸上很斥责他的不逊，爱国青年也愤然，然而暗地里却早受了他的影响了。其次的话，大略是说上年解剖学试验的题目，是藤野先生讲义上做了记号，我预先知道的，所以能有这样的成绩。末尾是匿名。

我这才回忆到前几天的一件事。因为要开同级会，干事便在黑板上写广告，末一句是“请全数到会勿漏为要”，而且在“漏”字旁边加了一个圈。我当时虽然觉到圈得可笑，但是毫不介意，这回才悟出那字也在讥刺我了，犹言我得了教员漏泄出来的题目。

我便将这事告知了藤野先生；有几个和我熟识的同学也很不平，一同去诘责干事托辞检查的无礼，并且要求他们将检查的结果，发表出来。终于这流言消灭了，干事却又竭力运动，要收回那一封匿名信去。结末是我便将这托尔斯泰式的信退还了他们。

中国是弱国，所以中国人当然是低能儿，分数在六十分以上，便不是自己的能力了：也无怪他们疑惑。但我接着便有参观枪毙中国人的命运了。第二年添教霉菌学，细菌的形状是全用电影来显示的，一段落已完而还没有到下课的时候，便影几片时事的片子，自然都是日本战胜俄国的情形。但偏有中国人夹在里边：给俄国人做侦探，被日本军捕获，要枪毙了，围着看的也是一群中国人；在讲堂里的还有一个我。

“万岁！”他们都拍掌欢呼起来。

这种欢呼，是每看一片都有的，但在我，这一声却特别听得刺耳。此后回到中国来，我看见那些闲看枪毙犯人的人们，他们也何尝不酒醉似的喝彩，——呜呼，无法可想！但在那时那地，我的意见却变化了。

到第二学年的终结，我便去寻藤野先生，告诉他我将不学医学，并且离开这仙台。他的脸色仿佛有些悲哀，似乎想说话，但竟没有说。

“我想去学生物学，先生教给我的学问，也还有用的。”其实我并没有决意要学生物学，因为看得他有些凄然，便说了一个慰安他的谎话。

“为医学而教的解剖学之类，怕于生物学也没有什么大帮助。”他叹息说。

将走的前几天，他叫我到他家里去，交给我一张照相，后面写着两个字道：“惜别”，还说希望将我的也送他。但我这时适值没有照相了；他便叮嘱我将来照了寄给他，并且时时通信告诉他此后的状况。

我离开仙台之后，就多年没有照过相，又因为状况也无聊，说起来无非使他失望，便连信也怕敢写了。经过的年月一多，话更无从说起，所以虽然有时想写信，却又难以下笔，这样的一直到现在，竟没有寄过一封信和一张照片。从他那一面看起来，是一去之后，杳无消息了。

但不知怎地，我总还时时记起他，在我所认为我师的之中，他是最使我感激，给我鼓励的一个。有时我常常想：他的对于我的热心的希望，不倦的教诲，小而言之，是为中国，就是希望中国有新的医学；大而言之，是为学术，就是希望新的医学传到中国去。他的性格，在我的眼里和心里是伟大的，虽然他的姓名并不为许多人所知道。

他所改正的讲义，我曾经订成三厚本，收藏着的，将作为永久的纪念。不幸七年前迁居的时候，中途毁坏了一口书箱，失去半箱书，恰巧这讲义也遗失在内了。责成运送局去找寻，寂无回信。只有他的照相至今还挂在我北京寓居的东墙上，书桌对面。每当夜间疲倦，正想偷懒时，仰面在灯光中瞥见他黑瘦的面貌，似乎正要说出抑扬顿挫的话来，便使我忽又良心发现，而且增加勇气了，于是点上一支烟，再继续写些为“正人君子”之流所深恶痛疾的文字。

彼此

——林徽因

朋友又见面了，点点头笑笑，彼此晓得这一年不比往年，彼此是同增了许多经验。个别地说，这时间中每一人的经历虽都有特殊的形相，含着特殊的滋味，需要个别的情绪来分析来描述。

综合地说，这许多经验却是一整片仿佛同式同色，同大小，同分量的迷惘。你触着那一角，我碰上这一头，归根还是那一片迷惘笼罩着彼此。七月！——这两字就如同史歌的开头那么有劲——八月，九月带来了那狂风，后来，后来过了年，——那无法忘记的除夕！——又是那一月，二月，三月，到了七月，再接再厉的又到了年夜。现在又是一月二月在开始……谁记得最清楚，这串日子是怎样地延续下来，生活如何地变？想来彼此都不会记得过分清晰，一切都似乎在迷离中旋转，但谁又会忘掉那么切肤的重重忧患的网膜？

经过炮火或流浪的洗礼，变换又变换的日月，难道彼此脸上没有一点记载这经验的痕迹？但是当整一片国土纵横着创痕，大家都是“离散而相失……去故乡而就远”，自然“心婵媛而伤怀兮，眇不知其所蹠”，脸上所刻那几道并不使彼此惊讶，所以还只是笑笑好。口角边常添几道酸甜的纹路，可以帮助彼此咀嚼生活。何不默认这一点：在迷惘中人最应该有笑，这种的笑，虽然是敛住神经，敛住肌肉，仅是毅力的后背，它却是必需的，如同保护色对于许多生物，是必需的一样。

那一晚在××江心，某一来船的甲板上，热臭的人丛中，他记起他那时的困顿饥渴和狼狈，旋绕他头上的却是那真实倒如同幻象，幻象又成了真实的狂敌杀人的工具，敏捷而近代型的飞机：美丽得像鱼像鸟……这里黯然的一掬笑是必需的，因为同样的另外一个人懂得那原始的骤然唤起纯筋肉反射作用的恐怖。他也正在想那时他在××车站台上露宿，天上有月，左右有人，零落如同被风雨摧落后的落叶，瑟索地蜷伏着，他们心里都在回味那一天他们所初次尝到的敌机的轰炸！谈话就可以这样无限制的延长，因为现在都这样的记忆，——比这样更辛辣苦楚的——在各人心里真是太多了！随便提起一个地名大家所熟悉的都会或商埠，随着全会涌起怎样的一个最后印象！

再说初入一个陌生城市的一天，——这经验现在又多普遍——尤其是在夜间，这里就把个别的情形和感触除外，在大家心底曾留下的还不是一剂彼此都熟识的清凉散？苦里带涩，那滋味侵入脾胃时，小小的冷噤会轻轻在背脊上爬过，用不着丝毫锐性的感伤！也许他可以说他在那夜进入某某城内时，看到一列小店门前凄惶的灯，黄黄的发出奇异的晕光，使他嗓子里如梗着刺，感到一种发紧的触觉。你所记得的却是某一号车站后面黯白的煤气灯射到陌生的街心里，使你心里好像失落了什么。

那陌生的城市，在地图上指出时，你所经过的同他所经过的也可以有极大的距离，你同他当时的情形也可以完全的不相同。但是在这里，个别的异同似乎非常之不相干；相干的仅是你我会彼此点头，彼此会意，于是也会彼此地笑笑。

七月在卢沟桥与敌人开火以后，纵横中国土地上的脚印密密地衔接起来，更加增了中国地域广漠的证据。每个人参加过这广漠地面上流转的大韵律的，对于尘土和血，两件在寻常不多为人所理会的，极寻常的天然素质，现在每人在他个别的角上，对它们都发生了莫大亲切的认识。每一寸土，每一滴血，这种话，已是可接触，可把持的十分真实的事物，不仅是一句话一个“概念”而已。

在前线的前线，兴奋和疲劳已掺拌着尘土和血另成一种生活的形体魂魄。睡与醒中间，饥与食中间，生和死中间，距离短得几乎不存在！生活只是一股力，死亡一片沉默的恨，事情简单得无可再简单。尚在生存着的，继续着是力，死去的也继续着堆积成更大的恨。恨又生力，力又变恨，惘惘地却勇敢地循环着，其他一切则全是悬在这两者中间悲壮热烈地穿插。

在后方，事情却没有如此简单，生活仍然缓弛地伸缩着；食宿生死间距离恰像黄昏长影，长长的，尽向前引伸，像要扑入夜色，同夜溶成一片模糊。在日夜宽泛的循回里于是穿插反更多了，真是天地无穷，人生长勤。生之穿插零乱而琐屑，完全无特殊的色泽或轮廓，更不必说英雄气息壮烈成分。斑斑点点仅像小血锈凝在生活上，在你最不经意中烙印生活。如果你有志不让生活在小处窳败，逐渐减损，由锐而钝，由张而弛，你就得更感谢那许多极平常而琐碎的摩擦，无日无夜地透过你的神经，肌肉或意识。这种时候，叹息是悬起了，因一切虽然细小，却绝非从前所熟识的感伤。每件经验都有它粗壮的真实，没有叹息的余地。口边那酸甜的纹路是实际哀乐所刻画而成，是一种坚忍韧性的笑。因为生活既不是简单的火焰时，它本身是很沉重，需要韧性地支持，需要产生这韧性支持的力量。

现在后方的问题，是这种力量的源泉在哪里？决不凭着平日均衡的理智，——那是不够的，天知道！尤其是在这时候，情感就在皮肤底下“踊跃其若汤”，似乎它所需要的是超理智的冲动！现在后方被缓的生活，紧的情感，两面摩擦得愁郁无快，居戚戚而不可解，每个人都可以苦恼而又热情地唱“终长夜之曼曼兮，掩此哀而不去，”或“宁溘死而流亡兮，不忍为此之常愁！”支持这日子的主力在哪里呢？你我生死，就不检讨它的意义以自大。也还需要一点结实的凭借才好。

我认得有个人，很寻常地过着国难日子的寻常人，写信给他朋友说，他的嗓子虽然总是那么干哑，他却要哑着嗓子私下告诉他的朋友：他感到无论如何在这时候，他为这可爱的老国家带着血活着，或流着血或不流着血死去，他都觉到荣耀，异乎寻常的，他现在对于生与死都必然感到满足。这话或许可以在许多心弦上叩起回响，我常思索这简单朴实的情感是从哪里来的。信念？像一道泉流透过意识，我开始明了理智同热血的冲动以外，还有个纯真的力量的出处。信心产生力量，又可储蓄力量。

信仰坐在我们中间多少时候了，你我可曾觉察到？信仰所给予我们的力量不也正是那坚忍韧性的倔强？我们都相信，我们只要都为它忠贞地活着或死去，我们的大国家自会永远地向前迈进，由一个时代到又一个时代。我们在这生是如此艰难，死是这样容易的时候，彼此仍会微笑点头的缘故也就在这里吧？现在生活既这样的彼此患难同味，这信心自是，我们此时最主要的联系，不信你问他为什么仍这样硬朗地活着，他的回答自然也是你的回答，如果他也问你。

信仰坐在我们中间多少时候了？那理智热情都不能代替的信心！

思索时许多事，在思流的过程中，总是那么晦涩，明了时自己都好笑所想到的是那么简单明显的事实！此时我拭下额汗，差不多可以意识到自己口边的纹路，我尊重着那酸甜的笑，因为我明白起来，它是力量。

话不用再说了，现在一切都是这么彼此，这么共同，个别的情绪这么不相干。当前的艰苦不是个别的，而是普遍的，充满整一个民族，整一个时代！我们今天所叫作生活的，过后它便是历史。客观的无疑我们彼此所熟识的艰苦正在展开一个大时代。所以别忽略了我们现在彼此地点点头。且最好让我们共同酸甜的笑纹，有力地，坚韧地，横过历史。

《吾国与吾民》自序

——林语堂

在这本书里，我只是表达了一下自己的观点。这是长期痛苦思索、阅读和反省的结果。我没有试图与人辩论，也没有竭力证明自己的观点怎么与众不同。然而我欢迎人们为我辩护，也随时准备接受人们对我的批判，就像孔子谈论他的《春秋》一样。中国是这样一个伟大的国家，国民生活如此复杂，对她有形形色色的，甚至是互相矛盾的阐释，都是很自然的事。如果有人持有与我相反的意见，我也随时准备支持他，并为他提供更多的材料来证明他的正确性。然而，真理终究是真理，它会压倒一切聪明的个人见解。人们能够获得真理、体会真理的时刻并不多，只有这些时刻才能永存，而个人见解则会很快地消失。因此，最为艰难的搜集证据的工作所带来的结论，通常可能仅仅是博学的废话。人们需要更简单、更微妙一些的方式去阐述这些体会，因为真理永远不能被证明，它只能被感知。

还有一个不可避免的问题。我会檄怒不少阐释中国的作家，特别是我的同胞们和伟大的爱国者们。这些伟大的爱国者与我毫无干系，他们的上帝不是我的上帝，他们的爱国主义也不是我的爱国主义。或许我也热爱自己的国家，但我小心翼翼地不让他们知道。因为一个人可能会一辈子披着一件爱国主义的外衣，衣衫褴褛，招摇过市，不仅在中国，而且到国外去炫耀自己。

我可以坦诚相见，因为我与这些爱国者不同，我并不为我的国家感到惭愧。我可以把她的麻烦都公之于世，因为我没有失去希望。中国比她那些小小的爱国者要伟大得多，所以不需要他们来涂脂抹粉。她会再一次恢复平稳，她一直就是这样做的。

我也不是为西方的爱国者写作。我害怕他们摘引我的字句——承蒙他们错爱——胜过我害怕自己同胞的误解。我只为具有简单的庸见的人写作。古老的中国就是以这种庸见见长的，但今天这种庸见却少了。我的韦只能这样简单地去理解。为了那些没有失去自己最高人类价值观的人，只是为了他们，我才说了这些，因为只有他们才会理解我。

归国杂感

——胡适

我在美国动身的时候，有许多朋友对我道：“密司忒胡，你和中国别了七个足年了，这七年之中，中国已经革了三次的命，朝代也换了几个了。真个是一日千里的进步。你回去时，恐怕要不认得那七年前的老大帝国了。”我笑着对他们说道：“列位不用替我担忧。我们中国正恐怕进步太快，我们留学生回去要不认得他了，所以他走上几步，又退回几步。他正在那里回头等我们回去认旧相识呢。”

这话并不是戏言，乃是真话。我每每劝人回国时莫存大希望；希望越大，失望越大。所以我自己回国时，并不曾怀什么大希望。果然船到了横滨，便听得张勋复辟的消息。如今在中国已住了四个月了，所见所闻，果然不出我所料。七年没见面的中国还是七年前的老相识！到上海的时候，有一天，一位朋友拉我到大舞台去看戏。我走进去坐了两点钟，出来的时候，对我的朋友说道：“这个大舞台真正是中国的一个绝妙的缩本模型。你看这大舞台三个字岂不很新？外面的房屋岂不是洋房？这里面的座位和戏台上的布景装潢岂不是西洋新式？但是做戏的人都不过是赵如泉、沈韵秋、万盏灯、何家声、何金寿这些人。没有一个不是二十年前的旧古董！我十三岁到上海的时候，他们已成了老角色了。如今又隔了十三年了，却还是他们在台上撑场面。这十三年造出来的新角色都到哪里去了呢？你再看那台上做的《举鼎观画》。那祖先堂上的布景，岂不很完备？只是那小薛蛟拿了那老头儿的书信，就此跨马加鞭，却忘记了台上布的景是一座祖先堂！又看那出《四进士》。台上布景，明明有了门了，那宋士杰却还要做手势去关那没有的门；上公堂时，还要跨那没有的门槛！你看这二十年前的旧古董在二十世纪的大舞台上做戏；装上了二十世纪的新布景，却偏要在那二十年前的旧手脚！这不是一副绝妙的中国现势图吗？”

我在上海住了十二天，在内地住了一个月，在北京住了两个月，在路上走了二十天，看了两件大进步的事：第一件是“三炮台”的纸烟，居然行到我们徽州去了；第二件是“扑克”牌居然比麻雀牌还要时髦了。“三炮台”纸烟还不算稀奇，只有那“扑克”牌何以会这样风行呢？有许多老先生向来学A、B、C、D，是很不行的，如今打起“扑克”来，也会说“恩德”，“累死”，“接客倭彭”了！这些怪不好记的名词，何以会这样容易上口呢？他们学这些名词这样容易，何以学正经的A、B、C、D，又那样蠢呢？我想这里面很有可以研究的道理。新理想行不到徽州，恐怕是因为新思想没有“三炮台”那样中吃罢？A、B、C、D，容易教，恐怕是因为教的人不得其法罢？

我第一次走过四马路，就看见了三部教“扑克”的书。我心想“扑克”的书已有这许多了，那别种有用的书，自然更不少了，所以我就花了一天的工夫，专去调查上海的出版界。我是学哲学的，自然先寻哲学的书。不料这几年来，中国竟可以算得没有出过一部哲学书。找来找去，找到一部《中国哲学史》，内中王阳明占了四大页，《洪范》倒占了八页！还说了些“孔子既受天之命”，“与天地合德”的话。又看见一部《韩非子精华》，删去了《五蠹》和《显学》两篇，竟成了一部《韩非子糟粕》了。文学书内，只有一部王国维的《宋元戏曲史》是很好的。又看见一家书目上有翻译的莎士比亚剧本，找来一看，原来把会话体的戏剧，都改作了《聊斋志异》体的叙事古文！又看见一部《妇女文学史》，内中苏蕙的回文诗足足占了六十页！又看见《饮冰室丛著》内有《墨学微》一书，我是喜欢看看墨家的书的人，自然心中很高兴。不料抽出来一看，原来是任公先生十四年前的旧作，不曾改了一个字！此外只有一部《中国外交史》，可算是一部好书，如今居然到了三版了。这件事还可以使人乐观。此外那些新出版的小说，看来看去，实在找不出一部可看的小说。有人对我说，如今最风行的是一部《新华春梦记》，这也可以想见中国小说界的程度了。

总而言之，上海的出版界——中国的出版界——这七年来简直没有两三部以上可看的书！不但高等学问的书一部都没有，就是要找一部轮船上火车上消遣的书，也找不出！（后来我寻来寻去，只寻得一部吴稚晖先生的《上下古今谈》，带到芜湖路上去看。）我看了这个怪现状，真可以放声大哭。如今的中国人，肚子饿了，还有些施粥的厂把粥给他们吃。只是那些脑子叫饿的人可真没有东西吃了。难道可以把《九尾龟》、《十尾龟》来充饥吗？

中文书籍既是如此，我又去调查现在市上最通行的英文书籍。看来看去，都是些什么莎士比亚的《威匿思商》、《麦克白传》，阿狄生的《文报选录》，戈司密的《威克斐牧师》，欧文的《见闻杂记》，……大概都是些十七世纪十八世纪的书。内中有几部十九世纪的书，也不过是欧文、迭更司、司各脱、麦考来几个人的书，都是和现在欧美的新思潮毫无关系的。怪不得我后来问起一位有名的英文教习，竟连Bernard Shaw的名字也不曾听见过，不要说Tchekov和Andreyev了。我想这都是现在一班教会学堂出身的英文教习的罪过。这些英文教习，只会用他们先生教过的课本。他们的先生又只会用他们先生的先生教过的课本。所以现在中国学堂所用的英文书籍，大概都是教会先生的太老师或太太老师们教过的课本！怪不得和现在的思想潮流绝无关系了。

有人说，思想是一件事，文字又是一件事，学英文的人何必要读与现代新思潮有关系的书呢？这话似乎有理，其实不然。我们中国学英文，和英国美国的小孩子学英文，是两样的。我们学西洋文字，不单是要认得几个洋字，会说句洋话，我们的目的在于输入西洋的学术思想，所以我以为中国学校教授西洋文字，应该用一种“一箭射双雕”的方法，把“思想”和“文字”同时并教。例如教散文，与其用欧文的《见闻杂记》，或阿狄生的《文报选录》，不如用赫胥黎的《进化杂论》。又如教戏曲，与其教莎士比亚的《威匿思商》，不如用Bernard Shaw的*Androcles and the Lion*或是Galsworthy的*Strife*或*Justice*。又如教长篇的文字，与其教麦考来的《约翰生行述》不如教弥尔的《群己权界论》，……我写到这里，忽然想起日本东京丸善书店的英文书目。那书目上，凡是英美两国一年前出版的新书，大概都有。我把这书目和商务书馆与伊文思书馆的书目一比较，我几乎要羞死了。

我回中国所见的怪现状，最普通的是“时间不值钱”。中国人吃了饭没有事做，不是打麻雀，便是打“扑克”。有的人走上茶馆，泡了一碗茶，便是一天了。有的人拿一只鸟儿到处逛逛，也是一天了。更可笑的是朋友去看朋友，一坐下便生了根了，再也不肯走。有事商议，或是有话谈论，倒也罢了。其实并没有可议的事，可说的话。我有一天在一位朋友处有事，忽然来了两位客，是××馆的人员。我的朋友走出去会客，我因为事没有完，便在他房里等他。我以为这两位客一定是来商议这××馆中什么要事的。不料我听得他们开口道：“××先生，今回是打津浦火车来的，还是坐轮船来的？”我的朋友说是坐轮船来的。这两位客接着便说轮船怎样不便，怎样迟缓。又从轮船上谈到铁路上，从铁路上又谈到现在中交两银行的钞洋跌价。因此又谈到梁任公的财政本领，又谈到梁士诒的行踪去迹……谈了一点多钟，没有谈上一句要紧的话。后来我等得没法了，只好叫听差去请我的朋友。那两位客还不知趣，不肯就走。我不得已，只好跑了，让我的朋友去领教他们的“二梁优劣论”罢！

美国有一位大贤名弗兰克令（BenJamin Franklin）的，曾说道：“时间乃是造成生命的东西。”时间不值钱，生命仍然也不值钱了。上海那些拣茶叶的女工，一天拣到黑，至多不过得二百个钱，少的不过得五六十钱。茶叶店的伙计，一天做十六七点钟的工，一个月平均只拿得两三块钱！还有那些工厂的工人，更不用说了。还有那些更下等，更苦痛的工作，更不用说了。人力那样不值钱，所以卫生也不讲究，医药也不讲究。我在北京上海看那些小店铺里和穷人家里的种种不卫生，真是一个黑暗世界。至于道路的不洁净，瘟疫的流行，更不消说了。最可怪的是无论阿猫阿狗都可挂牌医病，医死了人，也没有人怨恨，也没有人干涉。人命的不值钱，真可算得到了极端了。

现今的人都说教育可以救种种的弊病。但是依我看来，中国的教育，不但不能救亡，简直可以亡国。我有十几年没到内地去了，这回回去，自然去看看那些学堂。学堂的课程表，看来何尝不完备？体操也有，图画也有，英文也有，那些国文、修身之类，更不用说了。但是学堂的弊病，却正在这课程完备上。例如我们家乡的小学堂，经费自然不充足了，却也要每年花六十块钱去请一个中学堂学生兼教英文唱歌。又花二十块钱买一架风琴。我心想，这六十块一年的英文教习，能教什么英文？教的英文，在我们山里的小地方，又有什么用处？至于那音乐一科，更无道理了。请问那种学堂的音乐，还是可以增进“美感”呢？还是可以增进音乐知识呢？若果然要教音乐，为什么不去村乡里找一个会吹笛子唱昆腔的人来教。为什么一定要用那实在不中听的二十块钱的风琴呢？那些穷人的子弟学了音乐回家，能买得起一架风琴来练习他所学的音乐知识吗？我真是莫名其妙了。所以我在内地常说：“列位办学堂，尽不必问教育部规程是什么，须先问这块地方上最需要的是什么。譬如我们这里最需要的是农家常识、蚕桑常识、商业常识、卫生常识，列位却把修身教科书去教他们做圣贤！又把二十块钱的风琴去教他们学音乐！又请一位六十块钱一年的教习教他们的英文！那位自己想想看，这样的教育，造得出怎么样的人才？所以我奉劝列位办学堂，切莫注重课程的完备，须要注意课程的实用。尽不必去巴结视学员，且去巴结那些小百姓。视学员说这个学堂好，是没有用的。须要小百姓都肯把他们的子弟送来上学，那才是教育有成效了。”

以上说的是小学堂。至于那些中学校的成绩，更可怕了。我遇见一位省立法政学堂的本科学生，谈了一会儿，他忽然问道：“听说东文是和英文差不多的，这话可真吗？”我已经大诧异了。后来他听我说日本人总有些岛国习气，忽然问道：“原来日本也在海岛上吗？”……这个固然是一个极端的例。但是如今中学堂毕业的人才，高又高不得，低又低不得，竟成了一种无能的游民。这都由于学校里所教的功课，和社会上的需要毫无关涉。所以学校只管多，教育只管兴，社会上的工人、伙计、账房、警察、兵士、农夫……还只是用没有受过教育的人。社会所需要的是做事的人才，学堂所造成的是不会做事又不肯做事的人才，这种教育不是亡国的教育吗？

我说我的“归国杂感”，提起笔来，便写三四千字。说的都是些很可以悲观的话。但是我却并不是悲观的人。我以为这二十年来中国并不是完全没有进步，不过惰性太大，向前三步又退回两步，所以到如今还是这个样子。我这回回家寻出了一部叶德辉的《翼教丛编》，读了一遍，才知道这二十年的中国实在已经有了许多大进步。不到二十年前，那些老先生们，如叶德辉、王益吾之流，出了死力去驳康有为，所以这书叫作《翼教丛编》。我们今日也痛骂康有为。但二十年前的中国，骂康有为太新；二十年后的中国却骂康有为太旧。如今康有为没有皇帝可保了，很可以做一部《翼教续编》来骂陈独秀了。这两部“翼教”的书的不同之处便是中国二十年来的进步了。

每逢佳节

——冰心

唐诗人王维的《九月九日忆同东兄弟》这首诗，一千多年来脍炙人口，每逢佳节，在乡的游子，谁不在心里低徊地背诵着：

独在异乡为异客，
每逢佳节倍思亲。
遥知兄弟登高处，
遍插茱萸少一人。

其实，在秋高气爽的风光里，在满眼黄花红叶的山头，饮着菊花酒，插着茱萸的兄弟们，也更会忆起“独在异乡为异客”的王维，他们并户站在山上遥望天涯，也会不约而同地怅忆着异乡的游子，恨不得这时也有他在内，和大家一起度过这欢乐的时光。

我深深知道这种情绪，因为每逢国庆，我都会极其深切地想到我们海外的亲人。在新秋的爽风和微温的朝阳下，我登上天安门前的观礼台，迎面就看到排成一长列的军乐队，灿白的制服和金黄的乐器，在朝阳下闪光，还有一眼望不尽的，草绿的，白色的一方方的像用刀裁出来各种军队的整齐行列，他们的后面是花枝招展的象一大片花畦的少年儿童的队伍，太远了，听不见他们的笑语，但看万头攒动的样子，就知道他们在欢悦地说个不停……这一切，从礼炮放过的两个钟头，直到我们伟大的毛主席和国家领导人以及贵宾们，在天安门城楼上从东到西向我们挥帽招手时为止，我的心一直在想着许许多多现在在国外的男女老幼的脸，我忆起他们恳挚的直盯在你脸上的眼光，他们的倾听着你谈话的神情，他们的从车窗外伸进来的滚热的手，他们不断起伏的在我们车外唱的高亢的《歌唱祖国》的歌声……我想，这时候，在全地球，不知道有几千万颗的心，向日葵似地转向着天安门，而在天安门上，和天安门的周围——这周围扩大到祖国国境的边界——更不知道有几亿万颗心，也正想念着国外的亲人啊！

观礼台前涌过浩荡的彩旗的海，欢呼的声音像雄壮的波涛一般的起落，我的心思随着这涛声飘到印度的孟买，我看到一个老人清癯的布满皱纹的笑脸，他出国的年头和我出生的年纪差不多一样长！他是那般亲热地、颤巍巍地跟在我们前后，不住地问长问短，又喜悦，又惊奇，两行激动的热泪，沿着眼角皱纹，一直流下双颊……

我的心思，飘到英国的利物浦，在一个四壁画满中国风景，屋顶挂着中国宫灯的饭店里，那一对热情的店主东夫妇，斟上一杯又一杯的浓郁的酒，欢祝祖国万岁，祖国人民万岁，勉强我们一杯一杯地喝干。英雄的人民站起来了，使得他们三十多年来抛乡离井，异乡糊口的生活，突然增加了光彩，看见了来访的亲人，更使他们兴奋，他们的眼里、身上，涌溢着如海的深情……谁道“西出阳关无故人”？我们虽是不会喝酒的人，那时是“十觞亦不醉”地痛饮了下去……

我的心思，飘到缅甸的仰光，码头上长行的献花的孩子，向着我们扑来。这一群华侨儿童，打扮得出水芙蓉一般的皎洁秀丽，短裤短裙，露出肥胖的小腿，复额的黑发下闪烁着欢喜的眼光。他们献过花，便挽在我们的臂上，紧紧地跟着我们走，我笑问他们：“你们认得我么？怎么跟我们这么亲热呵？”他们天真地笑着仰头说：“为什么怕生呢，你们是我们的亲人呵！”他们说的普通话，是那么清脆，那么正确，“亲人”这两个字，流到我们的耳朵里，把我们的心都融化了……

我的心思，飘到日本的镰仓，这一所庭园，经过一场春雨，纤草绿得像一张绒毯，几树不知名的浓红的花，在远远的亭子边开着。我住的这间“茶室”，两面都是大玻璃窗，透亮得像金鱼缸一样，室内一张方方的短几，一个大大的火盆，转着火盆抱膝坐着几个华侨青年。这几个青年，从我们到日本访问起就一直陪着我们，但是我们忙着访问，他们忙着工作，一直没有畅谈过，现在我们到镰仓来休息了，他们决不放过这个机会，但是他们又怕我们劳累，在纸门外你推我让，终于叩门进来了……我们转着火盆，谈着祖国建设，谈着世界和平，谈着中日友好，谈着他们各人的生活，志愿……谈得那样热烈，那样真挚，直谈到灯上夜阑，炉火拨了又拨，添了又添，若不是有人来催，他们还恋恋不肯离去……

我的心思，飘过异国的许多口岸，熨贴着各处各地在异乡作客的亲人。他们和他们的祖先都是勤劳勇敢的劳动人民，被从前的黑暗政治所压迫，咬着牙漂洋过海，到远离祖国的地方，靠着自己坚强的双手，经过千辛万苦，立业成家。在祖国悲惨黑暗的年头，他们是有家难奔，有国难投，岁时节庆，怅望故乡，也只有魂销肠断；然而他们并不灰心，一面竭力地从各方面辅助祖国自由独立的事业，一面和当地人民合作友好，鼓着勇气生活下去。英雄的中国人民站起来了，十二年之中，不但站得稳，而且站得高，成了保卫世界和平的一面鲜红的旗帜。如今，我们海外的亲人，每逢佳节，不是低徊抑郁地思乡，而是欢欣鼓舞地悬想着腾光溢彩的天安门。但是，他们应该会想到，在天安门上面和周围，也有无数颗火热的心在想着他们，交叉的亿万颗心，在同一节奏里剧烈地跳动。这种音乐，和我们的社会主义的祖国一样，是崭新的，它鼓舞着我们，在迎风飘扬的五星红旗下，隔着海洋，一同为祖国建设和世界和平尽上我们最大的力量。